WANG ZIFU WORKS

中国专业作家作品典藏文库

王梓夫卷

异母兄弟

王梓夫 著

中国文史出版社

上　卷

一

庄稼人给孩子取名字并不像文化人那么费心伤神。他属狗的，就叫大狗；我属蛇的，就叫小龙，因为蛇又雅称小龙。这当然都是乳名，上学以后才有了大号：他叫齐东升，我叫齐东平。这会儿先不那么叫，还早呢！他比我大七岁，我该叫他哥哥，却不叫，跟爸爸妈妈一样，开口闭口地喊他大狗。

我刚朦朦胧胧地懂点儿事，就觉得他不是我们家的一个成员，而是一只没人待见的猫，一条可以随意打骂的狗，一头鞭打怒叱让他拼命干活的牛。

他没有对的时候，怎么做也不会落个好。拾柴打草，回来早了，妈妈说他不知道死的鬼，回来等着挨头刀呢；回来晚了，又说他准是跟野孩子狗扯羊皮地疯打疯闹来着。蹲在桌边喝粥，喝得快了，妈妈说他是饕餮鬼托生来的，上辈子饿劈门框了；喝得慢了，又说他是剩饭手的玩意儿，一辈子受罪的命。在家里，他多说几句话，妈妈说他是人来疯，今儿个欢完明儿就挺腿；箍着嘴不说话，又说他死了亲爹似的，就等着摔丧盆子了……

妈妈数落起人来，一套连着一套，像是唱“莲花落”。从太阳出来到星星上来，让她不停嘴地说，绝不会有重样的。郑三奶奶说她嘴损，我倒是挺佩服她的“语言艺术”。我后来写起了小说，用语言编故事赚钱养家，追根寻源，恐怕跟她那两片嘴皮子对我的熏陶和影响也不无关系。这当然是题外话。

爸爸却是拙嘴笨舌，连两句整齐话都说不上来。他长得膀大腰圆，方脸盘子大眼睛，满脸络腮胡子，带着一副凶相。不过，他跟妈妈和我可不敢凶。我就是骑在他脖子上撒尿，他也不敢捅我一指头。对妈妈，他更是百依百顺，满脸赔笑。大狗只要惹妈妈不高兴，他便立即给妈妈出气，抓住他劈头就打。他手重，心又狠。烧火棍，笤帚疙瘩，镐把，鞋底子，顺手抄到什么就往大狗的身上抡。他打大狗，还不许他哭，不许他叫，不许他跑，常常把他打得皮开肉绽，连窝儿都动不了。什么时候只要妈妈说一句“你还要把他打死呀？打死了你去给他偿命，我可不愿意落个狠心娘儿们的罪名”，这会儿，爸爸的火气就是再大，也会戛然而止，举过头顶的棒子都会扔掉。

大狗真经不住这么恶打。他瘦得皮包着骨头，大脑袋，大肚子，长胳膊细腿，像个蜘蛛精。都十一岁了，还整天价光着屁股，身上又黑又脏，像是从灶膛里扒出来的。不过，他那小鸡子倒长得挺快。原来像个小桑葚儿，渐渐地从他那小蛋儿上垂搭下来，走起路来一摇一晃，小秃尾巴似的。那一天，他背着一筐青草回来，走到家门口，对门郑三奶奶的孙女小香扭搭扭搭地跑过来，一把薅住了他的小鸡子不撒手，非要揪下来玩儿不可，疼得大狗嗷嗷乱叫。郑三奶奶踮着两只白薯脚慌忙跑过来，“啪”地打了小香一巴掌。小香哭了，郑三奶奶却不住声地骂：“都这么大了，还活畜生一样，一点儿羞臊都不知道，缺八辈子德了……”

似乎到了这会儿，他才明白人是应该有羞耻之心的。他真的害羞了，扎进花秸垛里不出来，一个劲儿地哭。爸爸抄起鸡毛掸子，要把他揪出来打。妈妈横了他一眼，爸爸不敢动了。妈妈把里屋挂着的黑门帘子扯下来，给他缝了一个布口袋，从脑袋上套下去，连裤子带袄都有了，像个连衣裙。他于是又神气起来，理直气壮地出去见人了，像穿了官服似的。

妈妈把里屋挂着的黑布门帘子扯下来给他缝了一個布口袋从脑袋上套下去連褲子带袄都有了像個連衣裙他於是又神氣起来理直氣壮地出去見人了象穿了衣服似的……

甲午金秋 景浩寫於
通州大運河畔藝豫齋中

说句公平话，不给他做衣服，倒不是妈妈偏心眼，虐待他。我们家实在穷得可以，平时连吃盐都犯算计，怎能凑出几尺布钱呢？妈妈那么年轻的一个女人，也只有一件打着补丁的洋布褂儿，据说还是结婚时添置的，挼得像一张陈年窗户纸。她平时出来进去总是赤裸着上身，有外人来，她不好意思挺着两只大奶子站在人面前，就把身子扭过去。脸涨得红红的，臊是臊点儿，脸皮是自己长的，洋布褂儿可要花钱才能买得来。偶尔出门穿一次，穿脏了也不敢放在盆里洗，怕揉搓坏了。只好用刷子蘸着清水把衣领袖口刷干净，然后又叠起来，用牛皮纸包好放在炕席底下，宝贝似的。

古人云：人之初，性本善。我看未必，至少我不是。我那会儿刚牙牙学语，摇摇学步，还未经过“性相近，习相远”的“异化”，按说应该是纯真的，善良的，富有同情心的。可是，看到大狗在家里受歧视，受虐待，我连人皆有之的恻隐之心也没有。非但如此，还觉得很开心，很好玩，常常跟爸爸妈妈一起欺负他。我生来就比他高贵，比他霸道。他玩洋画儿，我便要他的洋画儿。他把洋画儿给我，自己玩他的玻璃球儿，我又去抢他的玻璃球儿。他又把玻璃球儿给我，摘朵倭瓜花去喂他的大肚子蝈蝈。我又瞅着蝈蝈好玩儿，伸手就夺他的蝈蝈笼子。他怕我弄坏，舍不得给我，把蝈蝈笼子挂在了葫芦架上。我像受了天大的委屈，躺在地上打着滚儿地哭。于是，妈妈又一套一套地数起了她的“莲花落”，爸爸像听到发令枪似的冲上去，劈头盖脸地把他一顿臭揍。大狗哭了，我笑了。

这些都是寻常事，三天两头便会重演一次，不在话下。更有甚者，我还栽赃陷害他。我一直在想，栽赃陷害这种本事大概是与生俱来、无师自通的，连我这样的小孩子都会。难怪在“文化大革命”中，有那么多人精于此道，又有那么多人身受其害呢！

有一天，爸爸妈妈出工了，大狗坐在院子里剁猪菜，我招了几个小伙伴在葫芦架底下玩过家家儿。我找出妈妈的洋布褂儿，穿在身上扮成新媳妇。老疙瘩穿着高粱叶子编的衣服扮成新郎官。郑三奶奶的孙女小香光着屁股穿个红肚兜儿，脑袋上插了一朵大红的美人蕉算是娶亲婆。玩着玩着翻了脸，老疙瘩和小香都想穿我的洋布褂儿。我不给，三个人滚在一起狗撕皮。一下子，袖子掉了，前襟扯了个大口子，后背破了个大窟窿。我们知道惹了祸，都傻了眼。我急得一个劲儿地掉眼泪，还是老疙瘩心眼多，他把破褂子揉成一团，又塞在炕席底下。我问："妈妈要是发现怎么办?"老疙瘩冲门外剁猪菜的大狗努努嘴："就说是他干的。"

收工了，妈妈立刻发现了她的破褂子，气得浑身乱哆嗦，脸都白了。问是不是我撕的，我说不是我。不是我还有谁呢？这个家除了爸爸妈妈，就剩下我跟大狗了。妈妈顾不上数她那"莲花落"，抱着破褂子一头扑在炕上，嗷嗷地哭起来，死了亲儿子似的。爸爸也顾不得抄家什了，抡起拳头就往大狗的身上捶。他两只铁榔头一样的拳头，雨点儿似的落在大狗的身上，嘭嘭嘭，像是捶着一个沙口袋。捶打完了，爸爸的气还不出，把一只凳子翻过来，让他跪在凳子掌儿上。

这场灾难闹得我家翻了天。妈妈紧一阵慢一阵地躺在炕上哭，爸爸坐在门槛上吭哧吭哧生闷气，大狗在院子里罚跪。没有人张罗做饭，都忘记肚子饿了，包括我。正午的太阳又毒又辣，没遮没拦地照在大狗的身上，晒得他秃脑瓢儿上直流油。那确实是油，不是汗。一滴一滴，油汪汪地凝聚在脑门上，不往下滚落。奇怪的是，他蒙受了这么大的冤屈，没有哭，没有掉泪，也没有申辩，连口大气都没有出，我不知道心里是一种什么滋味儿，只觉得一切都很可怕。我不敢进屋，也不敢逃跑，木头橛子似的戳在大狗面前，像是陪着他罚站。他只是狠狠地剜了我一眼，那目光比阳光还毒还辣，刺得我心里直打战。

毕竟是做贼心虚。

二

一个人只要不想当一辈子恶棍，做了坏事以后，总会有良心发现的时候。这件事情过后，我也觉得理亏，觉得对不起他。我在他面前不那么霸道了，不再抢他的洋画儿、玻璃球儿，也不争着要他的大肚子蝈蝈了，还时不时地向他讨好，揭块饼子嘎巴或锅领子给他吃。他似乎对我还是那样，不记仇，也不亲近，像是什么事情都没有发生过。小孩子是最容易扔掉身上的十字架的。没过几天，我心里就踏实了。

这一天，他要到凉水河去打青柴，我要跟他一起去，他带上了我。

凉水河滩上，长满了蒺藜狗子。长长的蒺藜蔓缠缠绕绕、密密匝匝，滚成疙瘩连成片，遮盖得一点儿地皮都不露。一嘟噜一串的蒺藜刺儿又尖又硬，往上一迈脚，鞋底子上就会扎一层。到河边去打青柴，这片蒺藜狗子是必经之路。我们小心翼翼，一步一脚地穿了过去。

河边的青柴可真不少。水麻花，野蒿子，扫帚草，荆棘条儿。我们打满了筐，就在河边玩。已是日落黄昏时分了，几只白天躲在窝里睡觉，晚上才出来觅食的蝙蝠在我们头顶上飞来飞去。蝙蝠，我们叫它宴梦蝠，说它是老鼠吃了过多的咸盐长出翅膀来变的。这东西长得很难看，很肉麻，又是夜里出来，像幽灵似的在人们头顶上飞。它有时还会撞在女人的脑袋上，谁被撞上，谁家就要死人。乡民们都认为这是一种很晦气的动物，让人讨厌，又让人恐惧，像是恐惧猫头鹰。

大狗说，把宴梦蝠抓到，扣在碗底下，光喂它水喝，把肚子里的盐涮干净，它还会变回老鼠。这可真好玩，而且老鼠又不那么可怕。怎么抓到它呢？它飞得那么快，闪电似的。大狗说，把鞋扔上去，它自己就往鞋壳里钻。说着，他把鞋脱下来，往天空上扔去。一边扔，一边唱歌似的叫喊着："宴梦蝠，穿花鞋，你是奶奶我是爷……"

我来了兴致，也学着他的样子，脱下鞋来往天空扔，伸着脖子叫唱："宴梦蝠，穿花鞋，你是奶奶我是爷……"

一次又一次失败，一次比一次劲头更足。宴梦蝠总是贴着鞋边飞过去，就是不往鞋壳里钻。它越是不钻，我们越是觉得它快钻了；越是抓不到，越是觉得希望就在眼前。小孩子可不像大人那样爱沮丧和失望。突然，大狗朝河坡下一指："看，那是什么人？"

借着暮色，我看到河边晃晃悠悠地走过来一个人，穿着一件旧汗褟儿，戴着一顶破草帽，手里提着一条木扁担。这可能是过路的，或者是打鱼的。河边上出现个把人，有什么奇怪的。

"哎呀！是拍花子！"大狗惊叫起来。

我一听，吓得头发根都挓挲起来。拍花子是专门抓小孩儿的，抓到小孩儿以后，就把眼珠子挖下来，用阴阳瓦焙干，可以制成迷幻药。迷幻药是拍花子用来迷幻小孩儿用的。只要他把迷幻药往小孩儿眼前一撒，小孩儿就会服服帖帖地跟着他走，步入一个色彩斑斓的梦幻世界。我刚一懂事就知道拍花子这一套鬼把戏，是大人们不厌其烦地灌输的。可是有一个问题我一直想不明白。拍花子抓小孩儿为的是制造迷幻药，制了迷幻药又是为了抓小孩儿。过程就是目的，目的也是过程。这样折腾来折腾去，除了循环往复地作恶之外，他有什么可图之利呢？想不明白就不再想，反正拍花子是小孩儿的天敌，提起他就会毛骨悚然。

"快跑！"大狗惊恐万状，拔腿就往河堤上跑。

我紧跟在大狗的后边，拼命飞逃，一下子跑进了那片布满蒺藜狗子的河滩地。这会儿我才知道自己没有来得及穿鞋，一脚踩上去，疼得我差点儿跌倒。前边，是大狗瘆人的狂呼乱叫；后边，呼呼风响，似乎拍花子已经薅住了我的后脖领子。我什么都不顾了，一脚一脚扎扎实实地踩着蒺藜刺儿跑着。等跑到堤岸上，大狗坐下来一边喘着气，一边开心

甲午菊月 景浩写于通州大运河畔

得哈哈大笑。我回头看了看，后边根本没有什么拍花子追上来。这时我才发现，他的脚上是穿着鞋的。

我的两只脚都被扎烂了，疼得浑身直哆嗦。我嗷嗷地哭了起来。他过来扳着我的双脚一看，也吓傻了。整个脚板，血糊糊一片，鲜肉都露出来了。他忙跪在地上，给我往下拔着蒺藜刺儿。拔完以后，又把我背到河边，用清水冲洗。他又摘来许多铁砖头叶，用牙嚼烂在我的脚板上糊。这玩意儿又止疼又止血，我的脚好受了一点儿，不哭了。他便给我穿上鞋，背着我回家。

到了家门口，他把我放下，让我自己进去，他说他还要到河边去背那筐青柴。妈妈看到我那两只伤脚，心疼得直掉眼泪。问我是怎么回事，我只说是在蒺藜地里跑脱了鞋，自己不小心扎的。不知为什么，我没有给大狗告状。妈妈把我脚上那层铁砖头叶揭去，又用盐水给我洗伤口，洗完后又敷上一层香灰，找块破布给我包上了。我的两只脚火烧火燎地疼，我紧紧地咬着牙，一声不吭，默默地等着大狗回来。

大狗没有回来。半夜里，天气突变。先是一阵大风，接着雷鸣电闪，然后噼里啪啦地下起了雹子，雹子过后是大雨。整个世界都在黑暗中翻腾起来，像千难万劫同时降到了人间。全家人战战兢兢，连句话都不说，惶恐地注视着外边那混沌世界。

大狗到哪儿去了呢？他要是还在河边上，狂风得把他扯碎，霹雳得把他烧焦，冰雹得把他砸成肉泥。妈妈急得直掉眼泪，爸爸披上蓑衣，不顾一切地冲了出去。

爸爸到天亮才回来，他没有找到大狗。又过了一天一夜，大狗还是没有踪影。街坊四邻开始三三两两地来了。妈妈的眼圈红红的，爸爸哭丧着脸。人们一边说着宽慰的话，一边无可奈何地摇着头，叹息着。看得出来，他们是认为凶多吉少，大狗不定死在什么地方了。可是，活不见人，死总得见尸呀！热心肠的人开始商议，分成几拨，沿着河边去找。带根竹竿，把河底搅一搅；带块席头，找到了尸体盖上，别让鹰叼狗扯……

我心里也发慌，可不认为大狗会死。死对于我那样的儿童来说，是遥远的，陌生的，不可思议的。我撑着一双伤脚，拄着一根烧火棍，一瘸一拐地朝村外走去，我相信我能找到他。

村头上围了一群人，吵吵嚷嚷，像是出了什么事。我急忙扭过去。哎呀！那不是大狗吗？他站在人群里，身边放着满满的一筐青柴，正是那天我们一起打的那筐青柴。他身子靠在柴筐上，指手画脚、神气活现地说着什么。我挤进人群，拉着他的衣襟，急切地问："大狗，你到哪儿去了？"

大狗看了看我，没理我。周围的人七嘴八舌地嚷嚷起来："大狗遇上狐仙了！"

狐仙！狐仙不就是狐狸精吗？在我们那个地方，流传着许多狐狸精变成美女、变成老头儿与人打交道的故事。说得有鼻子有眼，有根有据，有名有姓，有时间有地点，不由你不信。后来读了书我才明白，这些传说大多是从《聊斋》里演绎而来的。

"大狗，你再说说，那狐仙是个女的，有多大岁数？"

"二十啷当岁呗。"

"漂亮不漂亮？"

"漂亮极了，比电影里的白娘子还漂亮。穿一身大红袍子，脸蛋又白又细，水豆腐似的。就是身上有一股子臊味儿，也不大，不细闻闻不出来。"

"怎么，你被她糟蹋啦？破了童子关啦？"

"什么糟踏？什么童子关？她对我可好了，又给我烧炕，又给我铺被，还给我打水，让我洗脸洗脚。"

"你跟她一起睡的？"

"没有，她睡一屋，我睡一屋。那里边屋子可多了，咱全村人进去，都住得下。"

"她没让你干别的吗？"

"让我吃呀。"

“吃什么?”

“炸酱面，包饺子，烙馅饼，对，还有麻花。”

“还有麻花?”

“你们看，我还带回来一个呢!”

大狗说着，从怀里掏出一个麻花，举给人们看。

爸爸来了，大狗立刻闭上了嘴，向后躲闪着。爸爸没有打他，只是从头到脚地看了看他，问:“你真的遇上狐仙了?”

大狗把下巴往上一扬:“嗯。”

爸爸从他手里接过那个麻花，放在鼻子尖下闻了闻，问:“这真是狐仙给你的?”

大狗又扬了扬下巴:“嗯。”

爸爸相信了:“快回家吧。”

大狗遇上狐仙这件事，迅速地传播着，演绎着。越传越邪乎，越传越广泛。它像一团蒲公英的种子，随风到处飘散。落到哪里，哪里就会生出一团毛茸茸的神话来。它又像载着神话的河水一样，一代一代地传下去，丰富着民间文学的宝库。直到前不久，还有一家以营利为唯一目的的小报编辑找到了我，也不知道他是从哪里把这神话搜罗出来的。他说这不是迷信，是属于潜科学范畴的。犹如耳朵识字、百慕大三角区、UFO，等等。他动员我把这件事情写出来，愿意付双倍的稿酬。

不是我不缺钱用，可惜我不懂得“潜科学”。

三

我们村西边有一道城墙，叫海子墙。墙里边便是举世闻名的“四十里南海子”，这里曾是明清两代皇家的猎苑。里边花繁木茂，川流如网，放养着天鹅、地鶄、海兽、四不像等奇禽异兽，专供皇家观赏围猎之用。乾隆皇帝曾把这儿改建成一处避暑行宫，西太后也曾到这儿来筵宴游乐，留下了许多君权神授、皇威浩大的故事。八国联军进攻北京城，烧了圆明园，也毁了南海子的猎苑。“四不像”这种奇兽从此在中国绝了迹，倒是英国皇家动物园里保留下了一支它的后裔。报载，在近年全球性的“寻根”热潮中，英国皇家动物园也要送几头“四不像”返归祖籍。这当然也算是一件幸事，尽管惨淡一点儿。

眼下，四十里南海子已经垦出一片耕地，乾隆的行宫或许还能从废墟上找出几块瓦片，而周围的城墙却被碎尸万段了。附近的村民先是扒了城砖盖猪圈、垒墙院，留下了一圈光秃秃的黄土岗子。后来又挖黄土烧砖、打坯、上垫脚，黄土岗子便成了一串支离破碎的黄土疙瘩。看到名胜古迹遭此劫难，许多人感到痛惜。痛惜也没有用。许八国联军在战争中破坏，就不许咱平民百姓在和平时期利用吗？

这海子墙边住着一户人家，姓周，过去是个走江湖卖艺的，会要几路拳脚，大伙儿都叫他周把式。他的祖籍在安徽，也有人说是河南，以后便在这儿落了户。周把式这个人挺怪，原本是个行万里路、吃千家饭的角色，按说该是个重朋友、讲义气、好交结的人。可不，他跟谁都不来往，也不在村里住。自己燕子衔泥似的，用城墙上的砖盖了两间小

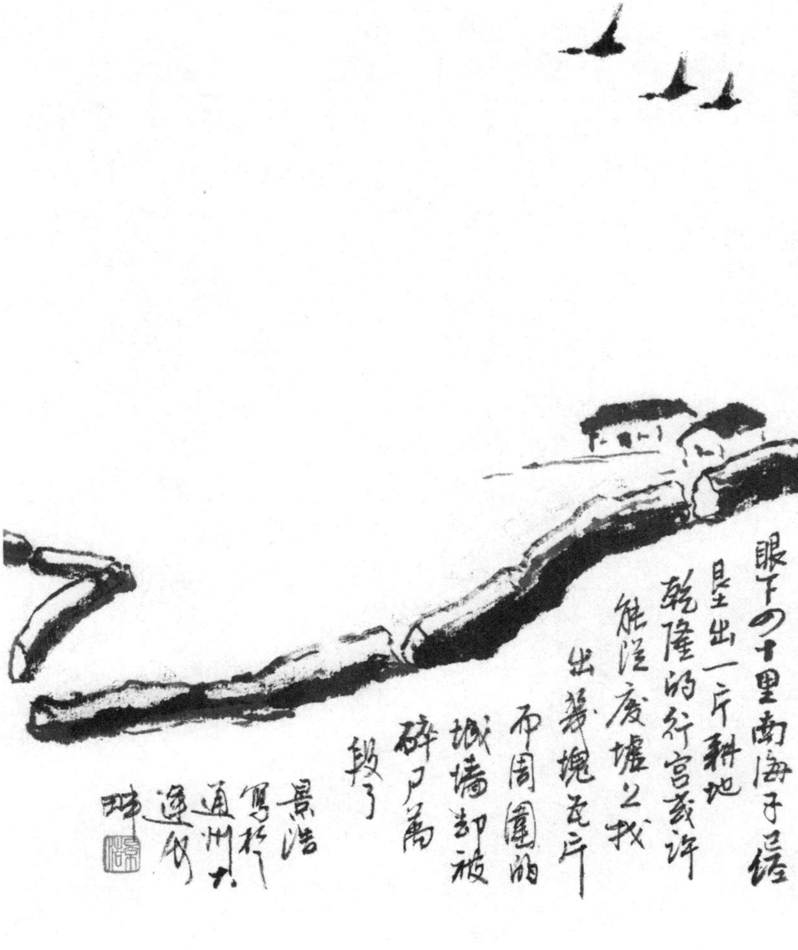

眼下四十里南海子已经
垦出一片耕地
乾隆的行宫或许
能从废墟之中找
出几块瓦片
而周围的
城墙却被
碎尸萬
段了
景浩
写于
通州大
运河
畔

房，夹了一个篱笆小院，过起了屋里凿井、天上开门的日子。他很少到村里来，村里人也很少到他那里去。凡事能将就则将就，能凑合则凑合，万事不求人。我们那地方是稻区，烧柴困难，差不多家家户户都要到城里找柴火。木材厂的刨花、锯末，化工厂的糠醛渣，果品店的竹筐荆篓，甚至建筑工地上的沥青块，凡是能起火苗的就行。谁找到柴火，都理直气壮地让队里派大车、派拖拉机去拉。队里收点儿运费，也不用交现钱，秋后分红时再扣。分不到红就加在超借支的账目里。反正是虱子多了不咬，欠账多了不愁。周把式不这样，他找到柴火，就揣上干粮，自己用排子车去拉。他驾辕，他那哑巴儿子拉帮套。来回百十里路，马不停蹄，一天两夜也把柴拉回来了。不欠谁的情，也不该谁的账，完全符合“自力更生”精神。

对了，他家里没别人，就这么一个哑巴儿子。这哑巴好像有点儿缺心眼，一天到晚只知道傻干活。二十几岁的老爷们儿了，还常常挨老子的打，挨了打也不会诉委屈。谁也没有想到，两年前哑巴却娶了个花骨朵儿般的漂亮媳妇，这真让村里的小伙子们忌妒得眼里冒血。妈的，哑巴真走运，这么美的事愣让他摊上了。村里那么多光棍汉，随便拨拉出哪一个不比哑巴强？这媳妇是逃荒来的，有人说是四川的，有人说是湖北的，可她说的是北方话，尽管话里还夹杂着一些侉腔侉调。这媳妇也不到村里来，也不跟人来往。小伙子们找上门来，她也不跟人家多说少道。不知她就是这么个脾气，还是周把式不准？渐渐地，小伙子们也就自知没趣，不再前去起腻了。不去了，又不甘寂寞，于是编派出了这样的神话：那媳妇不是人，肯定是狐狸精变的。说不定就是大狗遇上的那个狐狸精。这狐狸精的道行还不够，化成美女蛊惑哑巴，为的是采集他的精血炼丹用……

入了冬，没有地方再去拾柴打草了，放学以后，我们便可以轻松畅快地玩耍了。跳鞋牌，打尜儿，弹球儿，跑野马。满街筒子都是孩子，到处都可以听到我们的吵吵嚷嚷和骂骂咧咧。孩子群里不见大狗，他放学以后就扎在屋里老老实实地做作业，然后吃晚饭，吃完饭一抹嘴就走，很晚才回来。他到哪儿去了呢？

好奇是孩子求知的动力。这一天晚上，他刚一出门，我便在他后边尾随上了。他径直朝村西走去，走得很快，一边走还一边警惕地回头看。天上有层薄云，月光朦朦胧胧的。擦着地皮的小风呼呼地吹着，把街道打扫得干干净净。天气不觉得怎么冷，应该说是清爽凉快，刺激得让人振奋。我贴着墙根，隐在树影里跟着他，他一直没有发现我。他爬上海子墙，一跃身就不见了。海子墙下边，就是周把式的篱笆小院，这可怪了。

我趴在一丛簸箕柳里搜寻着。过了一会儿，周把式出来了，一身精明利索的短打扮。大襟夹袄，腰里煞着青搭袱。下身是一条灯笼裤，扎着裤腿，脚下是一双千层底的纳帮鞋。到了院子中央，周把式伸胳膊蹬腿，拉开了架势，一招一式地比画起来。大狗坐在水缸旁边的石磙子上，双手捧着头，一动也不动，像是在独自伤心流泪。练了一会儿，周把式便停下来，指指点点地向大狗说些什么。风把他的声音撕碎了，传到我的耳朵里，只是嗡嗡嘤嘤的几缕噪声，什么也听不清。

我激动得心里发痒，悄悄溜下了海子墙，从周家小屋后边绕过去，爬到了前院的篱笆根底下。透过篱笆缝，什么都可以看得明明白白，也听得清楚了。我一动都不敢动，生怕他们发现我。地皮很凉，风很紧，可是我身上却出了汗，黏糊糊的。

周把式像半截塔似的戳在大狗面前，瓮声瓮气地说："别这么眼泪巴巴的，男子汉受点儿委屈，吃点儿苦，如同嚼窝头啃咸菜，强筋壮骨长志气！"

大狗轻轻地抽泣起来，我不明白他为什么伤心。

"你呀，年纪还小，人世间的事你还不懂。人活着就仗着一口气，有时候这口气该争就要争，有时候该忍就得忍。小忍是为了大争，现在忍是为了将来争。男子汉咬碎钢牙就要咽进肚子里。古时候有个人叫韩信，比你还惨，十几岁就父母双亡，成了孤儿。有一次在淮阴街头遇到一帮无赖，这帮无赖当众羞辱他，让他从他们的胯裆底下钻过去。韩信钻了，觉得又羞又辱，跑到妈妈的坟前痛哭一场。哭完后抽出宝剑，把坟前一棵松树拦腰砍断，双手举着宝剑说：‘妈妈呀，雪洗不了这胯下之辱，儿子就是宝剑下这棵松树！’后来韩信发愤图强，立下了许多战功，终于成了汉高祖手下的一名大将军……”

大狗噌地站起身来，抄起身边的一根木棍，使劲往大腿上一磕，“嘎巴”一声，木棍断成两截。只听大狗带着哭腔说：“师父，我也向您发誓：我这辈子要是不混出个人样来，让人家仰着脸瞧我，我就是这根断成两截的木棍！”

周把式也激动起来，他使劲按着大狗的肩头说：“好小子，师父收了你这么一个有志气的徒弟，也没白费我一腔心血、一身功夫。来，打起精神来，咱们接着昨天的茬儿练！”

我趴在篱笆外边，听着大狗和周把式的谈话，心里怦怦地跳起来，似乎我也跟大狗一起，在周把式面前起了誓，发了愿。

周把式又拉开了架势。他的胳膊腿很粗很硬，钢筋铁骨一般，脚一落下，震得大地嘭嘭响。他的腰身又很灵活，让人看着眼花缭乱，伸胳膊蹬腿，都带着一股呼呼的风声。我心里暗暗地为他叫好。

大狗跟在周把式的后边，也一招一式地比画着。他学得很认真，很卖劲，两只大眼睛瞪得圆圆的，在月光下闪着利剑一样的寒光。

我还没有看过瘾，周把式便收住了手脚。

“今晚先练这几招吧。”

“师父，您先进屋歇着吧。”

周把式进屋去了，院子里只剩下了大狗一个人。他脱下“硬山搁”的棉袄，光着膀子练起来。他那细长的脖颈子，硬邦邦的小胳膊，还有那一根一条的肋骨，都紧绷起来。原来那圆鼓鼓的肚子瘪了下去，不知是练功练的，还是里边空了。他专心致志地练着，每个动作都重复若干遍。不一会儿，他便呼呼喘起了粗气，脸上滚下了汗珠儿，秃脑门上蒸腾着雾气。

哑巴媳妇出来了。她挺着个大肚子，身上那件薄薄的碎花棉袄都绷得扣不上扣了。

“大狗兄弟，歇会儿吧。吃块白薯，新出锅的。”

大狗也不客气，伸手接过白薯就大吃大嚼起来。

如果说，刚才看到大狗跟周把式练武我眼热手痒的话，那么这会儿，看到他大口大口地吃白薯，我简直是百爪挠心了。刚入冬，那场空前未有的大饥饿的威胁已经像严寒一样步步逼近了。标志着“共产主义天堂”的食堂解散了，爸爸妈妈天天看着领回家的那点儿口粮发愁。粥越熬越稀，菜越掺越多，可人的肚子却越撑越空。吃完还饿，吃完还饿，老吃老不饱。可是吃什么呢？没有办法，我们一家人也开始分吃饭了。菜团子，一人一个；粥，一人一碗。不饱也没了。别说，在吃饭这件事上，爸爸妈妈并没有偏心眼，给大狗的和给我的一样多。只是有时剩下一点儿粥嘎巴，或屉布上沾一点儿残渣，妈妈便抠下来偷偷塞进我的嘴里。我扒着篱笆缝看着大狗吃白薯，眼珠子都瞪得发酸了。他伸着脖咽一口白薯，我就伸着脖子咽一口唾沫。他使劲往下咽，生怕白薯咽不到他的肚子里。我也使劲往下咽，肚子里什么也没有。

哑巴媳妇从地上把他的棉袄拿起来，拍了拍上边的土，给他披在肩上。大狗站起身来又把棉袄甩掉了：“大嫂，有您这块白薯垫底，我再练一会儿。”

“你怎么又叫我大嫂了？”

“可我、我管哑巴叫大哥呀。”

“不从他那边论。”

“好，大姐——”

大狗甜甜脆脆地叫了一声，哑巴媳妇亲热地胡噜一下他的秃脑瓢，腆着大肚子进屋去了。

一连几天，我都悄悄地跟着大狗到海子墙去，看着他练武，看着他吃白薯。当然，在他回来之前，我必须先跑回家，钻进被窝儿，佯装睡着，免得他起疑心。爸爸妈妈住在东屋，我跟他住在西屋。他每天回来，都像一只猫似的蹑手蹑脚。悄悄进门，悄悄上炕，悄悄脱衣服，连灯都不敢点。既怕惊动爸妈，又怕惊动我。这一天，我终于忍不住了。他刚躺下，我就抓住了他的胳膊，轻声央求他："你让我也跟周把式学武艺吧！"

他听了我这句话，浑身一哆嗦，腾地坐起身来，两手像钳子似的掐住了我的肩头。我咬牙忍着疼，才没有嚷出声来。

"你的事，我都看见了。"

"你告诉爸妈了？"

"没有，真的没有。"

"上次我在河滩上整治你，你也没有对爸妈说吗？"

"没有。"

他的两只钳子似的手松开了。接着，他在黑暗中塞给我一个什么东西，肉乎乎，软绵绵的。啊，白薯！我心里一阵滚烫，禁不住叫了一声："哥……"

我记得，这是我第一次叫他哥。我这一声哥刚出口，他便把我紧紧地搂在了怀里，声音哽咽地说："小龙弟弟，我以后对你好。"

"哥，我也对你好。"

两滴滚烫的东西落在了我的脸上，他哭了，我也哭了。我又想起了那次因为我们撕毁了妈妈的洋布褂使他蒙受的那场不白之冤。我心里忏悔，却没有勇气向他认错。可悲的是，为了洗清我自己，我却把这件事情都推在了老疙瘩的头上。

"哥，那都是老疙瘩使的坏。"

"什么坏？"

"我们过家家撕坏了妈妈的洋布褂，他让我赖你。"

"真的？是他？"

他又忽地坐起身来，使劲挥起了拳头。我胆怯了："哥，你会去揍他吗？"

他沉吟了一会儿，又把拳头放下了："师父说了，君子报仇，十年不迟，先记下他这笔账！"

这些卑劣的心理大概是人类固有的弱点。当初，我为了掩饰自己和朋友，便栽赃陷害哥哥；而今，我又为了讨好哥哥而出卖了朋友。过若干年之后我才明白，这次“出卖”，比上一次的“栽赃陷害”，我的罪过还要大得多。

四

腊七腊八，冻死寒鸦。老天爷也故意跟人作对，人们饿着肚子，怕冷，可那一年却冷得邪乎。老疙瘩说：有一天早晨他站在院子里撒尿。一泡尿没撒完，就从他那小鸡头到地上冻结了一根冰条子，弯弯的，亮亮的，像一张玻璃弓。老疙瘩说话也邪乎，不能全信他的。可是这么冷的天，大狗却要钻冰窟窿打鱼，还让我去给他帮忙。

“你不要命啦？把你冻成冰棍儿怎么办？”

“哑巴媳妇生了个小女孩，没奶。郑三奶奶说鱼汤能把奶催下来……”

我们来到凉水河边，先捡了许多干树枝、烂稻草，准备好。接着，用冰镩在河面上凿了几个冰窟窿。然后，他脱光了衣服，腰间拴上一根绳。他让我在上边拉着绳，他便跳进了冰窟窿里。一条鱼都没有摸上来，他就冻得嘴唇发紫，浑身打战。我赶紧把他拉上来，点着火。他弓着赤条溜光的身子，在火堆旁边蹦着，跳着，狂呼呐喊着，倒活像是一条欢蹦乱跳的大鲤鱼。

身上烤暖和了，他又钻进了冰窟窿里。谢天谢地，这次总算抓住了两条小鲫鱼，只有手指头那么大。他又上来烤火，烤完又钻进去。这样上来下去十几次，竟然捞到了几十条小鱼。他冻得身子都僵了，上下牙直打架，连话都说不出来。我给他使劲儿用雪搓，用干衣服擦，还要不停地帮助他往外抠卵蛋儿。这也是郑三奶奶叮嘱的，说人冷，卵蛋儿就要往肚子里缩，要是不及时把它抠出来，它就掉不出来了。没有卵蛋儿便不能娶媳妇，有了媳妇也没有“后”。我当时虽然不明白卵蛋儿和娶媳妇以及有“后”无“后”的直接联系，但从郑三奶奶说话的口气神态上看，这是件顶重要的事，万不能掉以轻心的。他从冰窟窿里爬上来，卵蛋儿连同他那秃尾巴似的小鸡果然都缩进了肚子里。我给他用手抠，他还在跳跳蹦蹦地烤着火。我发现，他的小鸡根底下已经长出了一层稀稀拉拉的毛。毛挺硬，一根根地蜷曲着。火苗把他的毛烤焦了，散发出难闻的焦煳味儿。最后他从冰窟窿里爬出来，卵蛋缩进去很多，怎么也抠不出来。他蹲在火堆旁，一边加柴添火，一边让我使劲用手揉搓。他的身子被火烤得通红，腿窝里被我搓得一片躁热，卵蛋儿终于垂掉下来。他让我继续搓着，连同他的小鸡一块搓。他嗷嗷地叫着，显出非常舒服畅快的样子。突然，我的掌心像是被什么冲撞了一下。低头一看，他的小鸡直翘翘地挺了起来，硬邦邦的有小胡萝卜那么粗大。我闹不明白这是怎么回事，以为给他揉搓坏了，吓得叫了一声，急忙撒开了手。

“哥，你怎么了？”

“没，没啥……”

他慌乱地站起身来，从地上抓起一件衣服便捂着肚子，脸红红的，像办了什么见不得人的事。看着他这副样子，我什么都不敢说了，忙帮他穿上衣服。当我帮助他系裤子的时候，我看到他那小鸡子又像小秃尾巴似的垂下来，恢复了平常的样子。我更加感到困惑了。

他一句话也没有说，用一张破网片，提着小鱼朝海子墙跑去了……

这一冬总算熬过去了。好不容易盼着柳条发青了，燕子归来了。海子墙上，野草绿了，野花开了。哑巴媳妇抱着她的宝贝女儿，坐在院子里晒太阳。生了孩子以后，这个女人显得更年轻、更漂亮了。她的头发油黑油黑的，蓬蓬松松地披散在肩头上，散发着野花般的馨香。脸蛋儿白里透红，鲜嫩得能看见皮肤下那细如蛛网的毛细血管。两只大眼睛水汪汪、亮闪闪的，像浸在深潭里的一对小星星。她看着自己的女儿，总是抿着嘴乐。一乐，便现出一口整齐的白牙和两腮上那枣核儿形的小酒窝儿。

大概是这个漂亮的女人唤醒了潜藏在我身躯内部的性意识，我每次见到她，心里便生出一种冲动，总想在她那鲜嫩的脸蛋儿上亲一口。或者是饥饿诱发了我孩提时代埋藏的生存本能，每当我看到她敞开雪白的胸脯给女儿喂奶的时候，我总恨不得一头扑进她的怀里，抱着她那两只鼓鼓囊囊的大乳房一气吸个饱。这些都是我的心里话。表面上我却离她远远的，不敢靠近她，怕她。往她面前一走，便脸红心跳，有一种犯罪感，生怕她看透我肚子里装的那些脏念头。每次大狗带我到她家去，她都对我很冷淡，只顾跟大狗说话，把我晾在了一边。我从小就忍受不了别人对我的轻视，我成了多余的人，心里非常难过。

“小桑，叫叔叔。”

“大姐，你不是说咱们从你那边论吗？那么她该叫我舅舅。”

“孩子是他家的，还是从他那边论好。”

“你生的孩子，怎么是他家的呢？”

“他家的种，缺了八辈子德的孽种。”

“大姐，你别用这些脏话糟蹋师父家，俺不爱听。”

“你呀，我可怜的兄弟，让我跟你说什么好呢？”

“大姐，她为什么叫小桑呢？”

“到了晚上，你看西南天边上，有一颗最亮的星星，它就叫小桑。”

“什么？星星叫小桑？星星还有名字？”

“星星都是人变的。你不懂，到时候你就懂了……”

小桑吸饱了奶水，在她怀里酣甜地睡着了。她把她放在身边的摇篮里，用一条小单被盖好。然后，她慢慢地转过身来，朝坐在她身边的大狗跟前凑了凑，颤声说：“唉，大姐跟你一样，也是个苦命的人……”

她说着，把一只手搭在大狗那瘦小的肩头上，把他轻轻地拢在了自己的怀里。

大狗顺从地依偎在她的怀里，她给孩子喂奶时敞开的衣襟还没有扣上，大狗的脑袋正枕在她那两只鼓鼓胀胀的大乳房之间。大狗的脸红涨涨的，眼睛一闭，两颗豆粒大的泪珠儿从他的眼角流出来，滚落在哑巴媳妇那雪白的胸脯上……

我的心怦怦地跳起来。在一刹那，我突然悟出了一种人类的复杂情感：眼泪并不都是为痛苦和悲伤而流的，幸福和欢乐也可以让人热泪横流。我真羡慕大狗，同时又为他感到极大的惋惜。他离她那么近，为什么不亲一下她的脸蛋儿呢？你不想吗？为什么不去吮吸嘴边那两只鼓鼓胀胀的大乳房呢？你不饿吗？

过了一会儿，哑巴媳妇轻轻地唱起歌来。她一边唱着，还一边轻轻地拍打着大狗的身子。

小白菜呀，地里黄呀，
孩儿生来没了娘呀。
跟着爹爹不好过呀，
更怕爹爹娶后娘呀。
娶了后娘三年半呀，
养了弟弟比我强呀……

她低声吟唱着，两只含泪的眼睛凝视着西南方的天边。那里有一朵彩色的云，很美。云朵上边，有一只孤独的大雁，在盘旋，在寻找，在呼唤。这歌声越发显得凄凉哀婉，像一阵冷飕飕的小风吹进人的心里，让人感到胸口发堵，很不好受。

哑巴媳妇停住了吟唱，转过脸来对我说："小龙，听大狗兄弟说你还算有点儿良心。大狗没娘，够苦的了，你可不能帮助你爹妈欺负他呀！"

那里有一朵彩
色的雲很美
雲朵上邊有一
只孤獨的
大雁在盤旋
在尋找
在呼喚
甲午金秋月
景浩於潞府
藝緣齋

我低着头站在她面前，不知该说什么好。只觉得很愧疚，很自卑，很怕。

“多好的后娘也不行，毕竟不是自己身上掉下来的肉。一层肚皮一层山。”

她这话不知是对我说的，还是对大狗说的，或者是她自言自语的。

我突然醒悟了：原来我跟大狗之间的一切隔膜以及他在家里所受的不公平的待遇，只是因为我们两个人隔着一层“山”，一层因肚皮而造成的“山”。

五

“你们这些孩子有福气呀，赶上了新社会。什么叫新社会呢？新社会就是人人都得干活，挣分，吃饭。要穷一样穷，要富一样富。我们那会儿叫旧社会。旧社会有干活的，有享受的。有穷人，有富人。穷人叫贫雇农，富人叫地主。这是共产党来了才改的名字，早先穷人就叫扛活的，富人就叫东家……”

全学校几百个学生拥挤在大操场上，支棱着耳朵听着贫农老大爷给我们忆苦思甜。在我的记忆里，这是第一次接受阶级斗争的教育。在此之前，我看过小人书《半夜鸡叫》，读过“文南洼，十三家，家家挨过蒋匪军的鞭子”的课文，还看过电影《白毛女》。地主是青面獠牙的魔鬼，是杀人不眨眼的害人精。可恶，可恨，该杀，该砍，可是一点儿也不可怕。因为那是上辈子的事，是外星球的事。跟我们的现实生活一点儿都不搭界，更不会想到跟我们这个穷得叮当响的家庭有什么联系。

在台上忆苦思甜的叫郑百岁，我们村的老队长，论起来我该叫他郑大伯。郑大伯真幸运，原来他也遇上过地主。我本以为天底下只有高玉宝、喜儿和书里电影里的人才遇上过地主呢。

“……地主嘛，歹毒啊！拿咱扛活的不当人，当牲口使，当猴耍。那年我跟侉老陈给齐善人扛活。到麦秋了，齐善人把我叫到他的上房，送给我一个白帆布的汗褟儿，嘱咐我说：‘这是给你的，千万别对侉老陈说。’我得了人家的好处，当然要知恩图报了。拔麦子的时候，玩命

只是因为
我们两个人
隔着一层
山
一层肚皮
造成的山
景浩写
於直華通州
大运河畔

地干。该打歇儿不打歇儿，该喝水不喝水，该收工也不收工。没想到侉老陈也这么玩命，我占一垄他占一垄，跟我摽上了。人家过路的都说：‘老齐家这两个扛活的疯了吧？’你猜怎么着？原来呀，齐善人也给侉老陈一个汗褟儿，也不让他告诉我……”

齐善人真是诡计多端，狡猾的老狐狸。郑百岁和侉老陈也真傻，不就是一个汗褟儿吗？换上我，给一百个汗褟儿也不给他玩命。

“……噢，你们问我齐善人在哪儿呀，死啦！早见阎王爷去了。他儿子还在，人挺实诚，不像他爹那么多花花肠子。对了，他还有两个孙子，就在你们学校念书。大号我说不上来，就知道一个叫大狗，一个叫小龙……”

我像一下子被浸入了超低温的冷冻液里。整个身子僵直了，血液凝固了，灵魂也不知道飞到哪里去了。眼前的一切都模糊了，脑子里出现了一片空白。郑百岁又说了些什么，不知道。同学们怎样用惊愕、疑惑，乃至憎恶的眼光看我、议论我，不觉得。半天半天，我才觉得冷。冷得浑身发抖，瑟瑟的，像秋风中悬挂在枝条上的一片枯叶……

这些天我不知道是怎么样熬过来的。要知道，我自小就是在一个特殊的家庭里享受特殊的待遇的。谈不到娇生，可也称得上惯养。受宠的孩子总是自命不凡，总觉得高人一等。加上我又有那么一点儿天资，在学校里各门成绩都是拔尖的。老师偏爱我，同学们也对我另眼看待，这就更强化了我的自尊心和虚荣心。这次我们九岁的孩子入少先队，红领巾还没有发下来，我就被内定为“两道杠”——中队长或者至少是中队委员。

哥哥在学校里也是个品学兼优的学生。他已经初中二年级了，是班里的体育委员，又是校篮球队的主力队员。去年春天参加全县中学生联赛，由于他进了关键性的一个球，夺回来一面缀着金穗的锦旗，使他一下子成了个了不起的人物。最近，团支部书记刘希珍连续找他谈了三次话，要发展他入团呢！这是我们俩躺在被窝儿里，他高兴得憋不住，悄悄告诉我的。

这一下子全完了。不要说“两道杠”了，连红领巾都不发给我了，少先队辅导员邵老师退给我三角钱，那是我交的买红领巾的钱。她什么也没有说，只是用她那柔软的小手抚摸了一下我的脑袋。一切安慰、爱抚、痛惜、遗憾都通过那热乎乎、潮漉漉的手传给我的头顶，传遍我的全身。我强忍着不让自己的眼泪掉下来，把嘴唇都咬破了。

六一儿童节，那应该是我们的节日。现在只变成他们的了。少先队在凉水河滩上过队日，发展少先队员。“六月里花儿香，六月里好阳光，六一儿童节，歌儿到处唱”，“小鸟在前边带路，风啊吹向我们，我们像春天一样，来到花园里，来到草地上”，“五月的鲜花，开遍了原野，鲜花掩埋志士的鲜血……”多么让人激动的日子呀！谁都得热血奔流，谁都得热泪盈眶。“∩”字形的队列，洋鼓洋号，雪白的衬衣，蓝裤子。鲜艳的红领巾，五星红旗的一角，飘在了白衣少年的胸前，像一团团炽热燃烧的火苗儿。然后，把右手高高举过头，少先队的敬礼。“准备着，为共产主义事业而奋斗！”“时刻准备着！”多么庄严，多么神圣！每个人的心里都涌动着一种献身的冲动。再然后，又唱歌，少先队之歌，全称应该叫作《中国少年先锋队队歌》，不是现在少先队员们唱的那首，是老的，郭沫若词，马思聪曲。“我们新中国的儿童，我们新少年的先锋，团结起来继承我们的父兄……”

这一切都应该属于我的，我有权利拥有这一切。那里应该有我的歌声，有我的热泪，有我胸前燃烧的火苗儿。而现在，我只能偷偷地躲在灌木丛中，透过那带刺的枝条，癞皮狗似的可怜巴巴地看着他们。我仍然紧紧地咬着嘴唇，不让自己的眼泪流下来……

回到家里，我再也忍不住了。一头扑在炕上，嗷嗷地号啕大哭，打着滚儿地哭。双脚踢破了被子，两手抓破了炕席，满脸泪污血污。我从来没有这样发过疯。天塌了，地陷了，不活了，没法活了。

每天早晨我和哥哥便抬着一個鐵筒揀內揀地搜集人屎然後送去實驗田里

景浩寫於通州

妈妈陪着我哭，开始是默默地落泪，后来也号啕大哭起来。她一把鼻涕一把泪，一边哭一边倾诉着委屈，一边历数着齐家的罪状。是的，妈妈也是满肚子委屈，通过她的哭诉我才知道。她本来是个苦人家的女儿，家住在十八里外的青云镇。因为家里穷，才给父亲当了“填房”。她嫁来的时候虚岁才十三岁，连“例假”还没有来，这也是她哭出来的。“是你这个该千刀的把我弄出血来的”，这是她在控诉着爸爸。我不明白她说的是什么。她那时还是个孩子，可进门就当孩子妈。这她是指大狗说的。大狗的亲妈生下他就死了，月疾病。大狗妈死了才七天，爸爸就把妈妈娶来了。“没良心的，我那会儿奶子还没有核桃大，就天天让你那个孽种嘬，嘬肿了，嘬烂了，没生孩子先长奶疮……”妈妈哭着，讲了一段悲惨的故事，给我，给大狗，也给爹。

爹像个榆木墩子似的蹲在屋地的椿木凳上，大脑袋耷拉在胸前，一句话也不说，像是睡着了。直到我跟妈妈都哭闹累了，紧一声慢一声地抽泣喘息的时候，他才慢腾腾地站起身来，沉沉地说：“摊上了，有什么办法？这会儿要是能把成分改过来，我情愿给他郑百岁扛二十年长活。”

妈妈又哭叫起来：“你是地主，你不冤，你是地主揍的。我不是，我是穷根生的！”

是呀，妈妈本来是穷人的女儿，嫁过来又受了那么多的磨难，怎么反倒成了剥削人压迫人的地主婆了呢？我一直想不通，一直愤愤不平。直到“四清”的时候，我学习了关于划成分的政策条文，才口服心也只好服了。按规定，只要吃够三年剥削饭，就应该算作是剥削阶级。我们那个地方，一九四八年解放，一九五〇年土改。大狗是一九四六年出生的，妈妈也是一九四六年进的齐家门。横算竖算都超过了三年。进了地主家，甭管你吃的是什么，反正那里的一柴一米都是剥削来的。你吃了三年剥削饭，把你划成个地主，还冤枉吗？

妈妈陪着我哭闹了一顿，气出了，火发了，委屈倒出来了，也就平静了。她反过头来劝我：“别哭了，认命吧。”

妈妈的话像一把尖刀扎在了我的心里。老师常教导我们说，我们是党的儿子。我们也为有党这样英明伟大的父亲感到温暖，感到自豪，感到无上的荣光。我又想起了哑巴媳妇那句话。在家里，我跟大狗隔着一层山。在外边，我和大狗又跟其他的孩子隔着一层山。这两座山都是肚皮造成的。

大狗比我明白多了。我那会儿早已不叫他大狗了。他不哭不闹，也不怨天尤人，反而很镇静，很自信，很有主心骨的样子。其实他也够惨的。团支部书记不找他了，共青团没有入上，还把他的体育委员抹了。等我哭完了，他把我拉到外边的葫芦架底下，严肃地跟我谈了话："我看文件了，是彭真市长的讲话。他说，有成分，不唯成分，重在政治表现……"

我瞪大了眼睛听着。虽然对他讲的话不甚了了，他的语气神态却给了我莫大的希望。我等待着能从他嘴里说出找到了诺亚方舟，能救我们出苦海见天日的消息。

"重在政治表现，你懂吗？"

我茫然地摇了摇头。

"就是说，一个人的出身不能选择，但道路是可以选择的。我们的许多中央领导人，家庭出身都不大好，他们却能背叛自己的阶级，成为无产阶级革命家。我们应该以他们为榜样。"

"怎么学呢？现在不打仗了，到哪儿去参加革命？"

"我们的一切工作，都是革命工作，这是张校长说的。"

"那我们干什么？"

"我们得好好表现。"

人要下决心表现自己，并不是一件难事。所谓表现好，无非就是多干好事。上学不迟到，不早退。上课认真听课，下课抢着擦黑板。放学的路上，我们捡了一个高粱头，送到了生产队的场院里。收秋的道路不平，经常窝车。我跟哥哥放学以后，就一人一把铁锨去平路。这些都是小事，做起来并不吃力。那一年冬天，我们还做起了一件大事。

村西口有一块青年实验田，是团支部搞的，种的是冬小麦。大狗听技术员说，人尿很肥，浇在麦田里可以丰产。于是，每天早晨，我跟哥哥便抬着一个铁桶，挨门挨户地搜集人尿，然后浇在实验田里。

这事说起来简单，干起来可真不容易。早晨起床就是个大问题。冬天那么冷，我最不愿意爬出热被窝儿。每天都是哥哥连哄带劝地把我赶出来。西北风一刮，或者大雪漫天，我们抬着桶走在大街上，冻得手麻脚木。到了人家门口，还得求爷爷告奶奶让人家把尿盆端出来。在农村，多脏的户没有？多臊的尿没有？端了一早晨尿，熏得直想吐。就这样，我们居然坚持了三月。直到七九河开，八九雁来，麦苗返青拔节，我们才算完成了“表现”。别说，团支部表扬了我们，公社广播站记者还写了一篇表扬稿，题目是“两个亲兄弟，一对红思想”，嘿嘿！

有一次，那是水天六月间了，一场大雨，把老队长郑百岁的猪圈泡塌了，一头克郎猪趁机逃跑了。郑百岁领着社员们防洪排涝去了，急得郑大妈直掉眼泪。我跟哥哥知道了，连饭都没顾上吃，就帮助她去找猪。把猪找回来，又帮助她家垒猪圈。哥哥砌砖，我和泥，整整折腾了一天，两只手都磨出了血泡。郑百岁回来了，非常感动，非要留我们在他家吃饭不可。

哥哥说：“郑大爷，这没什么，您别往心里去。当年，我爷爷欺负您，这就算是我们替他向您赎罪了。”

没想到，郑百岁听到这句话，眼泪哗哗的，嘴唇直哆嗦。半天，他才说：“别……孩子，天大的罪也轮不到你头上……再说，你爷爷就是使唤长工狠点儿，其实，他心眼并不坏……”

这到底是怎么回事呢？我被哥哥的话和郑百岁的话闹糊涂了。

六

我们这一家子，纯粹是耗子扛枪——窝里横。无论是妈妈数“莲花落”也好，爸爸对大狗挥拳使棒也好，或者我对大狗称王称霸，大狗受了委屈喊冤诉苦也好，这一切都得关起大门来秘密进行。不是我们家好体面，家丑不外扬。而是我们这个家在村里，如同大狗在我们家里一样，也不是亲娘养的孩子，也同样受歧视，受虐待，受管制。没事儿还找你的碴儿呢，你还为所欲为地折腾，这不是伸着脖子往人家刀口上撞吗？还是妈妈那句话说得准确生动：咱带肚子住娘家，得估量着自己的身份。

直接管着我们的，便是郑三奶奶的儿子、小香的爸爸、治保主任郑茂林。

在我的印象中，郑茂林是一副很精明、很干练、很惹人注目的样子。走路办事轻盈敏捷，手脚特别灵活，像个体操运动员。那会儿他还是一个三十来岁的小伙子，眉清目秀，唇红齿白，留着一个油光光的小分头。脚上一双白球鞋，身上一件红背心，完全不是庄稼人的打扮。那会儿庄稼人大多数打着赤脚，光着膀子，更少有人留分头的。我们孩子们常跟他逗，见他走过去，就在背后嚷：“留分头，使板油，搞个对象不发愁……”他听了，不急也不恼，还满脸的得意之色。郑茂林的嘴也像手脚一样灵活，他会讲笑话，会唱戏，会打很漂亮的口哨。有一次，他学猫叫春，差不多把全村的猫都招到了村东大庙里，演出了一场群猫大合唱。

他學貓叫春聲差不多把全村的貓都招到了村東大廟
里演出一場群貓大合唱
景浩寫於草弄

郑茂林这一切优势，加上他为人随和，心地善良，在村里很是招人喜欢，特别是招姑娘们的喜欢。当然，他更喜欢姑娘们。常常见他在村头路边，把一群姑娘逗得笑弯了腰，甚至动手动脚地打情骂俏。这一点，乡亲们看不惯，说他不正经，骂他是天生的“下流坯”。他也确实闹过几次风流韵事，把他的名声都糟蹋了。据说，来村的工作队和乡政府的领导，早就发现了他这个人才，几次要调他到外边工作，只是因为他有这方面的毛病，才一直没熬上去，把大好前程也耽误了。到头来，只在村里当个民兵连长兼治保主任。

我觉得，他当民兵连长还可以，带着一群生龙活虎的年轻人，跑操打靶，唱歌演戏，把三街六巷搞得热气腾腾。而他当治保主任便不大合适。他这一副嘻嘻哈哈的笑模样，怎么能管人、训人、整治人呢?

我们家却怕他，特别是妈妈。至少，在表面上是这样的。有时候，我们家就是闹翻了天，只要他一进门，便立即偃旗息鼓，鸦雀无声。他进门以后，也不再是一副喜眉笑眼，而是铁黑着脸，直竖着眉头，瞪圆了眼睛，说话也瓮声瓮气：“刚对你们放松一点儿，你们的反动尾巴就露出来了。打骂孩子，这是对新社会的不满。孩子是党的，是革命的后代，不是你们地主家庭的孝子贤孙。孩子不会跟着你们走反动道路的，你们只有供他吃、供他穿、供他念书的义务，没有管教他的权利……”

这分明是在为大狗撑腰。大狗有了这个靠山，也确实腰杆子硬许多。他再挨打，疼得狠了便大喊大叫，哭得震天价响，为的是让对门的郑茂林听到，或者干脆破门而出，跑到郑家要求庇护。不过，这对他也没有多大的好处。爸爸妈妈受了一顿训斥，自然把这笔账记在他的头上。轮到下次，妈妈也就骂得更凶，爸爸下手也就更狠。如此，形成了一个恶性循环。他往郑茂林家跑得越多，他受的虐待越甚；他受到的虐待越甚，也就越往郑茂林家跑。终于有一天，爸爸失手，把他的头打破了，血流不止。郑茂林也急了，带着两个民兵把爸爸、妈妈押走了，罚他们把全村的厕所都淘了一遍。

渐渐地，我发现，郑茂林不但是大狗的庇护者，而且也是爸爸的庇护者。别看他在公开的场合也对爸爸吹胡子瞪眼，做出一副立场坚定、斗争性很强的样子。可是骨子里却是保护爸爸、向着爸爸的。最明显的有两次，一次是我听说的，一次是我亲眼见到的。

反右运动的时候，我们牧牛屯的大街小巷也贴满了大字报，大多是揭发“地富反坏”的反动言行的。有一张要命的大字报，揭发的是爸爸。说他在土改以后，在被分去的土地上埋上了界石，等着国民党回来，向贫下中农反攻倒算。爸爸吓坏了，连大门都不敢出，这罪名还了得，要真让人查出来，不蹲大牢，也得戴上一顶反动地主的帽子。

有一天深夜，风雨交加。我们家的大门被郑茂林踢开了。他披着一件蓑衣，怀里抱着一块长方形的石头。进了门，咚地把石头扔在了地上。爸爸妈妈一看，慌忙从被窝里爬出来，连衣服都顾不上穿，光着身子就跪下向郑茂林求饶。原来，郑茂林扔在地上的，正是爸爸埋下的那块界石。石头上还刻着“积善堂”三个字。“积善堂”是我们家的堂号，过去有头有脸的家族都有一个堂号，譬如义顺堂、忠义堂、同仁堂之类的。

“你这是干什么？说!”郑茂林厉声问。

“我想……万一世道变了，这地……也好认出来……”爸爸果然有变天思想。

“你这纯粹是找死!”

“求求你，饶了我吧……”

郑茂林在屋子里搜寻了一下，发现了八仙桌上放着一个旧香炉。这个旧香炉，是爷爷在世时常用的，他是个虔诚的佛教徒，在家里设一个佛堂，每天都吃斋念佛，焚香打坐，广播慈云善雨，不修今生修来世。这个香炉便是他的贴身宝贝。郑茂林吩咐爸爸说：“把这个香炉埋到你家祖坟里去!”

第二天开爸爸的斗争大会，公开审讯爸爸的反动罪行。大会的主持者自然是郑茂林。他正襟危坐，慷慨激昂，让两个民兵将爸爸押上来，面向观众，低头弯腰。

郑茂林怒喝道："齐树义，告诉你，党的政策是坦白从宽，抗拒从严，顽抗到底，死路一条！你要向乡亲们老老实实交代你的反动罪行！"

"是，是……"爸爸诺诺连声。

"我问你，你往地里埋过东西没有？"

"埋过。"

"埋在哪儿了？"

"埋在俺爹的坟下边了。"

需要交代一句，爸爸埋界石的那块地，正好是俺家的祖坟。

"你埋的是什么？"

"香炉。"

"胡说，你埋香炉干什么？"

"俺爹生前吃斋念佛，他死后在阴间也信佛……"

"浑蛋！你怎么知道他在阴间的事？"

"他给俺托梦来了，说要那个香炉……"

"你说的可是真话？"

"不敢有假。"

"走，到你家坟地去看看。"

轰轰隆隆，众乡亲押着爸爸来到俺家的坟地里，锨挖镐刨，很快找到了那个香炉。

郑茂林更加义正词严地批判爸爸："同志们，你们看，都解放八年了，齐树义还搞封建迷信活动，搞什么阴间阳间、托梦还愿这一套，这都是他的反动本质决定的。我们一定要把他的反动思想批倒批臭，肃清流毒，不允许任何封建迷信活动存在……"

批判再严厉，也不过是封建迷信思想，比起变天罪行，要轻得多了……

爸爸被郑茂林保护下来了，自然是千恩万谢，他永生永世都不会忘记的。我想。

另外一次保护爸爸，却是以牺牲我和妈妈作为代价的。

前边交代过，妈妈是个穷人家的女儿。她虚岁十三便嫁到齐家，给爸爸当“填房”。那会儿，她对男女之间的事情还一窍不通，只懂得嫁汉嫁汉，穿衣吃饭，有了丈夫便有饭吃，有衣穿。妈妈的妈妈就是这样哄她上轿子的。入洞房的时候，她见爸爸脱光了衣服，吓得破窗而逃。邻居们帮忙把她生擒回来。爸爸把她重新抓进屋里，扯掉了她的衣服……她又疼又怕，大哭大叫，招得全村人前来看热闹。积善堂的这件丑闻，成了牧牛屯人茶余饭后的笑资。多少年以后，人们提起来还津津乐道。我就是听郑三奶奶对我讲的。

庄稼人结婚，无非是为了过日子，生孩子，传宗接代。谁跟谁睡在一个被窝里，完全靠父母之命，媒妁之言。遇上运气好的，小两口合得来，也有过得挺和美的。干了一天活儿，躺在热炕头上，干一些男贪女恋的事情，也会觉得心满意足。绝大多数是命运不济的。男的看见女的恶心，女的看见男的黑眼……但是，很少听说有人离婚，只有丈夫休妻子的，妻子跟丈夫离异，罕见得很。妈妈却动过离婚的念头，那是为了我。为了我的前途，她要带着我跳出这个火坑。这种事原本该找妇联，由于妈妈不是妇联会成员，也就一并归治保主任管了。

郑茂林一听就火了：“你离什么婚？齐树义对你哪点不好？你在家里撒泼使气，他说过半个不字吗？他对大狗拳打脚踢，捅过小龙一指头吗？你还不知足，你要是离了婚，到哪儿去找这么听你使唤的男人？”

郑茂林说的是实话。在农村，妇女在家庭生活中是最没有地位的。我们牧牛屯，从东头到西头，挨着门楼数门楼，没有几家当媳妇的不挨打挨骂的。像妈妈这样当家做主的，实不多见。这倒不是因为爸爸是个窝囊废，或有什么短处攥在妈妈手里。爸爸并不窝囊，也没干过什么偷鸡摸狗、丢人现眼的事情。说到底，爸爸还是个通情达理有良心的人。他从心里觉得，妈妈进这个家不容易，替他带大了孩子，替他洗衣做饭，又替他背上了地主这块黑牌子。他觉得妈妈委屈，因此，他就不能再给妈妈气受，凡事都由着她。妈妈也不是那种浑不讲理的人，爸爸对她的依顺，她也知情，也满足，有时也觉得有点儿过意不去。不过……

“俺不是为了过日子。论过日子，苦点儿，穷点儿，委屈点儿，俺都能忍，能熬。俺是为小龙着想，他还是个孩子，他将来要在社会上混事由。不从这个家里脱出来，一辈子甭想有出头之日……”

妈妈说得振振有词。

郑茂林说：“你呀，诸葛亮喝盐卤——聪明一辈子，糊涂一时。你以为小龙这个地主出身，就是从他爹一个人那继承下来的？你又不是带着孩子嫁给他的。这个地主，有他一半，也有你一半。你就是跟他离了婚，也还是地主，小龙照样是地主出身。这可不是嫁鸡随鸡、嫁狗随狗的事。你跟齐树义离了婚，谁娶你，谁受影响……”

完了，进无进路，退无退路。听郑茂林这么一说，妈妈死心了。从此以后，再也不提跟爸爸离婚的事了。

郑茂林为爸爸保住一个媳妇，保住了一个家庭。那么，为什么郑茂林这个治保主任，对爸爸如此厚待？说起来，这里边还有一段缘由。

奶奶生下爸爸之后，没有奶水。吃了催奶药，喝了鲫鱼汤也无济于事。望着嗷嗷待哺的儿子，爷爷急得像热锅上的蚂蚁。说来也巧，就在这时候，郑三奶奶生了个头生女儿，由于接生婆缺乏卫生知识，脐带感染，得了四六风，没过几天便死了。爷爷听说以后，便托人前去说合，把郑三奶奶请来给爸爸当奶妈。

郑三奶奶年轻时颇有几分姿色，且生性风流，不守本分。爷爷虽说是终日吃斋念佛，可是六根不净，凡心未泯。郑三奶奶进了积善堂，当着爷爷的面，便解开衣襟，袒露着两只鼓胀的大乳房给爸爸喂奶，常把爷爷撩拨得春心荡漾，邪火难禁。每到喂奶的时候，爷爷总是凑上前去，装作哄儿子，实则盯着郑三奶奶的大乳房馋涎欲滴。郑三奶奶在爷爷面前也毫不避讳，甚至还常常抱着爸爸往爷爷的身边凑，嗲声嗲气地说：“东家，看看你的宝贝儿子，怎么不正经吃奶呀？是跟我认生，还是嫌我的奶水不甜？”

爷爷走过去，冲着郑三奶奶怀里的爸爸说：“乖儿子，快吃奶呀，看看郑妈妈这对奶子多白，多大，发面馒头似的。来来来，张开嘴，爸爸给你捧着……”

爷爷说着，便伸手捧着郑三奶奶的大乳房，把奶头往爸爸的嘴里塞。郑三奶奶也不躲避，似乎他捧着的不是自己的乳房，而是一只奶瓶什么的。

爷爷又说：“吃呀，吃呀，看这奶水多白，多甜，你不吃我可要吃了。”

爷爷说着，果真低下头，扒着郑三奶奶的乳房使劲嘬了两口。直到这会儿，郑三奶奶才假惺惺地把爷爷推开，骂一声：“没出息，不正经!”可谁知道这骂声里含有几分责备、几分亲昵和几分挑逗呀!

至于爷爷和郑三奶奶之间还有没有更深层次的关系，就不得而知了。反正这个精彩的镜头，当时全被长工郑百岁看见了。要不，怎么传出来的呢?

郑三奶奶是这样一个女人，因此她的儿子郑茂林惹出几桩风流韵事来，也就没有什么值得大惊小怪的了。

小香妈就是郑茂林在戏台底下勾搭到手的。那一天晚上在马驹桥镇看戏，郑茂林专往人多的地方挤，为的是朝大姑娘小媳妇的身上揩油占便宜。挤来挤去，他发现身前有一个姑娘，长得皮白肉嫩，肥肥胖胖，便不由得把身子往上贴去。胖姑娘发现有人向她冒坏，想要躲闪开，扭头一看，是个英俊漂亮的小伙子，便一见倾心，稳住身子不动了。郑茂林见姑娘没有反应，便得寸进尺，试探着把手伸向姑娘的大腿，姑娘依然没有动。于是，他又把手向上移，伸向了姑娘的衣襟，抓住了姑娘的乳房，姑娘却把他的手紧紧地搂在了怀里。两人心照不宣，悄悄离开了剧场，钻进了戏台后边的一片柳树丛里，宽衣解带，干起了那干柴烈火的勾当。没想到，正在他们恣意交欢的时候，却双双被镇值班民兵抓住了。一对奸情男女被送进了乡公所，这件丑闻像旋风似的立即在马驹桥镇上传开了。女方父母为了掩羞，一口咬定强奸。姑娘却不干了，说是自己愿意。于是，女方父母只好后退一步，要求郑茂林立即娶他们的女儿为妻。

这一下可让郑茂林为难了，原来他家里已经定了亲，姑娘是海子里鹿圈人，正准备过了腊八成亲呢！要娶这个胖姑娘，就得跟鹿圈那边退亲，可是那边死活不答应，而这边的胖姑娘又非要嫁给他不可。一个不下马，一个不接鞍，两边都要拉郑茂林去打官司。

郑三奶奶求到爷爷的门下，爷爷跑前跑后出来说和。最后达成协议，因为跟胖姑娘已经生米做成了熟饭，只好明媒正娶。而鹿圈那边，退亲可以，给三石麦子，作为赔偿费。郑茂林家拿不出三石麦子，爷爷便让人从自己的粮囤里打发了三石麦子。

郑三奶奶是个有情有义、知恩图报的人。解放以后，我家失了势，郑三奶奶便不断叮咛儿子，齐家对咱有恩，咱可不能干那义断恩绝的事情。

应该承认，郑茂林庇护大狗，保护爸爸，为我家确实做了不少好事。可是，他对我家也憋过坏，搞过恶作剧，并由此导致了很长时间妈妈对大狗的仇恨。

“其实，妈妈过去对我挺好，我是她带大的，她疼我，爱我，照料我，我真不觉得她是后妈。”有一次，大狗跟我说，“都是郑茂林使的坏，让我吃了亏。”

“他使什么坏了？”我问。

“他告诉我夜里别睡觉，注意爸爸跟妈在干什么事。我听了他的话，真的注意了几次，把什么都看清了。”

“你看清了什么？”

“看到爸爸钻进妈妈的被窝里……”

“他们在干什么？”

“你别问，等你长大了就知道了。有一次，我故意挪到窗台上去睡。妈妈见了，问：‘你怎么到窗台上睡？’我说：‘炕上没地方。’她说：‘这么宽的炕，怎么会没地方？’我说：‘要是有地方，你们为什么摞在一起……’爸爸听了，啪啪给了我两耳光，妈妈骂我坏了心，是小畜生……”

朦胧中，我似乎悟出了，大狗干了一件挺不地道的事情，可这事情的幕后操纵者，却是郑茂林。

郑茂林为什么要这样做呢？他到底是怎样一个人呢？

七

爸爸死了。

说不清他得的是什么病。在牧牛屯，爸爸是有名的棒郎子。二百多斤的麻包放在他肩上，往四五丈高的粮囤上扛，他腰不弯，腿不软，颤颤悠悠地上了囤梯。脚步轻捷如飞，左臂前后甩动，那架势真轻，真美，真帅！到了囤顶，把麻包倒下，一个鹞子翻身便折下来。双脚落地，稳如生根，脸不红，气不喘。就这样，他可以一连扛七七四十九包。在所有大力士中，爸爸这招儿堪称一绝。他能干，也能吃。据说，修凉水河大堤的时候，两合面的菜龙随便吃。饭车来了，爸爸把桑木扁担撂在地上，一个接一个往上码，他硬是把整整一扁担菜龙都吃了。为此，爸爸落了个“菜龙扁担”的绰号。

现在可不行了。他先是瘦，人高马大的硬汉子，瘦成了一副骨头架子。两只大眼睛、两个腮帮子都塌下去了。长满胡楂子的大脸盘子，变成了一块见棱见角的干石头。那副凶相没有了，却变成了一副瘆人的可怕相。后来，他又开始发“胖”，浑身肿胀得像一个充了气的大胶囊，两只眼睛都挤成了两道缝。他身上的肉皮胀得发亮，里边充满了浑浊的液体，似乎随时都有胀破的危险。

终于有一天，他不行了。他把我们都叫到他的身边。哥哥直挺挺地站在爸爸的头前，一声不响，一动不动，像个石柱子。突然，爸爸跟妈妈说了几句什么，妈妈拉着我扑通一声跪下了。不是跪向爸爸，而是跪向哥哥。哥像是从梦中惊醒过来，也慌忙跪在了我们面前。妈妈哭了，哥哥也哭了。我心里也涨满了泪水，却没有哭出来。

爸爸吃力地对哥哥说：“这些年，你受、受委屈了，爸爸对、对不起你……就让你妈替我给你赔个不是吧……我把你妈、你弟……都托付给你了……”

哥哥一头扑在爸爸的身上，大哭大号起来。我和妈妈也扑向爸爸，拼命地哭喊着。

这是一个漆黑的夜晚。西北风夹杂着大片大片的雪花像暴怒的狮子一样吼叫着，冲撞着，把我们呼唤爸爸亡灵的声音吞没了……

爸爸死后，哥哥好像变成了另外一个人。他脸上的表情是庄严的、神圣的。目光也是冷峻的、凝滞的。他似乎在随时准备着应付突如其来的灭顶之灾，或做出什么扭转乾坤的重大决策。给爸爸送葬回来，他把妈妈和我找到一块儿，沉重地说：“爸爸没了，咱这个家塌了一半。可是以后咱还得过下去……”

“东升，过去的事……唉!”妈妈觉得对不起他，可又不好意思启齿向他道歉，只是饮泪哭泣，以表示内心的愧疚。

哥哥理解妈妈，反而宽解她说：“您什么都别说了。过去您管教我，应该。甭管深了，浅了，对了，错了，我都不记恨您。今后该怎么管，您还怎么管。在您面前，我永远是个孩子。”

别看平时妈妈伶牙俐齿，出口成章，鼻子眼儿都会说话。真到了褃节儿上，她却成了没有主见的女人。她仍然流着眼泪说：“东升，以后咱家可都指望你了。”

哥哥成竹在胸地说：“妈，您甭着急，没有过不去的火焰山。我想好了，这书我不能念了。我要到队里干活挣分，养家糊口。”

妈妈急忙说：“那不行，你要是不念书，小龙也不能念了。”

“弟弟还小，到队里干活人家不要。”

“不能挣工分，拾个柴，打个草，总能帮你一把。”

“不行，弟弟聪明好学，说不定将来能有点儿出息。您甭多虑，这件事我做主，不算您偏心眼。”

就这样，他肩起了爸爸撂下的那副沉重的担子。那年他十七岁，虽然他极力装出一副男子汉的气势，可是他的肩头毕竟太瘦小、太单薄。我真替他担心，生怕他也像爸爸一样，把这副担子担不到头。

不久，我们家又添了一口人，就是对门郑三奶奶的孙女小香。

那年头死个人真容易，老百姓说是“天年”。天上准是打起了仗，或者搞什么重点工程，缺人用，挤对得阎王爷乱翻生死簿，把到大限的、不到大限的乱七八糟地往回收。郑茂林——小香的爸爸这个精明、能干的治保主任，忽然死在密云水库工地上了。说是推着石方的车，走着走着就摔倒了，再也没有爬起来。灵柩进了村，郑三奶奶连哭的劲儿都没有了。她双手扶着儿子的灵柩，一句话都没说，眼睁睁地断了气，那两行浑浊的眼泪，都没有来得及滚出眼角。

埋葬了丈夫和婆婆以后，小香妈跑了。说是跟一个锔漏锅的外乡人跑的。小香放学回家，不见了妈妈，窗台上放着两个高粱面的窝窝头。这娘儿们还算是有点儿人心，临走时把自己的那份口粮留给了女儿。

小香成了孤儿，哥哥把她领回了家。

妈妈有点儿犯难，自家的日子还过不囫囵，又要添个两姓旁人，这不是自找累赘吗？哥哥说：“郑大叔活着的时候，没少帮咱家的忙，咱不能忘了人家的好处。再说添张嘴不过是多加双筷子，咱总不能看着这没娘的孩子冻死饿死吧。”

哥哥说“没娘的孩子”这句话，其实是无意的，却触动了妈妈心中的愧疚。她脸红红的，眼圈红红的，不再说什么，算是认可了。都说江山易改，禀性难移，其实未必。妈妈过去那么厉害，那么絮叨，那么抓理不饶人。自从爸爸死后，她却变得低眉垂目、少言寡语、谦卑怯懦了。似乎爸爸活着的时候，她把一辈子的话都透支出去了，现在她的“语言仓库”也所存无几了。妈妈毕竟是个弱女子。

日子越来越艰难了。人们与饥饿和浮肿争夺着生命，摇摇晃晃地把干瘪的种子埋在贫瘠的土地里，企盼着大地母亲给她嗷嗷待哺的儿女儿滴救命的乳汁。饿得眼蓝的庄稼人，这会儿看到了满地成熟的庄稼，都一个个红了眼。在地里干活的时候，凡是可以充饥的东西都拼命地往嘴里塞。生白薯、生土豆，甚至生棒子、生葱也吃得津津有味。幸亏人类的祖先是从无火的时候熬过来的，在这极特殊的境遇中，吃生食的本能又复原了。吃完之后，就是“拿”。说是“拿”好听一点儿，其实与偷无异。妇女的裤裆里装玉米粒、高粱穗，男人的草筐底下藏萝卜、白菜、大茄子。大多数人都偷，偷也就不足为耻了，法不责众嘛。那会儿流传着这样一句话：有不偷的人，没有不偷的户。

偏偏我们这一户却不偷。不是经得住饥饿的折磨，也不是穷则独善其身，而是各有各的难处。哥哥不能偷，他在队里当出纳员（他辍学以后，郑百岁非但没有歧视他的地主成分，还委以重任。这个老长工倒是很有点儿政策水平），不便到地里去，也没有偷的机会。妈妈是不敢偷，因为她是地主婆。贫下中农怎么偷都没关系，她要是忘乎所以，也跟着浑水摸鱼，会把一切罪过都算在她的头上。人家偷驴，她拔橛，这不合算。我跟小香倒是敢偷，也想偷。哥哥却不让，他对妈妈说：“他们还小，小时候染上这毛病就不好改了。”妈妈也同意哥哥的说法，不许我们轻举妄动。

最后，实在耐不住饥饿了，耐不住满地“进口物资”的巨大诱惑，还是哥哥亲自出马了。那天夜里，风雨交加。月黑杀人夜，风高放火天。他不去杀人放火，可黑风夜雨毕竟也是做贼的好时机。他背着个大麻袋出了村。他没有在本村里偷，兔子不吃窝边草，偷了对不起乡亲，让人家知道了也招恨。因为别人毕竟是顺手牵羊的小偷小摸，他却要大干一家伙，一次性处理，捞足了就罢手。他翻过了海子墙，那边有一个部队的农场。他掰了整整一麻袋玉米棒子，扛在身上，深一脚浅一脚地在泥泞里跋涉。刚到地边，就被值勤的哨兵发现了。人家拼命地追，他拼命地跑。左藏右躲，借风屏雨障，一步一个跟头。不管怎么逃，他始终没有扔掉身上的大麻包。他终于跑到了家，进了屋，便一头栽在了地上。妈妈举灯一看，他浑身污泥，到处是伤。他慢慢地抬起头来，一股股红的鲜血从嘴角流出来……

他吐了血，从此落下了病根。稍一活动就喘，喘大发了就吐血。妈妈说这是努着了，受的是内伤。这病不大好治，也不大光彩。

八

尽管哥哥说人的出身是不能选择的，可是我仍然为这不能选择的出身痛苦万分。这个沉重的大包袱压得我抬不起头，喘不过气来。我苦恼，我烦闷，常常一个人发恨，恨得咬牙切齿。我恨妈妈，恨她没志气，没骨气，再苦再穷，也不能嫁给一个地主呀！我恨死去的爸爸，你是个什么不好，为什么单单是个地主呢？哪怕你是个乞丐，是个拍花子，是个流氓小偷什么的。不，最好不是这些，这些也不好。顶好是个贫下中农，是个老革命，是个共产党，是个大将军……苦恼之后就该胡思乱想了。我常用一些不着边际的幻想解脱自己，给自己编一连串色彩缤纷的传奇般的故事。比方说，有一天一辆小轿车开到了我们家门口，从里边走出一个鬓发斑白的老人和一个风姿绰约的妇女，要找他们失散多年的儿子。他们的儿子就是我，当年打游击的时候寄养在地主齐善人的家里了。或者是寄养在老长工郑百岁的家里，后来又被齐善人夺去了。于是，我从一个地主狗崽子摇身变成了一个老革命的后代；于是，我进了城，过上了幸福的生活；于是，老师同学又都对我另眼看待；于是，我要报复一下那些歧视过我的人……不行，我是一九五三年出生的，那会儿早已不打游击了。这故事本来挺好，可是从根本上不合情理，他妈的！

编故事不管用，我还得背着这个斧头砍不掉、肥皂洗不去的地主成分，我还得是齐善人的后代。我还得姓齐。我讨厌姓齐，我恨死这个齐姓了。我宁愿人家叫我乳名小龙，也不愿听人家叫我大号齐东平。这名字是我脸上的污秽，是我身上的肿瘤，是我的屈辱和罪孽。谁要是能换掉我的姓名，我宁愿把整个身子都交给他！

居然有这种可能，有这种机会！阿弥陀佛！

“文化大革命”的烈火从遥远的北京城烧到了我们马驹桥镇。我们学校也闹起了红卫兵。领头的竟然是老疙瘩，他可成了人物了。老疙瘩比我大三岁，今年十六岁，长得又高又大，完全是一副男子汉的架势。他带着几个同学到北京接受了一次毛主席检阅。回来他就成立了“八一八”造反兵团，他是兵团司令。

红卫兵成立起来第一件事就是破“四旧”。呼啦啦几百人，每个人戴着红袖章，举着红宝书冲进了马驹桥镇南门的弥陀庵，赶跑了住在那里的尼姑云梦师父，砸碎了早已破烂不堪的泥胎、匾额、楹联。然后便是抄家，抄地主资本家的家，把一切属于“四旧”的东西都抄出来示众。长袍马褂，佛龛香炉，硬木家具，旧书皇历，等等。与此同时，他们还破各种各样的名字。村名、镇名、街道名、商店名以及自己的姓名。马驹桥镇改成了红桥镇，南大街改成了防修大街，二合居饭店改成了工农兵饭店。老疙瘩改名叫郑卫东，他原来叫郑瑞祥。他嫌这名字不够革命，并且有封建色彩。

这一切对于我来说都是无比新奇、无比振奋的。我激动得大口大口地喘着粗气，恨不得立刻张开双臂，扑入红卫兵队伍中，跟着红司令毛主席在大风大浪中奋勇前进。

我找到了老疙瘩，这会儿应该叫他郑卫东，郑司令。别看郑司令长得五大三粗，样子挺吓人，他其实是心眼挺软，挺有人情味儿的。从这个意义上说，他当造反司令是不合适的。我当时就有这种感觉，以后一系列的事实，都证明我这种感觉是正确的。

我们是童年的小伙伴，又一直是好朋友。他是很念及这点儿交情的。幸亏哥哥没有对他施加报复，否则他便晓得了我是出卖过他的叛徒，这会儿无论如何我也无颜见他了。

他接待我还是很讲原则的，毕竟是红卫兵司令嘛。他开口就说：

“你得彻底背叛自己的家庭!”

那当然，只有龟孙子才不愿意这么做呢!

“首先发表个声明，把你的姓名改过来，别姓齐善人的姓了。”

这正是我盼望已久、求之不得的事呢!可是，改姓什么呢?

他沉吟了一会儿，说:“你不是想当党的亲骨肉吗?干脆就姓党吧!”

有姓党的吗?

“怎么没有?大各庄就有一个家伙姓党，叫党什么来的?他妈的，忘了。不过那家伙是个大叛徒，我昨天领着小将们造了他的反。命令他立即改姓黑。正巧，就把这好姓让给你吧。我郑卫东够朋友吧?”

敢情。我感动得心里直开锅，恨不得趴下给他磕个响头。

当天，在学校的大门口，就出现了我的一张非常醒目的大字报。

郑重声明

本人系大地主齐善人之孙，原名齐东平。这是被颠倒的历史，现在我要把它再颠倒过来。我是党的亲儿子，党是我的亲爸爸。我要永远跟着毛主席，永远跟着共产党，天崩地裂不回头，海枯石烂不变心。

因此，我郑重声明:从即日起，改名党向阳!

无产阶级文化大革命万岁!

党向阳(原齐东平)

×月×日

改变了姓名，自然也就改变了成分。我不姓齐了，不再是地主狗崽子了。我姓党，是红五类，红彤彤的红五类。我可以跟贫下中农的子女平起平坐了，我可以参加红卫兵了，我可以戴红袖章、捧红宝书了，我可以去造反、去破四旧、去振臂高呼革命口号了……

我是一只蜕了壳的蝉，获得了完全的新生！

我的第二次生命是党给的！

郑卫东一边把红袖章发给我，一边又向我提出了新的要求："你光口头上说背叛家庭不行，还得拿出实际行动来。要不，战友们还是不相信你。"

"我跟你们一起去抄家，破四旧还不行吗？"

"你得带头抄你自己的家。"

"抄我们家？抄我妈？"

"抄你妈干什么？抄你们家的'四旧'。"

"我们家没什么'四旧'，土改时已经被扫地出门了，我妈说的。"

"怎么没有？别人家里都穿带补丁的衣服，你妈还有一个洋布褂子呢！"

"那不是咱们给撕了吗？"

"兴许还有别的，变天账什么的。"

"变天账肯定没有。"

"你怎么知道？"

"因为我妈不、不希望变天，她、她也是穷人家的……"

"你呀，还是不能彻底革命，总那么温良恭俭让。一句话，痛快点儿，到底抄不抄你的家？"

"抄！当然抄了，我带头去抄，马上就去！"

郑卫东做了一个"大刀向鬼子们的头上砍去"的手势，便亲自率领，我一马当先，二三十名红卫兵小将，雄赳赳、气昂昂地向我家出发了。

尽管革命决心那么大，革命劲头儿那么足，可是到了家门口，我还是有点儿犹豫，有点儿胆怯。说实在的，造我妈的反，我真有点儿下不去手。别人不知道我知道，她不是剥削阶级，她不是地主婆，她受的苦够多的了，她禁不住人家来造她的反……

我后来明白了骑虎难下这个词的真正含义。只要你骑到虎背上，就得让它驮着你往前跑，犹豫不得，后悔不得。一步迈出去了，就身不由己，革命的惯性会推着你停不住脚的。我在门口刚一打愣儿，郑卫东立即飞起一脚，哗啦一声踢碎了我们家的栅栏门。他手下那些勇将骁兵立刻破门而入。要不怎么叫人多势众呢，人们互相壮胆，都会变得勇敢起来。有一两个怯懦分子，也无关大局。

妈妈在家，小香也在家。她们在葫芦架底下择着旧被套，大概正为我和哥哥过冬的棉衣服发愁呢！妈妈从来没有经过这种阵势，看到突然出现了这么多天兵天将、恶煞凶神，吓得魂飞胆裂，咕咚一声跪在了地上，浑身抖得像筛糠。

郑卫东带头呼起了口号：

“破四旧，立四新！”

“打倒地主婆！”

“坚决支持党向阳的革命行动！”

“……”

郑卫东呼完口号，又冲我努了努嘴，我明白他这是在命令我冲锋陷阵。反正也到这时候了，我顾不上许多了，硬着头皮往上顶吧。于是，我双手叉腰，一步跨到妈妈面前，做出一副大义灭亲、威风凛凛的样子，冲着地上的妈妈怒吼着：“地主婆，快把你的‘四旧’交出来！”

妈妈听到我的声音，抬起头来，看到我这副样子，更加惊慌失措。惶恐中，她大概又觉得不该跪在儿子面前，哆哆嗦嗦地想从地上爬起来。没想到，她的两条腿不争气，刚一站起身就一屁股摔倒了。她歪坐在地上，软塌塌的，像一摊花秸泥。她的头发散乱着，浑身沾满了泥土，脸皮焦黄焦黄的。失了神的眼睛傻子似的看着我。她的嘴大张着，嘴角上挂着一条让人恶心的黏液……

我相信，人心里是锁着一个魔鬼的。一旦把这个魔鬼释放出来，他就会变成一个魔鬼样的人，或者人样的魔鬼，就会变得无比丑恶，无比凶残，就会失去人类固有的善良美好的人性。看到妈妈这副样子，我心里顿时涌起一股非常陌生的感情。那不是同情，不是愧疚，不是羞辱，而是一种厌恶、憎恨。妈妈在我的眼里完全变了形，变得那么丑恶，那么猥琐，那么不可救药。一个巨大的冲动撞击着我，我恨不得狠狠地踢她一脚，把这令人憎恶的、不可救药的东西彻底消灭……我没有这样做。我身上那丢盔卸甲的人性又冲了回来，拼尽最后一丝力气，与那魔鬼厮杀着，顽强地厮杀着……

小香一直没有吭声，坐在葫芦架上继续择她的旧棉絮。她的脸涨得红红的，眼里噙满了泪水，择棉絮的两只手微微颤抖着。

郑卫东又下了命令："搜！"

红卫兵又一涌而上。叮叮当当，翻箱倒柜，把我家折腾个底朝天。玻璃被敲碎了，饭锅被砸漏了，鸡食盆踩成了两瓣，饭桌子被踢掉一条腿……什么也没有搜出来。我说过，我们家什么也没有。但是，郑卫东还不甘心。我呢，也不好交代。你带头来抄家，两手空空地回去，这不是打了个大败仗吗？你的革命性到底是真的，还是假的？

我只好亲自动手了。这会儿，我真希望能从我们家抄出佛龛，抄出变天账，甚至抄出敌特的电台来。没有，明明知道没有这些玩意儿，可还是不愿意放弃希望。人大概就是这样钻牛角尖才变成疯子的。绝望中，我又一次掀起了那又黑又破的炕席，是妈妈和小香睡的那间屋子里的。烟尘稍散以后，我看到炕席底下压着一个平平展展的牛皮纸包，像当年妈妈包洋布褂的那样的牛皮纸包，只是小了一点儿。我终于发现了重大秘密，叫嚷着把那纸包举起来，兴奋地冲到院子里。我边往外跑边把纸包打开，里边却是一个长条形的红布巾，上边缀着白带子，奇形怪状的。我没见过这玩意儿，战友们也没见过。我高举着问："看，这是什么？"

"哎呀！是反动组织的红袖章！"不知谁政治嗅觉这么强。一时间，像从我们家取出个定时炸弹，大家紧张得心都提到了嗓子眼。

忽然，小香从葫芦架上一跃而起，她疯了似的向我扑来，抢着我手里那个"红袖章"："给我，给我，这是我的！"

我急忙躲闪着她："什么是你的，这是地主婆的！"

她向我撕扯着："你臭不要脸，臭流氓！"

"好呀，你敢骂革命的红卫兵！"

"你不给我我跟你拼了！"

小香的举动惊动了妈妈。妈妈也从地上爬起来，扑向我，惊慌地叫着："快放下，那东西脏！"

我振振有词地说："越是肮脏的东西，越要把它暴露在光天化日之下！"

妈妈声嘶力竭地哭叫着："小祖宗，你别造孽了！"

妈妈也像小香一样扑向了我，抢着我手里那件东西。我急忙把这"战利品"交给郑卫东。妈妈和小香又向郑卫东扑去。我家院子里，乱成了一锅粥，这才有了点儿造反的样子。

正在这时候，哥哥回来了。他满脸怒气，站在郑卫东面前："你们干什么？"

"我们在破'四旧'！"郑卫东理直气壮地说。

"你们破到什么了？"

"这个。"郑卫东把那红布条举到哥哥面前，"反动袖章。"

"浑蛋！这是女人用的东西！"

郑卫东一听，像被毒蛇咬了一口似的，把那红布条一扔，扭头就往外跑。

司令首先逃跑了，自然溃不成军了。我们都跟着他仓皇而逃……

当天晚上，郑卫东把我拉到村口，神情沮丧地说："栽了，我们丢脸了。"

"怎么了？"

"都是你办的好事，什么反动袖章？屌！"

"那到底是什么玩意儿？"

"骑马布子！"

"什么叫骑马布子？"

“就是例假带，你懂吗?”

“不懂……”

“不懂，回去问你妈吧!”

“那么，你听谁说的?”

“听我奶奶说的。”

郑卫东说完，向我伸出了一只手：“拿来吧。”

“什么?”

“红卫兵袖章。”

“这……”

“你被开除了。”

“为什么?”

“你给革命带来巨大的损失。”

完了，在这轰轰烈烈的运动中，我过完了轰轰烈烈的一天。

“那么，我的名字呢?”

“名字也不许给你了，你不能给党抹黑!”

郑卫东怒气冲冲地走了。村头剩下了孤零零的我……

九

爸爸活着的时候，在这个家里最没有地位的是哥哥。现在换成我了，我常常为此感到不平，感到委屈。

妈妈对哥哥的态度完全变了。这不仅是妈妈的头脑中还有东方女性那种根深蒂固的“夫死从长子”的传统观念，而且哥哥在这个家里也确实成了顶梁柱，成了主心骨，使妈妈不能不对他刮目相看了。妈妈事事都找他商量，开口闭口地称他的大号，“东升，东升”地叫得蛮亲热。对我则还是小龙长，小龙短。哥哥也开口一个“妈”，闭口一个“妈”，叫得甜甜脆脆的。好像原本他们是亲骨肉，我才是后娘养的。差不多每顿饭，妈妈都只是贴两个饼子，我半个，小香半个，哥哥一个，妈妈则只是喝粥。哥哥把自己的那个饼子掰一半，硬塞在妈妈的碗里。妈妈不吃，又用筷子夹起来塞给哥哥，哥哥举着自己的碗躲向一边。妈妈哭了，央求着他吃。哥哥无奈，只得吃了，一边吃一边流着眼泪。有一次，哥哥跟男劳力一起钻大棒子耪地。那活很累，还容易中暑。进了地头，就要把浑身的衣服扒个精光。一条垄耪下来，周身是伤，棒子叶划的；满身是汗，像刚从河水里钻出来。他受过“努”伤，再干这种活儿，实在是要他命了。妈妈很为他担心，想给他补养一下。他扛着锄头临出门的时候，妈妈往他口袋里塞了两个煮鸡蛋。哥哥在门口碰见了我和小香，给了我们一人一个。我们舍不得吃，跑到供销社每人换了一个练习本、一支铅笔。晚上，售货员老王举着两个鸡蛋找到我们家来了，人家发现那鸡蛋是熟的，不要。妈妈生气，把我和小香足足数落到半夜，还额外地加给我一个耳光，骂我一声“浑蛋”。

妈妈是这样，而小香在哥哥面前简直成了一个小马屁精。她把哥哥当成了英雄，当成了活神仙，当成了救命恩人。我倒不是嫉妒她对哥哥的崇拜，而是她总把我当作反面教材跟哥哥的光辉形象进行比较，这真让人受不了。我数学考了八十三分，她便说：“要是哥哥，准能考一百分！”拾柴打草的时候，我在河边扔鞋捉宴梦蝠，她便说：“哥哥干活儿的时候从来不贪玩儿。”我告诉他这就是跟哥哥学的，她不经任何调查研究，就断言我这是造谣诬蔑。哥哥平时无论说什么，她总是随声附和，像个小小的应声虫。哥哥知道她这个毛病，有时也爱逗逗她。吃完晚饭，一家人坐在葫芦架下看着满天星星聊天。

哥哥说：“你们看今年的水平星发亮，准是个涝年头。”

小香立刻接茬说：“没错，肯定是个涝年头。”

“要是再涝，一个劳动日也就合一毛钱了。”

“没错，只合一毛钱了。”

“那样，咱家的房子又不能修了。”

“没错，肯定不能修了。”

“小龙要的白球鞋也买不上了。”

“没错，肯定买不上了。”

“小香也就成了小坏蛋了。”

“没错，肯定成了小坏蛋……”

哥哥哈哈大笑起来。妈妈也笑了，我最开心，拍着手跺着脚地又叫又笑。小香受了哥哥的捉弄，脸上挂不住，却来追打我。我绕着妈妈左藏右躲，她抓不到我，一屁股坐在地上，踹着脚地哭，在哥哥面前撒娇讨贱。最后，还得哥哥把她拉起来，又给她擦眼泪，又用好话哄她。

我们就是在这样的日子里一天天长大了。生活是苦点儿，寒酸点儿，寂寞点儿。可是，这苦中也有欢乐，寒酸中也有温馨，寂寞中也有柔情。小香比我小半岁，可是她却比我长得快，比我懂事早。我们初中毕业的时候，十六岁，她已经出落成一个娉娉婷婷、文文静静的大姑娘了。说实在话，她长得不算太美，却有一股农家姑娘少有的魅力。她皮肤很白，很细，粉团似的。整天站在太阳下劳作，连草帽都不戴，愣是晒不黑。我总觉得，她那白皙的皮肤中，能散发出一股淡淡的芬芳。她偶然从你身边一过，你便会产生一种感官受刺激的微醉，怪不得她叫小香呢。我有这种感觉，并不是说我爱上了她，一点儿都没有。我们两个合不来。从小就合不来，她看不起我，我也看不起她。

奇怪的是，她好像连哥哥也看不起了。咔嚓一下子，似乎从某个早晨或某个晚上开始的，她对哥哥的态度完全变了。回家以后，她不再絮絮叨叨、没完没了地要贫嘴了，也不再拉着哥哥的胳膊，脸对脸地端详哥哥了。在吃饭的时候，她时常从碗边上瞟哥哥一眼，那目光是火辣辣的，可又是胆怯的。像一颗流星，唰地闪过一道光亮，又立即消逝了。一家人聊天的时候，她不再是应声虫，倒成了“大杠头”，总是跟哥哥抬杠拌嘴，还时不时地教训哥哥几句。

这些日子哥哥心里是不痛快。其实，全家人都诚惶诚恐、战战兢兢地过日子。“文化大革命”的烈火，从城镇烧到农村来了。引火人固然还是老疙瘩。他在学校当红卫兵司令，后来又把革命势力发展到农村，在我们村组织了贫下中农造反团，司令固然还是由他来兼任。他现在成了职业革命家了。全公社“大联合”、“三结合”，他作为“红代会”的代表，参加了革命委员会，成了红色政权的领导者。他的功绩是尽人皆知的。破“四旧”以后，就是“横扫一切牛鬼蛇神”，把“地富反坏右”集中起来戴高帽子游街。相比之下，老疙瘩就是个非常温和的造反派了。他连打人都没有过。这不能不说他还有点儿人道主义。可夺权的时候他可就不客气了，罢了郑百岁生产队长的官，他自任为革命领导小组组长，革命生产一齐抓，党政财文都归他管。

在这闹闹腾腾、朝不保夕的日子里，哥哥还敢对时局发牢骚：“这年头，虾米小鱼子都想翻江倒海，什么造反，纯粹是挨骂！”

小香郑重地说：“你别胡说。”

“他们凭什么夺了我出纳员的权？不就因为我出身是地主吗？他们

懂不懂‘重在政治表现’的政策?”

“这是群众运动，大方向始终是正确的!”

“正确个屁！他们明知道我有气喘吐血的病根，还让我到地里干活儿，这不是成心挤对我吗?”

“你能干多少就干多少，挣不了一级工分，就挣二级工分。”

“我站着不比谁矮，躺下不比谁短，让我挣二级工分，哼!”

他们争是争，吵是吵，可谁也离不开谁，好像都有这份瘾似的。妈妈把碗筷都收拾起来了，他们还坐在葫芦架下不动。我自讨没趣，也陪着他们坐着，木墩子似的。妈妈站在外屋门口喊我：“小龙，快进屋睡觉。”

我说：“谁这么早就睡觉呀，不困。”

妈妈说：“不困，到街上玩玩去。”

我似乎悟出了点儿什么，抬起屁股出去了。

这一天县文艺宣传队在马驹桥镇上普及革命样板戏，我跟伙伴们一起去看热闹。演的是京剧《沙家浜》。中间断电两次，布景倒了三次，演员因笑场和说错了台词被迫停演五次，等唱到“月照征途风送爽”，大概就有大半夜了。

我回家已经很晚了，怕惊扰家人的睡梦，便放慢了脚步，轻轻抬开了栅栏门。进了院子，我一下子愣住了。借着惨淡的星光，我看到哥哥跟小香还在葫芦架底下。我走的时候，他们是脸对脸坐着的，这会儿肩并肩挨到一块儿去了。小香的脑袋枕在哥哥的肩膀上，两条又粗又长的大辫子垂搭在哥哥的后背上。他们依偎在一起，喃喃地交谈着，声音很轻，沙沙啦啦的，像露珠儿落在葫芦叶上。但在这夜深人静的时候，却听得真真切切。

“你是心比天高，命比纸薄呀!”这是小香在说话，那声音有几分凄凉。

“我不信命，只信心。我在周师父面前发过誓，这辈子不干出一番大事业，不混出个人样来，就不得好死!”

“不许说这晦气话!”

“我说的全是真话。小香，将来我无论干什么，你都要支持我、帮助我，成为我最好的助手，你同意吗?”

“同意。”

“同意什么?”

“我什么都同意。你要是上天摘星星，我就给你扶天梯；你要是下海擒龙王，我就给你举着避水珠。”

“你真是我的好……”

“不许说!”

小香一头扎进哥哥的怀里，两个人紧紧地搂在了一起。

我却步不前，又退不回去，紧张得心里咚咚直跳。

十

小香走了，莫名其妙地走了。

她把哥哥坑苦了。

温榆河上游要修一条“忠字渠”，说是北京城里水源不足，不能让无产阶级司令部演“上甘岭”，我们要把温榆河的水引上首都，向毛主席献忠心。不少人都认为这是荒唐的工程。且不说温榆河本身水源有限，两岸村庄人喝马饮还供应不足。就算是众生灵都出于忠心闭上嘴巴，温榆河的海拔比北京城低三十多米，一层一层提上去，那点儿清汤也早已变成水蒸气了。水在不同的环境中，是以三种形态存在的，这是大自然的规律。它可不讲究什么忠心不忠心。

尽管这工程荒唐，可是事关忠字，人命关天，谁也不敢站出来反对。而且每个人都要以相同的形式表现出高涨的革命热情和“四个无限”的深厚感情。因此，县革命委员会要求各公社都要组织一支“拉得出、打得胜、叫得响”的“过得硬兵团”。马驹桥镇公社别出心裁，成立了一支铁姑娘队。

参加铁姑娘队是经过严格审查的，要出身苦，思想红，身体棒。小香虽说是苦出身，可从小是在我们这个地主家庭里长大的，也算是喝了狼奶，有一半血不够红了。她是个争强好胜的姑娘，看到姐妹们都参加了铁姑娘队，唯独剩下了她，急得直掉眼泪。急中生智，她竟然跑到公社，找到了铁姑娘队的政委冯贵才。这是铁姑娘队里唯一的一个男性，他原来是公社的武装部长，被娘子军请来当党代表的。通常，姑娘的漂亮脸蛋便是介绍信和通行证。小香脸上的泪珠儿以及那张挂着泪珠儿的脸蛋打动了冯贵才，当即被破格批准为铁姑娘队队员。小香高兴得要疯了，跨进我们家的栅栏门还唱着新学来的《铁姑娘之歌》：

俺是革命的铁姑娘，
棒就棒在铁字上，
铁手铁脚铁肩膀，
铁肝铁肺铁心肠。
革命意志铁样坚，
一颗铁心向太阳……

小香就是这样离开家的，一去便没了音讯。一年以后，她嫁给了当地的一个大车把式。不要说跟我们打招呼，事先连一点儿蛛丝马迹都没有露。等我们知道的时候，她把户口都迁走了。是由公社派出所直接迁的，连村干部都不知道。我们都猜不透她为什么这么绝情，这么狠心。

妈妈气疯了，如同祥林嫂逢人便讲她的阿毛一样，絮絮叨叨地磨着那几句车轱辘话："我瞎了眼，喂了一个白眼狼，这狠心的小妖精……"

哥哥的身体垮了，精神也崩溃了。他的眼睛失去了光彩，脸皮枯萎得像张干菜叶子。那"努伤"留下的哮喘病越发厉害了，把背都喘弯了。二十多岁的小伙子变成了一个未老先衰的痨病腔。他再也不像过去那样有情有趣，有说有笑，连牢骚也不发了。每天除了三顿饭动动嘴以外，总是一声不响地低头干活儿，像一头衰老的哑巴牲口。

这突如其来的事变，让我震惊和气愤之余，便生发出无边的困惑。这到底是怎么回事呢？难道小香真是个义断恩绝的白眼狼吗？

我瞒着妈妈和哥哥，骑上自行车奔到温榆河工地，找到了铁姑娘队的政委冯贵才。正是吃午饭的时候，冯贵才正在指挥部的工棚里自斟自饮地喝酒，旁边一个穿着白围裙的姑娘伺候。刚才他还跟那个姑娘眉飞色舞地说笑，我一迈进门，他立即换上了一副官相，耷拉着脸，垂着眼皮，打着哼哼哈哈的官腔。那个穿白围裙的姑娘也趁机溜了出去。

我向他打听小香，他冷冷地说："她结婚了，不在铁姑娘队了。"

"她为什么结婚？"

"你这话问得就怪了，男大当婚，女大当嫁，婚姻自主嘛。"

"她原来是跟我哥哥好，准备嫁给我哥哥的。"

"笑话！她怎么会嫁给你哥哥呢，她不知道你哥哥是地主吗？"

"我哥哥不是地主。"

"不是地主是什么？"

"他是地主子弟，是可教育好子女，是共产党团结教育的对象……"

"他是什么我不管。你不是来找小香吗？我告诉你，小香不在这儿了。"

"她跟谁结婚了？"

"不清楚。"

"她嫁到哪儿去了？"

"不清楚……"

看着他那张驴脸，看着他那张咂酒吃菜的油腻腻的嘴唇，我心里的怒火一窝一窝地往上拱。我真恨不得飞起一脚，把他那一桌酒菜踢翻；接着再猛抡一拳，把他那张驴脸揍扁。我的理智告诉我，不能这样做。这样做了非但找不到小香，我自己还要被他们送进"群众专政指挥部"，那可不是人待的地方。

我只好到工地上去找我认识的铁姑娘们，向她们打听小香的下落。奇怪的是，她们都对我躲躲闪闪，吞吞吐吐，多问一句她们便摇起脑袋。似乎在她们的心目中，小香不仅是一团解不开的谜，还是一颗望而生畏的灾星。费了好大的劲儿，我才打听到小香嫁去的那个村庄，是大运河东边的潞邑村。

我又骑车奔到了潞邑村。一进村便打听，我按照村民的指点，从村西找到村南。看得出来，这也是个穷得叮当响的小乡村。穿过大半条街，连间像样一点儿的砖瓦房都没看见。恐怕还不如我们村。出了村南口，更是一片荒凉。几座篱笆小院，几间低矮的土坯房，几棵歪脖树，还有几只哑着嗓子的老乌鸦。

老远，我就看到一个村妇推着一辆独轮车，车上放着一个大麻袋，里边鼓鼓囊囊的不知装的是什么。正是寒冬腊月，天气有点儿寒凉。那个村妇穿着一件又肥又大的男式黑棉袄，脑袋上也罩着一块头巾。我心里忽然一动，这不就是小香吗？看那个儿头，看那轮廓，看那走路的姿态，还有……我心一阵激动，忍不住高声呼叫起来："小香，小香——"

村妇撂下车把，扭过头来。看不清她的脸，但是一种直觉告诉我，她确是小香无疑。她肯定也听清了我的声音，看出了是我。我一步跨上车，上前赶去。

就在这一转眼的工夫，那个村妇不见了，她推着的那辆独轮车也不见了。这就怪了，难道刚才出现的是幻觉吗？难道我也像当年哥哥一样，遇上了狐仙，或者被拍花子撒了迷幻药。

我骑着车慢慢地搜寻着，路边一座歪七扭八的篱笆小院，两间八面漏风的土坯房。天呀！这不是那辆独轮车吗？还有那个鼓鼓囊囊的大麻袋。可是，推车的村妇呢？我站在栅栏门外边，朝土坯房里喊着："家里有人吗？"

出来的是一个男人，矮墩墩，胖乎乎，粗胳膊短腿，圆头圆脑，看样子有三十多岁，一个从土坷垃里滚出来的地地道道的庄稼汉子。

庄稼汉子看着我，那眼神透着精明和狡黠："你找谁？"

"大哥，请问这是小香家吗？"

"是呀，你是她什么人？"

"我是她弟弟。"

"没听说她有个弟弟呀！她不是上无父母，下无兄弟姐妹，孤身一人吗？"

“啊……是这样，我们是一起长大的……”

“噢，街坊呀！”

“不，不是街坊，我们是……是一家子。”

“一家子？你也姓郑吗？”

“我不姓郑，我姓齐……”

“不姓郑，怎么跟她是一家子呢？”

“是这么回事，我们在一起过日子，一起念书，一起……”我有点儿着急了，一时难以跟他讲清我和小香的关系，只好改口说，“我叫齐东平，你跟小香一提她就知道了，我有事要见她。”

庄稼汉子用他那滚圆的身子挡着栅栏门，冷冷的但还算客气地说：“真不凑巧，她不在家。”

我急着问：“她到哪儿去了？”

“到北京去了。”

“到北京？到北京去干什么？”

“到我三姑家去了。”庄稼汉子见我不相信，又补充说，“啊，我表姐生小孩儿，让她去伺候几天。”

我指着他身后那辆独轮车说：“刚才推着这辆小车进来的，不是小香吗？”

庄稼汉子也回头看了看那辆小车，果决地说：“不是，那是我妹妹。”

我也钻起了牛角尖儿：“是您妹妹？您让她出来一下行吗？我想见见她。”

“你认识我妹妹吗？”

“不认识，可我有几句话想问问她。”

“她刚粉碎猪饲料回来，正洗澡呢。”

这理由真充足。我当然不能要求见一个正在洗澡的女人了。然而他说“粉碎猪饲料”这句话，却让我心里一动。我何不到饲料加工厂去问一问，刚才那个女人到底是谁呢？当村人互相都认识的。如果他们能证明是小香，我就可以戳穿这个庄稼汉子的谎言，要求让小香出来见我。我心里一阵兴奋，告别了庄稼汉子，蹬车又进了村。

我自以为聪明，却办了一件蠢事。不错，我找到了饲料加工厂，他们证明那就是小香。可是，我再回到那歪七扭八的篱笆小院的时候，那破旧的门板上却挂上了一把大铁锁……

我拖着散了架似的身子，骑着嘎嘎作响的自行车，回到家里已经后半夜了。我本来是找小香，想把事情弄个水落石出而去的，带回来的却是更大的疑团。我没有对妈妈和哥哥讲我去干了些什么，他们问我，我只说去看同学。我实在是没有什么话可跟他们讲的。

我们一家人默默地挨着这半死不活的日子。妈妈嘴上虽然是无情地谴责小香，可她心里却总觉得是自己对不起哥哥。在她看来，小香之所以不愿意嫁给哥哥，无非是两条。一是因为我们家是地主，二是因为穷。而这两条罪恶的源流似乎都是从她那里承续下来的，应该由她负责。

妈妈是顽固的。她无法摆脱自己出身的罪过，便在治穷上狠下功夫。她相信，没有梧桐树，招不了凤凰来。而像我们这样的家庭，没有比别家更粗更大的梧桐树，是不能把凤凰招来的。那年头就是这样，姑娘搞对象，先问有几间房子。房子，是当时农村财富乃至地位的唯一标志。

为了盖上几间房，可把我们挤对苦了。家里的一切开支都压缩到最低限度。穿的且不说了，每年每人发的十八尺半布票，都被妈妈偷偷地拿到黑市上换了钱。除了粮食，吃的都是野菜，连酱油都取消了。整整三年时间，我们家没有打过煤油。天天摸着黑上炕，摸着黑下地，养成了一种在黑暗中行动的特殊本事。我为了看书，拾了许多大麻籽粒，剥了皮用草茎穿起来当蜡烛点。那东西油气味很浓，熏得人头晕脑涨，恶心呕吐。实在忍受不了只好灭掉。

妈妈的身体越来越糟。终日无精打采，连眼皮都抬不起来。脸色枯黄得没有一点儿血色，走起路来都打晃。终于有一天，她从外边回来，刚一进门就跌倒了。我和哥哥把她抬进了屋里。突然，从她的破褂子的口袋里掉出来一卷揉皱了的票子，里边裹着一张公社卫生院发的献血卡。我明白了，妈妈为了给哥哥盖房娶媳妇在偷偷地献自己的血。献血，是一项光荣的政治任务。妈妈的血是黑的，本来是没有资格输送到以解放全世界三分之二受苦人为己任的共产主义战士身上的。她借了妇联主任刘玉兰的献血卡，每借一次，要给她送去一斤红糖、二十个鸡蛋。妇联主任滴血不出，却又光荣，又有营养品吃，蛮划算。

哥哥又伤心，又着急，他哭着哀求妈妈："您再也别去献血了，我打一辈子光棍儿，认了！"

妈妈听了哥哥的话，没有再去献血。况且她那干瘪的血管里，已经没有多余的血可抽了。可是，她为哥哥攒钱盖房的心气却没有减。怎么攒钱呢？她真发了愁，愁得整夜整夜睡不着觉。

有一天，她把自己好不容易养大的一只长毛兔给媒婆孙二婶抱去了，求她给哥哥找个便宜媳妇。不秃不瞎就行了，生过私孩子的大姑娘，死了丈夫的小寡妇，都不在乎。长毛兔调动了孙二婶的积极性，没过几天，她进了我们家的篱笆小院，当着哥哥和我的面就眉飞色舞，轻言薄语地表开了功："太平庄有一个姑娘，今年二十一岁，出身贫农，身子骨没毛病，胖乎乎、肉囊囊的，有滋有味儿。东升你别不好意思，咱话粗理不粗，我保你红子红瓤儿，没让人拆过包儿……"

妈妈怕她说出更难听的话，就慌忙打断了她："人家条件那么好，肯进咱这个门吗？"

孙二婶说："你们这个门人家可不进，寡妇妈守着这么一棵独根草，还指望她养老送终呢！人家要招个倒插门的女婿。"

妈妈犹豫了。

"你别犯二了，就凭你这么个女人，就是把浑身的骨头碾成粉当眼药卖，也娶不起两房儿媳妇。你打发出去一个不就减轻了一半的沉重吗？"

妈妈叹了一口气，我知道她要说什么。

“再者说了，东升一过去，更名改姓，地主就变成了贫农，总比你们都囚在这火坑里边强吧？”

妈妈动摇了。

哥哥一直没有表态。孙二婶走后，妈妈跟他商量，他也没说什么。第二天一早，他就跟着孙二婶到太平庄相亲去了。

晚上，我跟哥哥并排躺在炕上，沉默了半天，他终于开口了：“东平，我跟那个姑娘谈了，还行。”

我一阵兴奋，又一阵刺痛，问：“那么，你想去了？”

“不，你去。”

“你开什么玩笑？”

“我想好了，咱俩最该跳出这个火坑的是你。你有文化，又有抱负，改变了成分，好好奋斗一下，兴许能混出个人样儿来。再说，你们俩年龄也般配。你走吧，家里我顶着，你放心，我会把妈伺候好的。”

“那怎么行？当务之急是先给你娶媳妇，况且又是你去相的亲。”

“不，我对她说了，是为你提亲的。她同意跟你见见面，明儿就去。”

我不知该说些什么，使劲攥着他的胳膊，眼泪像泉水般地流下来……

十一

这是我今生今世最大的耻辱，我认为。

灯光是朦胧的。一盏三号洋油灯，不知多少年没有用过了，灯座上沾着铜钱厚的尘污。灯罩却是雪亮的，用嘴里喷出的哈气擦拭的，大概是我那未来的寡妇丈母娘的功绩。玻璃罩上还清晰地印着一个指纹，纹络是螺旋状的，一个标准的“斗”。只是“斗”的上方有一个缺口，上宽下窄，像个只进不出的漏斗。

灯罩雪亮，灯光也是朦胧的。朦胧得发昏，发污，发红，像洒在毛毛纸上的一摊血。人的脸却没有一点儿血色。那张黢黑的、散发着油腻味的小饭桌上围着七张脸，四张男人的，三个女人的。每张脸都凝固了，没有任何表情，像结了一层厚厚的霜。这霜显示着神圣与庄严，也隐藏着残忍和阴险，我觉得。

这是一笔交易，一笔实实拍拍的交易。

经过双方讨价还价，成交了。要举行一个仪式，然后一手钱一手货，货款两清。我卖的是自身，一个高六尺，重一百二十斤的血肉之躯，一个堂堂正正、硬硬邦邦的男子之躯。还有附着在这躯体上的灵魂，一个活生生的、有情有义、有人格有尊严、要脸要皮的灵魂。还有精血，日月星辰、粗糠淡饭在我这躯体里凝练而成的纯精净血以及将由这精血孕育而成的我的或聪或痴、或美或丑、或孝悌或逆忤的后辈儿孙……

还有姓名，我那罪恶的父亲和我那罪恶的祖父留于我的唯一遗产！

我的主顾叫孙秀英。我刚刚才知道，一个农家姑娘用滥了的名字，丝毫没有新鲜感。她付出的也是自身，就是孙二婶说的那个“胖乎乎、肉囊囊、有滋有味”的躯体，那个“红子红瓤儿，没让人拆过包儿”的躯体。除此之外还有什么，我不知道了。

这个仪式其实就是写“卖身契”，村民们叫作“写字儿”。叫写字儿体面一点儿，况且这又是个广义词，包罗的内容很多：写房契地契，写分家单，写纠纷调解书，写经营合同书……都笼而统之曰写字儿。某些研究中西方文化传统的人，说中国人没有契约观念，只讲究“君子一言，驷马难追”。这实在让人不敢苟同。要了解中国人的契约观念，恰恰需要到没有文化的农村去才能略见端倪。

买卖双方共四个人。她那方是她的寡妇妈坐镇，父母之命，媒妁之言嘛。我这边有哥哥陪同，这也应了有父从父、无父从兄长的规矩。中间的“经纪人”有两个，一个是媒婆孙二婶，在这场交易中少不得的角色。再一个便是太平庄大队的党支部书记孙长贵，一个有头有脸、有权有势的人，据说是孙秀英的本族哥哥，让他来当中保人，是万无一失的。还有一个代笔人叫张宗生。这实在应该算是旧社会遗留下来的残渣余孽，过去在马驹桥镇翟记斗上当过管账先生，长得又干瘪又瘦小，像一个风干了的芥菜疙瘩。说不清他有多大年龄了，反正他说话声音哆嗦，写字手哆嗦，坐着不动浑身哆嗦。

孙二婶是有功之臣，兴奋得神采飞扬，满脸放光，对着我那丈母娘说着“话糙理不糙”的话：“行了，写完字儿就给他们办事，都老大不小了，心里早火烧火燎地憋不住了。你瞧着吧，等不了明年这会儿，你就能抱上一个又白又胖的大孙子……”

我那丈母娘倒是蛮矜持。她今天特意穿了一身新裤褂，脸上还涂了窝头粉，白灿灿的；头发上抹了芝麻花油，光亮亮的。她不停地用那捉摸不定的眼光打量我，打量一下脸上便露出一团羞红。真闹不清她是在嫁闺女，还是准备自己出嫁。

這個儀式
其實
就是寫
賣身契
村民們叫
做寫字兒
昱浩寫
於大運河
畔藝緣齋
時年甲午秋月

孙秀英站在地上忙着，不停地为来客递烟倒茶，准备饭菜。有时被孙长贵叫进来，问几句无关紧要或至关重要的话，她便煞有介事地把那张胖脸凑在灯光底下。只有这会儿，人们才能记起她是个当事人。

我是最有自知之明的。我明白自己的身份。这会儿，我不应该以一个人的身份存在，而应该以一件标了价码的货物堆放在这儿。我的思维，我的神智，我的情感，甚至我的神经末梢都自动退避三舍了。任凭别人评头品足，讨价还价，这一切均与我无关。我完全麻木了。麻木是我最明智的生存方式，如果你还想生存下去的话。

哥哥坐在我身边，一句话也不说，脸黑沉沉的，像一块荞麦面蒸糕。

“就这样吧？”孙长贵用征询的口气对哥哥说。

“就这样吧？”哥哥转向了我，他终于开口了。

“就这样了。”张宗生用哆哆嗦嗦的声音扫射着每一个人的脸。

于是，移灯，铺纸。张宗生哆哆嗦嗦地研墨，哆哆嗦嗦地握笔，两张屎黄的草纸上写下了同样哆哆嗦嗦的名字。

立字人齐东平，男，癸巳年夏历三月初四亥时生；孙秀英，女，甲午年夏历五月十六日子时生。二人愿效秦晋，结为伉俪，举案齐眉，白头偕老，实属自由恋爱之婚姻也。

男方齐东平家境贫寒，且出身低劣；女方孙秀英孤身一女，且有老母贾氏需要赡养。二人斗私批修，风格高尚，各取己之长，补人之短。齐东平自愿入赘孙门，亦婿亦子，尽忠于国，尽孝于家。

男方齐东平自完婚之日起便须按孙姓排字，台甫更为孙长富。称贾氏为母。日后有嗣，皆承孙姓。

男方齐东平自入孙门之后，便弃暗投明，与原地主之家庭断绝一切瓜葛，其出身成分亦按孙家之贫农待遇。对其生母袁氏生不养，病不医，死不葬。不负担任何赡养之义务，同时亦不继承任何地主家庭之遗产。此乃外合国法，内合家理之上策也。

女方孙秀英婚时不取婆家分文彩礼，婚后永不拜见婆母，坚守贫下中农之立场也。

空口无凭，立为此证，一诺千金，永不反悔。

立字人　齐东平（手印）
孙秀英（手印）
主婚人　孙贾氏（手印）
齐东升（手印）
中保人　孙长贵（印章）
孙吴氏（手印）
代笔人　张宗生（印章）
时公历×年×月×日立

说不清是怎么离开孙家的。那一天没有月亮，也没有星星。世界是阴森森的、死沉沉的，没有光亮，也没有声息。擦着地皮的小风也像是从阴间吹出来的，残忍地撕扯着我们的裤角，吞食着我们的脚步声。通向阴曹地府的路是弯弯曲曲、坑坑洼洼的。我们走着，踉踉跄跄，磕磕绊绊，像两个急匆匆赶去向阎王报到的幽灵。

不，幽灵只有一个，我。更确切地，应该说是僵尸。在鄂西湘西一带，有一种赶尸的传说。神乎其神，毛骨悚然。人死在外乡之后，家人便请端公前去赶尸。赶尸须夜行，翻山越岭，上坡下坎，过桥渡船，尸体踉跄前行，端公在后边驱赶。神奇而又恐怖，然而这却是真的。一些亲眼见过赶尸的人赌咒发誓地向我保证过。

我这会儿便是一具僵尸。耳不聪，目不明，头脑是麻木的，四肢是生硬的。赶尸的端公却是哥哥。他没有向我发布任何指令，可我却按着他的意志前行。到了村口，没有进村。我们沿着村边向南弯去。终于，我按着哥哥的意志停止了脚步。这里是一片小树林，林隙中间闪耀着绿莹莹的鬼火。一座又一座的大大小小的坟茔，有的荒草萋萋，有的新土未干。那座塌陷了一半的坟茔是父亲的。这塌陷便是标记，因为父亲连块墓碑也没有。

哥哥不再控制我了，他独自抢到前边，“扑腾”跪在父亲的坟前，大哭大号起来：“爹呀！我对不起你呀……我没有把弟弟带好，把他卖了，让他去给人家当儿子啦……爹呀……”

随着哥哥的哭声，我也跪在了地上。那是机械地跪下的，似乎是被哥哥的哭声操纵的。不知为什么，我哭不出来，连眼泪都挤不出来。我呆愣愣地跪在地上，恍恍惚惚像做着一个莫名其妙的梦。

小树林里风呼呼地响着，吹着坟头上的荒草和纸灰，也把那闪闪烁烁的鬼火吹得一明一暗。突然，小树林里移过来一个人影。急匆匆地移来的，连脚步声也没有。一个女人的身影，呀！是妈妈！她怎么赶来了？难道也是被哥哥的意志召唤来的？

妈妈站在了我和哥哥身边，嘴里喃喃地说：“他爹，这事……怨不得孩子，怨我，是我没能力……也怨不得我，就算是你活着，也给他们娶不上媳妇……”

哥哥停止了哭号，妈妈停止了呢喃。他们一齐转向了我。我仍然直挺挺地跪在地上，哥哥拉我，我没有动，像是塑在地上的泥胎。

“东平，东平……”是妈妈在叫我。这呼唤是那样的朦胧，那样的遥远，像是从另一个世界飘忽过来的。但它却越来越清晰，越来越真切。我那飞离了躯体的魂灵被呼唤回来了。“东平，东平……”是在叫我，我是叫东平，齐东平！是我，是我的名字！

不！我像挨了一猛掌，浑身剧烈地抽搐了一下，顿时猛醒过来。不，不是在叫我，不是！我不叫齐东平，齐东平早已没有了。丢了，卖了，消逝了！这个世界上再也没有齐东平这个名字了。

但是我还在，我还是个活人，是个实实在在的血肉之躯。他尽管被卖掉了，被改了名字，被换了标号，但这仍然是我，是个看得见、摸得着、知冷知热、知饥知渴、知羞知耻、知善知恶、知美知丑的我。一阵冲动像海潮般地在我身上涌动着，咆哮着，似乎要把我抛上天空，砸向地狱，要把我的五脏六腑和周身每一块骨肉都撕成碎片，捣成肉泥，让它在这个世界上彻底消逝。我难以自禁，我要发疯了，我张开双臂，我昂首引颈，我声嘶力竭地大喊大叫："我叫孙长富！我叫孙长富！我叫孙长富——"

随着这喊叫，我胸中积郁的一切耻辱、痛苦、愤懑、委屈一齐爆发出来，我像一垛颓墙似的倒在地上，趴在父亲那塌陷的坟茔上大哭大号着，眼泪也止不住地流淌着，像是从伤口中喷涌出来的热血，洇湿了爸爸坟茔上的荒草，也染污了今生今世我走过的和未走的人生之路。

风声呜咽，树木摇曳。头顶上，厚厚的云层像解冻的冰河一样，嘎啦啦地爆裂着。云隙中闪着泪淋淋的星星。下雨了，冰凉的雨点砸碎了我的哭声，溅起了我身边的烟尘，天地间弥漫着血腥的气味，阴沉沉的苍穹回荡着我向全世界的宣言——我叫孙长富！

哥哥在哪儿？妈妈在哪儿？

十二

我结婚了。跟那个胖姑娘孙秀英。燕尔新婚。娘的，这词儿还挺美，谁发明的？真让我糟蹋了。

婚礼是热闹非凡的。又聘闺女，又招女婿，喜上加喜，乃为双喜大喜。孙家增人添口，招进来我这么一个大男人，为她支撑门面，为她顶门立户，为她传宗接代。多神圣，多伟大，多他妈的增光露脸。

门上贴着大红“囍”字，屋檐上挂满红帐子。院子里盘锅垒灶，蒸炒烹炸，热腾腾的香味散满半条街。院外边搭着席棚，一连几十桌酒席，鸡鸭鱼肉，大盘小碗，真他妈气派！哪儿来的这么多钱？靠来宾们凑份子吗？

来宾还真不算少，还净是有头有脸的人物。大队党支部书记孙长贵，媒婆孙二婶，“残渣余孽”张宗生，还有新朋旧友，街坊四邻，七姑八姨，烂眼二舅妈。真可谓“乱哄哄你方唱罢我登场”。瞧我那个丈母娘，对了，我该叫她妈。美得她那玩意儿都横过来了。脸上涂得红白不匀，头发梳得油光水滑，远接近迎，高声大嗓，不知道是生怕冷落了客人，还是怕客人冷落了她。还有我那老婆孙秀英，也穿得大红大紫，恨不得把装裹都穿出来了，滚圆鼓胀，像个西红柿。她倒是不那么张狂，做出一副新媳妇的腼腆样，可时不时又在人群里摇晃一阵，像是提醒人们今天是她结婚，不是她妈结婚。

孩子们抢糖，大人们劝酒，呼幺喊六，狂笑怪叫。吹吹打打，鞭炮齐鸣，闹腾得昏天黑地。怎么他妈的不地震，不天塌地陷，不扔原子弹呢？就这样玩儿完有多好，我在阎王爷面前落个清白身子，你们在阴间都变成喜兴鬼。有多划算！

我不知道是怎么被接来的，不知道是怎么被拥拥搡搡推进门口，也不记得都给我介绍了哪些亲戚朋友。管他呢，既然我不是我了，我也就不为我负责了。你们爱怎么收拾就怎么收拾，爱怎么摆布就怎么摆布吧。

我进了洞房，花团锦簇的洞房。我靠在被子垛上，眯着眼睛。我知道，窗户外、门隙边都挤满了眼睛，各式各样的眼睛。我如同动物园里新进来的稀有动物，被数不清的眼睛观看着，被数不清的嘴巴品评着，被数不清的好奇心猜度着。

“不错，眉清目秀的，听说还是个中学生呢，样子蛮斯文。”

“孙寡妇招这么个女婿，真是她修来的福分。”

“就是身子骨单薄点儿，能干庄稼活儿吗？”

“他怎么不说话，太老实了，别是个怵窝子吧？”

“不知道晚上怎么样？会干那种事吗？”

“你进去教教他，你们俩先练练。”

“让你妈去跟他练吧！”

“哈哈哈……”

听了这些话，我一点儿反应也没有，脑子几乎成了一片空白。顾不得许多了，人到这个份儿上，反正我是供人观赏、供人品评、供人开心解闷的。顾不得羞臊，顾不得脸面，顾不得自尊心，也顾不得气怒了。

门帘被挑开了，张宗生来贴对联，两条墨迹未干的大红对联。旁边几个年轻人，像是跟这个老朽讨教，又像是拿这个老朽开心。张宗生自鸣得意，贴好对联后，又摇头晃脑地自吟自唱：

诗歌杜甫其三句

乐奏周南第一章

“张老头，您写这对联是什么意思呀？”

“没学问不是，还不好好念书。你们这些年轻人呀……”

“别看您写了，说不定是照葫芦画瓢，也未必真懂。”

“听我告诉你们吧。这上联呀，说的是杜甫的一句诗。哪句诗？他曾经写过一首四喜诗，听着：久旱逢甘雨，他乡遇故知，洞房花烛夜，金榜题名时。这首诗的第三句，就是洞房花烛夜，明白吗？”

“那下联呢？”

“下联说的是《诗经》里的一首诗。《诗经》你们懂不懂？子曰：诗三百篇，一言以蔽之，思无邪。这三百篇《诗经》，分三大类：大雅、小雅，还有周南。这周南的第一篇，叫作《关雎》：关关雎鸠，在河之洲，窈窕淑女，君子好逑。这诗讲的是男女谈恋爱、搞对象的事……”

张宗生的解释，差点儿让我笑出声来，纯粹是狗戴嚼子——胡勒（嘞）。四喜诗确实有，旧时流传颇广，收录在南宋洪迈编撰的《容斋随笔》之中。然而此诗却未必是“少陵野老”所作，我没有翻过《杜工部集》，难以定论。至于《诗经》三百零五篇，明明分成风、雅、颂三大类，怎么会是大雅、小雅和周南呢？不过，他知道《诗经》，并且能背出《关雎》，也实在不易了。

一阵嘻嘻哈哈的哄闹，几个调皮的小伙子拥挤进来。又是一副对联，贴在了门框的里边。他们一边贴，一边冲我挤眉弄眼地笑。我装作什么也没看见，什么也没听见，只比死人多口气。

又是儿又是婿两勇士却是单枪匹马

倒插门正插门一根闩切莫两门齐插

两副对联，一里一外，一雅一俗。一个陈旧得嗅得见霉气味儿，一个肉麻得让人打冷战。我算是被他们糟蹋惨了。

好容易熬得太阳下了山，屋里掌了灯。又哄闹了一晚上，半夜时分，客人才渐渐离去。我那丈母娘给我端来了新婚夜饭，我总改不过口来叫她妈。我心里头对她有个称呼，蛮公平的，叫她秀英妈，实事求是嘛。夜饭是一碗子孙饺子，一碗长寿面。那子孙饺子包得很精巧，七个小饺子又包成一个大饺子，两个大饺子中间用红线串起来，象征着男女交合之后便会生儿育女。七个孩子，五男二女，大福大贵之人。多子多福，门族兴旺，管他什么计划生育、少生优生之类的。门帘上，床单上缀满了枣、栗子、花生，取其“早立子”之意，“花生”则是儿女双全了。那子孙饺子煮得半生不熟，新人一边吃，外头一边有人问：“生不生呀?”新人答曰：“生，生。”我看着就恶心，一口都没有吃。孙秀英倒是蛮有胃口，一边大吃大嚼，一边羞羞答答地说着“生”字。

这一切仪式大概都完了。洞房里只剩下了我和孙秀英两个人。被褥早有人铺好了，还是请那儿女双全的全福人铺的合和被。就是两个人铺成了一个大被窝。下一步，就是脱了衣服钻进去干那理所当然的事情了。真复杂，也真简单，似乎一切都是顺理成章的。

我坐在桌子边上，埋头看着一本书。说不清是傲慢，还是回避，是假装正经，还是无心无绪。这一来，孙秀英倒尴尬起来。她围着我身边转来转去，无所适从。我心里竟然冒出一丝快意，一种恶毒的快意。

“睡吧。”她终于忍不住了，颤抖着声音对我说。

“你先睡吧。”我冷冷地说。

大概一百个新娘子，有九十九个都是被新郎把衣服扒掉的。新婚第一夜，哪有自己脱掉衣服钻进被窝等着丈夫的？就是脸皮再厚，要求再强烈，也不能这么下三烂呀！

我知道她坐在了炕沿上，但我仍埋头看书。

不知又过了多长时间，她站起身来，绕到了我的侧面，红涨着脸说：“这帮闹新房的真没轻没重，把蒲草毛都塞进我后脖颈子里。真痒，你帮我吹一吹。”

人家开口求你了。一个女人要求你帮忙，你还有什么理由拒绝呢？

我站起身来，绕到她的身后。她这会儿穿的是一件素花短袖衫。我把她的后衣领往上翻去，没想到她前边的扣子已经解开了，她双手一垂，短袖衫便脱落下来。我的浑身像是接通了电流，以下的一系列动作，都是鬼使神差的机械动作，扯掉了她的乳罩，解开了她的腰带，褪下了她的长裤……

一个女人的裸体，活生生地出现在我的面前。它白皙，丰腴，热气腾腾，散发着青春的活力，充满着不可抗拒的诱惑。我感到陌生，感到惊奇，这是我成年以后第一次看到女人的胴体。我像置身在一个巨大的磁场里，浑身上下每一个细胞都躁动起来。天旋地转，头晕脑涨，两眼发黑，舌根僵硬。我的本能爆发出来，以一股迅猛异常的力量，野兽般地向她扑去……

窗外是叽叽喳喳的哧笑，有人听房，管他呢！

十三

一切都无法选择，一切都无可逃避。我甚至还没有弄清她是单眼皮还是双眼皮，便睡在了一起。睡在一起便理所当然地干起了那天地造化、阴阳相克相合之事。在干这种事的整个过程都没有说过一句亲热的话，这似乎无关宏旨。她照样怀了孕。十个月以后，她照样生下了一个像她一样壮实的胖女儿。

这种简单的、近乎原始状态的婚姻过程（或者叫作交配方式更为恰当一点儿），在我们那个贫穷落后的小乡村，不知流传了多少年，多少代。如今又轮到了我，而且我还不是最后一个。在我稍许明白了人生的真谛以后，便对这种残酷的、灭绝人性的婚姻深恶痛绝。我从古今中外许多文学名著中认识了“爱情”这两个神圣的字眼，并且为之鼓噪得心神不宁，夜不能寐，编织过许多色彩斑斓的梦。我希望有“人面桃花相映红”的艳遇，希望有“为伊消得人憔悴”的苦恋，希望有“月上柳梢头，人约黄昏后”的佳期，希望有“青鸟殷勤为探看”的两地情书，更希望有“金风玉露一相逢”的卿卿我我。

完了。我的梦破碎了，飘逝了。

我不该为此惆怅哀伤，该知足处且知足，我毕竟有了老婆孩子，而我的哥哥到如今不是还在守着空房、打着光棍儿吗？须知这老婆也是当初他让给我的呀！

平心而论，她很能干，很会过日子。下地干活儿，从来不空着手回来，一根柴、一把草都是宝贝疙瘩。这是一个合格的农家媳妇。

说实话，结婚以后，我们也有过相亲相爱忘乎所以的时刻。我毕竟是个血气方刚的小伙子，她毕竟是个情窦已开的姑娘。我需要女人，她也需要男人。得到了需要，总能给人以一时的快感和满足。更何况，我跳出了火坑以后，确实让人另眼相看了。结婚半年之后，我便到马驹桥镇中学当上了代课教师。

马驹桥镇中学是我的母校，在那里供职的大部分教师，都曾是我的老师。当年在学校里，我因各科成绩的优异而小有名气。他们还记得我这个齐东平。可如今，我成了他们当中的一员之后却变为孙长富了。

我不必难堪，没有人叫错我的名字。也无须做任何解释，谁也不会冒昧地问我“小子无能，更名改姓”的内幕。他们都十分小心谨慎，不想准确了，绝不开口称呼我。宁可张着嘴“呵呵”，宁可喊“喂”“嘿”“我说”，也不会从他们嘴里蹦出齐东平的字眼来。我名字成了一大忌讳。这忌讳像个大瘿袋一样坠在我的脖子上，使我感到羞耻，感到无法抬起头来做人。

不管我承认不承认，孙长富这个名字，在我的家里却是唯一合法的名字。我的媳妇孙秀英和我丈母娘孙贾氏总是开口闭口地叫。叫得很果断，很清楚，很理直气壮。似乎从我来到人世间便只叫这个名字一样。我却耳冷，有时她们喊叫了好几声，我还没醒悟过来这是在叫我。

“你耳朵有毛病吗?”秀英妈委婉地表示了她的不满。

“他耳朵让枪震了!”孙秀英不客气地指责我。

我只好忍受着。她毕竟是我的媳妇嘛。我的时来运转，是沾她的光，是她给我的。我这样认为，她也这样认为，我那丈母娘更这样认为。我感激她和她母亲，她和她母亲则要求我加倍地感激她们。我需要时时牢记她们是我的救命恩人，对她们百依百顺，言听计从。稍有不逊，便会被指责为“忘恩负义”“翻脸不认人”“白眼狼”云云。

我在她家的地位和处境是可想而知的。这母女俩是一对把家虎。她们勤快，则要求我比她们更勤快；她们会过日子，则要求我比她们更会过日子。我每天下班必须按时回家，回家后就要手脚不闲地干活儿。担水，扫院子，上垫脚，喂猪喂鸡……一件事没干完，就有三件事在等着你。这本来没什么，农家子弟还有怕卖力气的？而我这个农家子弟却又是半个书呆子，一有空就想抱本书来看。这绝对不行。我只要一拿起书来，孙秀英便说话了："不是下班了吗？你怎么还办公事，给你加班费了吗！"在她看来，看书跟教书一样，是为公家办公事的。如同她在生产队里挣多少工分就干多少活儿一样。不给工分，是一点儿多余的力都不能出的，否则就叫吃亏。她不识字，一天书都没有念过。但她认得钱、布票和工分本。

我每月发了工资，必须如数交给秀英妈这个一家之主。我需要用钱，再手心朝上跟她要。就是孙秀英买瓶梳头油、雪花膏、卫生纸什么的，也得事先请示，事后报账。她对待钱，只许进，不许出。她恨不得把每一个钢镚都拴在自己的肋巴条上，夹在胳膊底下，像母鸡孵蛋一样把大钱孵出小钱来。

有一次，我用自己的加班费，买了一盒点心，给妈妈和哥哥送去了。这一下可把秀英妈惹翻了，她不依不饶，大吵大骂，还薅住我的衣襟往外推搡。

我实在忍受不住了，也发起了火，跟她顶撞起来："这钱是我自己挣的，我有权利花，你管不着！"

这无疑是给她火上浇油，她双手拍着大腿，跳着脚地叫嚷起来："什么，你挣的钱？你是我们孙家的人，你挣了钱得交给我，我是一家之主，你懂不懂？"

"我进你们孙家的门，是来跟你女儿结婚的，不是卖给你的，不是来给你当奴隶的，我也是一个人！"

"你也是一个人，你是什么人？你是臭地主、狗崽子，是个入不了团、入不了党、当不了兵、当不了干部、不能外出工作的贱货，不是你进了我们这个家，谁拿你当人看呀？你也配去当教师，你也配去挣钱！"

更可气的是，在我跟秀英妈争吵的时候，孙秀英也张牙舞爪地帮狗吃屎。她把那粗脖子伸到我的脸前，哇啦哇啦一劲地朝我喷唾沫星子：

“不许你跟我妈顶撞。我妈把我拉扯这么大不容易，让你白得了个便宜媳妇，你还不知足，刚挣几个钱，就不知天高地厚，以后再长了出息，这个家还搁得开你呀……”

我也叫嚷起来：“你们这是欺负人，挤对我，我不干了，我走！”

秀英妈一下子跳到我的面前：“什么，你要走？你敢？我一个黄花闺女让你糟蹋了，又给你生了孩子，你想甩掉我们，没门！老太太当年就是被那个没良心的算计了，你又来这一套……”她说出这句话，大概戳到了自己的伤心处，她发疯般地哭闹着，“秀英，你给我打他，抓他，撕他……这个忘恩负义的白眼狼，这个伤天害理的狗东西……”

孙秀英像一条警犬听到指令一样，立即朝我扑上来，劈手就朝我脸上乱抓乱打……

我真不想活了，可又不敢跟她们拼命，我怕什么呢？

这些我还能忍受。最让我受不了的，是老太太的另外一些事。真让我难以启齿，什么时候想起来，我都觉得是受了莫大的侮辱。瞧，我又称她老太太了，还是不知道该叫她什么好，乱叫一气。其实她只有四十多岁。这个年龄，在当今城市女人中，特别是在我们同行队伍里，还是蛮有风韵，蛮有诱惑力，蛮不安分，甚至还能干出一些招蜂引蝶的风流韵事来的。说起来，她也是个不幸的女人。十八岁那年嫁给了秀英爹，嫁过来不久便发现了自己的男人是个拈花惹草的风流汉。他是个大车把式，鞭一摇，走南闯北，没法看，没法管，你总不能把男人拴在自己的裤腰带上呀！不过，秀英妈可不是个忍气吞声的窝囊废，她用尽了各种办法对男人跟踪侦察。很快，她就发现自己的男人跟马驹桥镇上一个卖花样儿的小女人有勾搭。这个小女人长得也像花样儿一般水灵标致，怪不得能把她男人勾去呢！她没有立即前去叫阵吵闹，她是个很有心计的女人。她找到了那个女人的丈夫，那女人的丈夫在京城里工作，一个中学教员，纯粹是个书呆子，不知道那个小女人是怎样哄弄自己的男人的，他老婆的所作所为，他一点儿觉察也没有。秀英妈把情况一说，差点儿把他气得跳楼自杀。两个醋坛子都打翻了，这一对受害男女结成了统一战线，精心策划，巧妙安排，非要捉奸拿双不可。

奸自然是捉到了。可是捉到以后怎么办呢？送乡公所处理，押他们游街示众，或把他们打得皮开肉绽。嫉妒是最能使人办出蠢事来的，这两个“战友”的英雄壮举反而成全了那一对奸夫奸妇。反正事情败露了，该羞不羞了，该臊不臊了，心里的愧疚也被他们捉奸找补回来了，于是，圆脸一抹变成了长脸。男人说：“我爱她！”女人说：“我愿意！”人家倒是理直气壮，这一对“英雄”却无言以对，无计可施了。

事后，秀英爹便跟着那个小女人跑了。跑到哪儿去了？不知道。是躲在一个世外桃源享福去了，还是奔波劳碌死在外乡了？二十多年，音讯皆无。

她寡妇一人把自己的女儿拉扯大也确实受了不少的苦。多少年来她守身如玉也不容易。在村里，她落下个清清白白的好名声。寡妇门前是非多，她却一点儿是非都没有惹下。也许正是因为她有了这个“资本”，便也严格要求别人实行“禁欲主义”。我们结婚刚三天，她便把我叫到她的屋里，俨然是个权威，绷着脸教训我说：“那玩意儿是盐坛子，不是蜜罐子，贪多了当心齁着。你们刚结婚，钻脑袋不顾屁股地折腾，还说得过去。新鲜劲儿过去了，一个月有一两次就行。精气神，精气神，养精才能养气，养气才能养神。把身子骨糟蹋坏了，是一辈子的大事。说白了，干这事就是为了生孩子，能生出孩子就行了……”

真他妈够呛，哪儿有丈母娘跟女婿说这些的？就算我又是女婿又是儿子，你就是我亲妈，这些能说得出口吗？又不是在学校里讲生理卫生课。当我明白了她说的意思以后，臊得恨不能找个地缝钻进去。她却还一本正经、堂堂皇皇地讲着她的“约法三章”。我真服她了。

她不只这样说说而已，而且还严密地监视着我们。我们住在西屋，她住在东屋，一明两暗，两个房间都没有门，只挂着两块布门帘，隔音效果等于零。而孙秀英又是个要求很强烈的女人，那股劲儿一上来，她便压抑不住地叫出声来。她听到以后，便在对面屋里恶狠狠地叫嚷起来：“别折腾了，快睡吧。留点儿力气，明儿早起还要浇白菜呢！”

她在我们合法夫妻之间控制设防，实行批量供应。可是她自己却不是凡心不动、六根清净的。这我看得出来，比如说，她喜欢信口胡说，特别是几个已婚妇女凑在一起，她总是用最粗俗、最露骨的语言不厌其烦地谈论男女间那见不得人的事情。我们结婚以后，我发现孙秀英会讲许多在高粱地里流传的黄色故事，她说这都是她妈跟她讲过的。原来这个女人就是用这种办法对自己的女儿进行性启蒙教育的。而且她还特别敏感，似乎她脑子里那根性神经，随时都是绷得紧紧的，稍一拨弄，便会发出尖锐刺耳的声响来。凡是与性有关的字眼，她都能找出它的象征意义并引申到那件事情上去。

据我观察，她还不仅浪在那张嘴上。在她看来，只要不与男人干那种事，不管嘴里多脏，行动上多浪漫，都算是合理的，都算是守身如玉。又比如说，她有一种裸露癖。在农村，已婚妇女光着上身，袒胸露乳，这算不了什么。但是在外人面前还是要遮盖上一点儿的。当年我妈也袒胸露乳，那是因为穷，舍不得穿她那件唯一的洋布褂儿。可是遇有外人进来的时候，还是羞红了脸扭过身去，我一辈子也不会忘记她那副尴尬样。特别是丈母娘在女婿面前，更要讲究一点儿规矩的。有一种说法，宁看儿子的屁股，不看女婿的脸子。可她在我面前，总是挺着两只大乳房。一桌子吃饭，一屋里干活，面对面聊天，真让我抬不起头来。她还跟我解释说："我不跟你避讳，我向来就没把你当女婿，你进我的门，就是给我当儿子来的。"

言下之意，我的屁股她也可以搬过来看一看的。有一天我下班回来，进了屋门，就听见一片稀里哗啦的水响。天呀，她正光着身子在自己的屋里洗澡呢！不但院门屋门没有关，连她屋的门帘子也没有撂下。不过这倒没有多大关系，尽管她自己"对外开放"，要是哪个男人敢闯进来，她不把你抓个满脸花、骂个狗血喷头以证明自己清白无瑕才怪呢！我刚要低着头钻进自己的屋里，却被她叫住了："长富，你来得正好，快过来给我搓搓后脊梁。"

我犹豫了一下，还是进去了。她这样坦坦荡荡。我要是忸怩作态，她肯定就会翻脸说我“脏心烂肺”的，这娘儿们我清楚。我给她搓着后背，说不上是紧张还是厌恶，一阵阵向上反胃，直想吐……

我说的这些都是她最充分的表现，也是她的极限。多一步她都不会往前走的。如果有人想让她再迈一步，她立刻会翻脸无情的。按照时下流行的弗洛伊德学说，她这种做法，大概也如同文学和梦一样，是满足被压抑的欲望的一种表现形式。无论是采取畸形的还是变态的形式，只要把那种欲望发泄出来了，她也就安静了。她安静下来以后，便会理直气壮、道貌岸然地去谴责别人、限制别人了。

谴责也罢，限制也罢，“批量供应”也罢，“约法三章”也罢。这种事管得了吗？孙秀英什么话都听她妈的，唯独在这件事情上，她却阳奉阴违。也唯独在这件事情上，孙秀英跟我成了同一战壕的战友。老太太大概也清楚她的禁令无效，渐渐地便放任自流了。不过，有一件更可恶的事情被我发现了。那天夜里，我们完了事开灯收拾。当我又把灯关灭的时候，无意中发现窗纸上闪过一个头影。仔细一看，靠近窗框处有一条不起眼的豁口。我明白了，这个女人趴在外屋锅台上悄悄地观看着我们。我顿时心里升腾起一股不可遏制的怒火。我恨不得一下子蹿出去，把她当扬抓住，揪着她头发拉到大街上，当众揭发她的丑行，骂她卑鄙无耻，不是人，不要脸，让她在全村出丑，丢人，现眼，让众乡亲指着她鼻子骂她，啐她，羞辱她，让她从此无颜见人，永世不得翻身……

我没有这样做，一刹那间，这股怒火化成了一个阴险恶毒的念头。我说过，我不相信“人之初，性本善”，也不相信善与恶一成不变地固定在某一个人的身上。人有善的一面，也有恶的一面，任何一个人都是善恶组合的矛盾体。正如现代舞创始人邓肯在她的自传里说的，在真实生活中，没有一个人绝对的好，或者绝对的坏。可能并非人人都违犯“十戒”，尽管人人都干得出来。我们心中潜藏着违法犯罪的魔鬼，只要一有机会，它就会跳将出来。有德行的人之所以有德行，只不过受到的引诱不足而已。我对老太太的气愤和仇视，化成了我犯罪的恶念，我决心折磨她，报复她，把她推向犯罪的深渊。谁让她这么无耻呢？

你不是愿意看吗？好吧，就让你看个够吧。每一次，我都把灯打开，肆无忌惮，把羞耻当作武器，去轰击她那道貌岸然的堡垒；用兽性作为法术，去引诱她心中潜藏的魔鬼。我承认我的无耻、我的罪恶、我的阴险和毒辣。还有比这更残酷的吗？我糟践着天伦人性，毫不留情地揉搓着一个女人的灵与肉。

我变得如此的丑恶，我自己都感到吃惊。也许，这不怪我，是她打开了栅栏门，放出了我心里的魔鬼。我是在犯罪，除了良心审判之外，没有人能指责我，包括受害者本人。你到哪儿去指控我？我在干着合情合理合法的事情，谁让你偷看的？你偷看本身就是一种罪恶。犯罪的是你，而不是我。

我呀我，我还是我吗？我困惑了。

我的罪恶之花结出了罪恶之果。不久，我便发现一个男人常到我家来。他是生产队的饲养员，五十多岁的老光棍儿。他大概也是第一次干这种偷鸡摸狗的事情，每次见到我，都极不自然，总是结结巴巴地解释到这儿来的原因。越说越露馅，我暗自发笑。

我又用另一种理由安慰自己，说不定我干的是一件好事。让这老太太找到一点儿柔情，找到一点儿慰藉，采取正常的途径发泄自己的欲望。

事情终于败露了，能不败露吗？老太太偷吃了半坛子酸黄瓜，让孙秀英发现了。

孙秀英跟她妈大吵大闹，寻死觅活，认为当妈的给她丢了脸，她再也没法活下去了。老太太也羞得无地自容，既没有血性抹脖子上吊，又没有勇气挺身而出，更不敢跟那老光棍儿结为半路夫妻。

还得我出面调停，劝了老的，又劝小的，还要想方设法为她们遮掩。恰好我有个同学在县医院妇产科工作，我带老太太做了人工流产，算是把这件丑闻掩盖过去了。

老太太挺感激我。不仅是感激，她算是栽在我面前了。清白了大半辈子，眼看着就要给她立贞节牌坊了。没想到老了老了，偷吃开了野食。尽管街坊四邻还没有什么风声，可毕竟在女婿面前丢了脸。

她再也不在我面前称王称霸、耀武扬威了。还经常向我讨好，谦恭得让人接受不了。

我胜利了。可这胜利之后，并没有在我心里引起什么自豪。我常为自己的丑恶感到愧疚，罪恶感像沉重的十字架压在我的良知上，它将终生折磨我，使我的魂灵不得安宁。

我需要一个忏悔牧师。

十四

一本日记。

这是几年以后我才发现的。妈妈已经死了，哥哥也离开了家。我在收拾哥哥住的那间土屋时无意中发现的。我上中学时用过的一个作文本，用廉价的圆珠笔写的。受潮以后，字迹洇模糊了。

又一段撕裂人心的罗曼史。

四月三十日　星期五

姐姐约我明天跟她一起去看师父，我该去。

师父入狱已经十年了。十年前，城里来了一伙红卫兵，审查他的历史。他仗着艺高人胆大，跟人家动了武。打红卫兵，现行反革命，判了个无期。

说不清楚。心里乱糟糟的，又没处说。鬼使神差，写起了日记。什么心思呀？他妈的！

都是姐姐闹的。能怨她吗？

五月一日　星期六

今天看师父没去成。因为下雨。姐姐又来了。什么事也没有，就在炕沿上坐着，跟我脸对脸。

坐在我面前的是姐姐！姐姐!! 姐姐!!! 我强迫自己记住这一点。可是，看见她那两只眼睛，我的耳边就响起了另一个声音，她是女人！女人!！女人!!!

我起了歪心思。

五月六日　星期四

直拖到今天我跟姐姐才去看师父。

我才发现春天来了。田野是那样美。红花，绿草，暖洋洋的阳光。姐姐穿了一件半新的花褂，很合体。三十多岁的人了，身条儿还是那么苗条，那么柔韧，脸蛋儿还是那么鲜嫩，那么容光焕发。

她完全像个怀春的少女。蹦蹦跳跳地捉蝴蝶，采野花，还攀上树折柳条拧了个柳笛儿。她含在嘴里呜哇呜哇地吹，那调子很缠绵，又有几分哀凉……

暖洋洋的阳光照在我的心上，我的心里也长满了草。

看到姐姐，我想起了小香。

她在哪儿呢？她是不是也在一片田野上春情荡漾呢？当然，跟在她身边的是她的合法的丈夫。

她还记得我吗？

五月七日　星期五

我今天帮助姐姐脱水坯。她供泥，我脱模子。姐姐真能干，挽着裤腿，光着脚丫，大锨大锨地给我端泥。一边累得甩汗珠儿，还一边不停地唱歌。她唱《九九艳阳天》，唱《十五的月亮升上了天空》，唱《走西口》，还唱《送情郎》，都是言情的。她的歌声很甜，很婉转，有一种让人心弦震颤的韵味儿。

休息的时候，我们并肩躺在麦秸垛上，看着蓝莹莹的天空，远处的菜花飘来醉人的芳香。

“姐姐，你的嗓子真好。”

“唉，我也曾是个有理想的姑娘，幻想当一名演员，我喜欢京剧，也喜欢汉剧。你看过《天仙配》吗？在董永的故乡，我还报考过京剧团呢。”

“考上了吗？”

“当然考上了，第一名。”

“那怎么？”

“别提了。后娘不让我念了，她为了给她的儿子娶媳妇，就把我卖了……”

姐姐也是个没有亲娘的苦命人。

她哭了，把头伏在我的肩头上，哭得很伤心，浑身都抽搐成了一团。

我轻轻地拢着她，心里跳得像一只欢兔。

不知是怎么搞的，也许是太累太乏了，渐渐地睡着了。我睡得很香，很甜，很舒服，还做了一个很美的梦。我梦见自己漂浮在一个大海里，身边荡着透明的碧波，头上堆积着五颜六色的云彩，整个身心都感到很温暖，很熨帖，很松弛，从来没有体验过的一种美妙的境界。我慢慢地睁开了眼睛，发现自己躺在麦秸垛上，脑袋却枕着姐姐的大腿。姐姐用两只手撑着她的外衣，给我遮挡着头顶上的阳光……

我心里一阵灼热，泪水顺着眼角淌了下来。

五月十日　星期一

师父病了，肝癌。监狱准许保外就医。

姐姐三天没来了。我这三天跟丢了魂似的。说不清从什么时候起，我每天都想跟她在一起，离开她便活不下去。

保外就医需要钱，她说她有钱。

临别的时候，我看着她那消瘦的肩头和憔悴的脸庞，心里一阵发酸。

“姐姐，你嫁给哑巴哥，真亏了！”

“这么多年，你就说了这么一句公道话！”

是这样吗？我脸上一阵发烧。

“我不死心，我不信自己就这么窝囊一辈子！”

她说完这句话，呆愣愣地看着我，眼里泪汪汪的，像是要从那凄惶的脸上得到首肯和支持。可是，我又能说什么呢？

五月十一日　星期二

弟弟来了。他跟家里吵了架，那母女俩简直欺人太甚。弟弟太软弱。我当初把这个媳妇让给他，是想让他改换门庭，成家立业。没想到他出了泥坑，又进了火坑。他是个感情丰富、充满幻想的人。可是却没有一个女人爱过他。他也没有爱过一个女人。这比当地主狗崽子还要不幸一千倍。

跟弟弟比，我是幸运的。我至少和小香相爱过，还有姐姐……这……能叫相爱吗？

五月十三日　星期四

师父住进了县医院。医生说已经没救了。没救也得救，不能瞪着眼看着他死呀。在医院里，哪怕医生只给他吃两片止痛片，打两针催眠针，我们心里也踏实。

从县城里回来，她硬说末班车是晚七点半。磨磨蹭蹭，女人可能都是这样。她让我陪她到理发馆剪头发，又让我跟她到百货公司挑衣料，走到俱乐部门前，还要拉我去看一场《英雄儿女》，那老掉了牙的片子，你真有心思去看吗？我死拉活拽把她拖走了，她又说肚子饿了，还挑样要吃大顺斋的糖火烧……一向温顺贤惠的姐姐这会儿却变成了一个撒娇任性的姑娘。

到了车站，末班车开走半小时了。我急得火烧火燎，她却咯咯笑，笑弯了腰。

“急什么？有天生的‘11路车’嘛。”

“黑更半夜的，你不害怕？”

“有你这一个大老爷们儿壮胆，我怕什么？”

“四十多里路，你走得了？”

“累了我就让你背着。”

一个美丽的夜。大圆的月亮悬在头顶上，把清水一样的光辉洒在神奇的田野上，一条弯弯曲曲的田间小路淹没在夜幕里。魔鬼诱惑着我和她，走向一个罪恶的世界。急匆匆的。

“你走这么快干什么？我跟不上。”

我稍许放慢了脚步，她跟上来，一边嘻嘻笑着，一边歪着头看我。我目不斜视。她又用穿半袖褂儿的裸臂碰撞在我那穿背心的裸臂。我像触了电似的躲开。

“你身上怎这么烫？”

“我心里有火。”

“是邪火吧？”

她索性挨住了我的胳膊，咯咯地笑着。挑逗的笑，煽动着我心中的邪火。我被烧得禁耐不住，简直要蹦跳起来，我咬紧牙关，握紧拳头，命令着双脚一步不停地往前走。

“你，你是个冷血动物！”

她使劲甩掉我的胳膊，双手捂着脸，哭着跑了。是朝县城的方向跑去的。

我慌了，扭头去追。追上了她，我双手抓住了她的肩头。她抡起小拳头使劲捶打着我，一边打一边哭。我心里的邪火升腾起来，毕剥作响，天旋地转。我猛地把她搂在怀里，紧紧地，几乎把她拦腰箍断。

她安静下来，扬起了脸。那脸是一轮满月，放射着灿烂的光辉。脸颊上的每一颗泪珠都映着火光，那是一双泪眼中燃烧出来的春情和恋火。我把嘴唇压在她那颤抖抖、花蕊般的芳唇上……

我疯了。

五月十五日　星期六

我没有疯。我是坏了良心，我恨我自己。

师父，我对不起你，对不起哑巴哥。你诅咒我吧，让上帝惩罚我吧。有罪的是我。

我不敢再去见她。可她总在我身边，在我眼前，她的声音，她的泪眼，她的气息……

五月十八日　星期二

她来了，傍晚。她的胳膊使劲勾住我的脖子，暴雨般地吻着我的胸脯。她用急切的、难以忍耐的哭腔央求着我："要你，我要你，东升，快，求求你……"

"不，不能，我的好姐姐……"我的眼泪也流了下来。

"你别叫我姐姐，站在你面前的，是一个女人，女人！"

"我不能，不能对不起师父。"

"你已经对不起了。"

"不能再罪上加罪了。"

她一下扳住了我的脸，用异常严肃的声调问："你不爱我？说实话！"

我木然了。

"你嫌我年纪大，嫌我不漂亮，嫌我身上不干净？"

我没说什么，什么都不能说。

她的手松开了……

六月十一日　星期五

师父死了。丧事是我主办的。我拆了厨房，用檩条给他打了一口薄皮棺材，又从队里雇一台手扶拖拉机，把他的灵柩拉回来，他就埋在父亲的坟旁边。我把他当成父亲一样治丧服孝。

哑巴哥打着幡，干号着；姐姐也穿着孝，流着眼泪，却没有哭。只有我一个人，跪在师父的坟墓前，声泪俱下地哭着，我哭师父，哭姐姐，也哭着我自己……

师父，我向你尽了孝心了，对得起您了。您闭上眼吧。以后，我可要对不起您，对不起哑巴哥了……不过您放心，小桑是您周家的后代，我一定疼她，爱她，把她当成自己的亲骨肉，把她养大成人……

这是日记的最后一页。没有结果。事实上，哥哥并没有跟小桑妈结合，到如今我也没有解开这个谜。据说，周把式死的第二天，小桑妈走了，一个人走的。到哪儿去了，谁也不知道。

人世间许多事情都无法说清楚。

十五

烦得耐不住了，我就回家去，跟母亲和哥哥一块儿坐一会儿。在这个世界上，我毕竟还有这两个亲人。怕他们难过，我不愿诉我的委屈。他们从我愁苦的脸上和萎靡的神色中，明白了一切。他们也不说什么，一家人默默地坐着，用沉默互相慰藉着，互相鼓舞着，咬着牙熬着这沉重的岁月。只有亲人之间才会有这种微妙的心灵感应。

还是那个破烂不堪的小院，还是那两间摇摇欲坠的小屋。母亲病了，心口疼，疼得满炕打滚儿。哥哥每天要为她请医生，煎汤喂药，忙得什么都顾不上了。他住的房间里黑咕隆咚的，又脏又乱，还有一股霉气味儿。不过，我进去之后就不想出来了。他的窗台上摆满了书，都是大部头的，有《拿破仑传》《第三帝国的兴亡》《军统内幕》《政治经济学》。他说这些书都是从县图书馆借来的。他每天除了伺候母亲，便是一本一本地啃这些厚砖头。

我困惑地问："你读这些书干什么，难道想当政治家?"

他羞赧地笑了笑："咱们在过去没有地位，当人下人的时候，我整天就想当一个政治家，干一番轰轰烈烈的事业，改变那不合理的现实。"

"天呀，这种事能干吗？不要命啦!"

"人在没有活路的时候，海阔天空地想一想，挺过瘾，也就有心有肠活下去了。"

是呀，当不了野心家，还不能当个幻想家吗？人活着，总要有一根精神上的支柱。甭管这根支柱是铜铸的、泥捏的、纸糊的，还是什么乱七八糟的东西堆积起来的，有了一个支撑物，精神就不会坍塌下来。

“我现在下决心要搞经济了。”

“噢。”

“咱过去一是没有政治地位，二是穷得叮当响。现在农村取消了阶级成分，谁也不敢把咱当成狗崽子了。政治上跟人家平等了，可经济上还没有翻身，这就得靠咱自己凭本事去找钱了。”

“看你这兴奋劲儿，一定找到什么生财之道了吧？”

“这生财之道不是我找到的，是咱妈。”

“咱妈？她在炕上，病得死去活来……”

“天助神佑，她得到了上帝的启示。”

“又来邪的，莫非她也遇上了狐仙？”

“这种事，宁可信其有，不可信其无。要不，金元宝绊你一个跟头，也会让你当成石头踢到沟里去。那天早晨，我刚睁开眼，就听到两只喜鹊在葫芦架上叫，我觉得挺吉祥。紧接着，就听到咱妈在她的屋里大喊大叫起来。我急忙奔过去，只见她满头大汗，脸色惨白，呼呼喘着粗气。吓得我不知如何是好，她却拉着我的手笑起来，一迭声地说：‘东升，咱要发财了，要发大财了！’我问她是怎么一回事，她说做了一个梦。梦见凉水河决了堤，大水淹了村庄，淹了庄稼地，也淹了咱这两间小屋，她也被大水冲走了，那水好大，无边无岸，几十丈高的浪头劈头盖顶地向她砸了下来，她却一直漂在水面上。后来她才发现，原来她身子底下铺着一张报纸，这张报纸托着她自由自在地在水面上漂浮着……你也许听说过，梦见发水就是发财，发大水就是发大财。从哪儿发财呢？咱妈身子底下铺着一张报纸，肯定跟这报纸有关系……”

听着哥哥这一段话，我更加困惑起来。他是真的相信所谓“神的启示”呢，还是也像他曾经幻想当政治家一样，把它当成一种精神寄托？或者，他现在之所以这样说，就是拿我、拿妈妈、拿他自己开心解闷？

“你猜怎么着？我立刻跑到大队部，把最近一段时间的报纸一张接一张翻，一行挨一行看，终于把这一张找出来了，你看——”

他说着，从炕席底下拿出一张叠得整整齐齐的报纸。我打开一看，上边刊登这么一条消息：黄花岗兽医站养土鳖一年获利三万元。

土鳖，又称地鳖，学名叫䗪虫。是一种卵圆形的昆虫，长两三厘米，小脑袋，大肚子，贼溜溜的大眼睛，样子很不雅，让人看了恶心。这种虫子白天藏在树根、墙根和砖头石块底下，到了夜晚便出来觅食。中医学上以干燥雌虫入药，性寒，味咸，有毒，主治血滞闭经、腹痛瘀块以及跌打损伤等症。

我以前只知道土鳖是野生的，到处都有，抓到后去药房可以卖钱，没听到过还有人工饲养一说。那篇报道中介绍的饲养方法非常简单，只要有一间阴暗潮湿的屋子，地上铺一层湿土，拌上麦麸谷糠，把土鳖种放进去，两三个月便长成成虫。这真是本小利大见效快的好生意。

哥哥更加激动起来："你看，黄花岗兽医站总共才有四个人，除了应付正常业务外，每天只能抽出一个人饲养土鳖。一个人一年就能赚三万块，这样的好事咱干吗不干呢？咱就算赚不了三万，赚他两万、一万、八千也值得。咱庄稼人，谁见过成百上千的票子？"

我也被他煽动得心里呼呼冒起了火苗儿，烧得浑身躁热。他妈的，干！要干，就大干它一家伙！眼前有几万花花绿绿的票子，谁见了不眼馋？过去不让咱赚钱，咱只好甘受其穷，眼下上边给咱松了绑，让咱甩开膀子大显神通了，还愣着干什么？那篇文章中说，黄花岗兽医站发扬风格，愿意帮助农民致富，不但传授饲养方法，还供应土鳖种。这才叫天助神佑呢，一条直溜溜的大马路给你铺好了，就等着你伸腿抬脚往前迈步了。

说干就干。首先是解决饲养室问题。土木之工不可擅动。宽敞明亮的砖瓦房难盖，弄两间阴暗潮湿的土棚子还不容易吗？我每天下班后就到原先的家里来，跟哥哥一起忙活开了。把葫芦架拆了，用木板石夯打起三面矮矮的土墙。又找些破檩条，烂木棍支上顶，抹上花秸泥。不透风不漏雨就行了，连门窗都不用做。

万事俱备，只差去买土鳖种了。黄花岗是我们邻县的一个要镇，距马驹桥镇一百二十里。一个星期天，我和哥哥每人揣着两张葱花饼，骑着自行车出发了。

正是初春时节，轻风拂面，绿柳绽黄。归来的燕子，解冻的河水，使人觉得到处是一片生机、一片希望、一片色彩斑斓的新日月。我们一边聊天，一边赶路，心里高兴，浑身也充满了劲头。中午，我们在一家小茶馆，要了一壶茶，吞下自带的葱花饼，抹抹嘴，又继续往前奔。直到下午两点多钟，我们才到了黄花岗兽医站。

接待我们的是一个胖老头儿，他自称是兽医站的会计。我们向他说明来意，他很遗憾地说，要一个星期以后土鳖种才能出来。我们要求他给留点儿。他说买土鳖种的人很多，供不应求，要订货，交三分之一的订钱。他问我们买多少，我们向他介绍了我们搭的那个饲养棚的规格。他眯着眼睛沉思了一会儿，很有把握地说："你们那个棚子养三斤没问题。"

我迫不及待地问："三斤土鳖能赚多少钱？"

他说："根据我们的经验，一斤土鳖种净赚一千二百块钱。"

好家伙，三斤就是三千六百块！这只是一茬，三个月。一年能养四茬，那就是一万四千四百块呀！

还没容我开口，哥哥便下了决心，对胖老头儿说："行，就给我们订三斤，交多少钱？"

胖老头儿说："三十二块钱一斤，你们订三斤，先交一斤的钱吧。"

交了订钱，我们要求参观一下他们的饲养室。胖老头儿说："土鳖虽说是腌臜之物，可也是娇气玩意儿。饲养室一般是不让外人进去的，以防带入细菌病毒。以后你们养起来，也要注意立下这个规矩。你们要看，只能隔着窗子看看。"

既然谢绝参观，我们也只好隔窗而窥了。他们所谓的饲养室，其实就是两间牲口棚。里边有几排砖垛，砖垛上架着一层一层的秫秸箔，秫秸箔上堆着潮土麦麸谷糠一类的东西。那些土鳖妈妈，这会儿大概正躲在那里生儿育女呢。一个星期以后，我们就可以把它们的儿女接走为我们去发财了。好好坐月子吧，土鳖们，多生点儿，生大点儿，谢谢你们。

尽管没有达到目的，但总算没有失望。一个星期以后，我们又来到黄花岗兽医站。

来得正好，胖老头儿正指挥着几个年轻人从屋里往外抬土鳖种。土鳖种都装在麻袋里，鼓鼓囊囊，整整五麻袋。买土鳖种的主顾都来了，把大麻袋和胖老头儿围在中间。胖老头儿打开他的账本，一个一个叫着订货人的名字。叫到谁，谁就上去把钱交足，然后他再端着大秤盘子给你称土鳖种。里里外外，算账掌秤就他一个人，进度很慢。好在买土鳖种的人却不大着急，耐心围观着，等待着。

我心里忽然涌起一团疑云，这么多土鳖种，他们是怎么繁殖出来的呢？不就是那两间饲养棚吗？就是把秫秸箔上的那些潮土麦麸谷糠都打扫起来，也未必能装满这五麻袋。难道他们有什么魔法幻术吗？

我要把这疑惑告诉哥哥，一转身，哥哥不见了。我等着称土鳖种，又抽不出身去找，心里不由得产生了一种隐隐的不安。

终于轮到我们了，我拿着口袋挤到人群前边。胖老头儿举着账本问我："你们订三斤对不对？"

我刚要点头称是，哥哥气喘吁吁地挤进来，抢着说："我们只要一斤。"

胖老头儿立即不高兴了，沉着脸，瞪着眼说："你不是订三斤吗？剩下那二斤我卖谁去？"

哥哥急忙赔着笑脸说："老大爷，实在对不起，我没、没钱了……"

"你上次来，不是带钱吗？"

"这几天我妈病了，把钱都花光了。您放心，等我把钱凑齐，一定再到您这儿来买。"

不管胖老头儿怎么说，哥哥坚持只买一斤。我真不知道他葫芦里装的是什么药。出了兽医站的门，他立刻对我说："咱上当了，到这儿来买土鳖种的人都上当了。"

我问他怎么回事，他说："我刚才趁他们不注意，偷偷地溜进了他们的饲养室。我把所有的秫秸箔都翻遍了，除了稀稀拉拉的几个土鳖虫以外，屁都没有。这土鳖种根本就不是他们繁殖的。"

"是哪儿来的？"

"从苏州运来的，他们在那边十五块钱收购的，转手就卖三十二块。"

"这不是坑人吗？"

"坑人的事还在后边呢！这土鳖种是在南方产的，弄到北方来根本养不好。就算养好了，也没地方卖。你想想，药铺里要那么多土鳖虫干什么？哪儿有那么多闭经瘀血、跌打损伤的病人？"

"这情况你是怎么知道的？"

"是一个女兽医告诉我的。那个女兽医一直反对他们这样做，她见我偷看了饲养室，便把底给了我。"

"那你为什么还要买一斤，应该当场揭发他们。"

哥哥笑了笑，笑得很神秘，又很得意。

我更加困惑了。

哥哥说："说句时髦的话，这算是交了学费。花三十二块钱，买一个生财之道，也值得。回去以后，咱照方抓药。"

我叫嚷起来："怎么，你也要搞这坑人的买卖？"

"许他们这样搞，就许咱们这样搞！"

"有本事挣碗干净饭吃，这不清不白的钱咱不能赚。"

"清白，清白！喝西北风清白！书呆子！"

"要干你自己干，我可丢不起这人！"

回来的一路上，可真不轻松。我们争吵了一会儿，便沉默下来，吭哧吭哧地独自蹬着车，谁也不理谁。烦闷了，又继续争吵，一个不下马，一个不接鞍，谁也说服不了谁，闹得双方都很不愉快。记得自从那次在凉水河的蒺藜丛里他对我进行报复以后，我们之间一直很好，什么事情都互谅互让，互相尊重，从来没有翻过脸。没想到今天苦日子熬到头了，新生活要开始了，我们俩却在生财之道的问题上，出现了这么严重的分歧，这不是烧包吗？

月亮挂在树梢上的时候，我们才到了海子墙边。前边就要分手了，争吵没有结果，不约而同地下了车。他靠在一棵小槐树上，慢慢地卷起一支烟，使劲吸了一口，又慢慢吐出来。他低着头，不看我。我脸朝着海子墙上那黑魆魆的树影，也不朝他看。

他终于开口了，声音很沉重，像是从心底的深潭里打捞上来的："东平，你听我说，我也知道这笔买卖坑人，赚这样的钱不光彩，可有什么办法呢？咱妈的病一天比一天重，眼看不住院不行了。住院，进门就先要六百块押金……"

听他谈到妈妈，谈到妈妈的病，我的心震颤起来。我扭过头，借着树枝筛下来的那惨淡的月光看着他。他的头发很长、很乱。脸色是枯黄的，笼罩着愁容苦相。他的眼睛是焦灼的，充满了红红的血丝。苦巴苦业的岁月使他明显地苍老了。他为谁这样煎熬自己呢？为了妈妈，为了我的妈妈。而他自己却还是个没有任何指望的光棍儿汉。给妈妈治病需要钱，给他娶媳妇也需要钱，可我又没有任何办法为他分忧解难。

想到这些，我的心被泪水泡软了。信仰、意志乃至道德观念都开始动摇了："哥，咱只干这一次，行吗？"

"好，听你的，就干这一次。"

"怎么个干法呢？"

"你回去以后，马上写一篇文章，就照黄花岗兽医站登在报上的那篇文章写，然后交给县广播站播一下，先把舆论造出去。剩下的事由我去筹划，需要你的时候我再找你。"

这篇文章可把我难坏了。其实，把报纸上那篇文章上的黄花岗兽医站改成牧牛屯齐东升，行文中再调一调、顺一顺就可以了。这对于我来说算不了什么。可是，往办公桌前一坐，我心里就咚咚乱跳；拿起笔来，我的手就瑟瑟发抖。我总觉得自己在办着一件见不得人的勾当，而周围又有无数双眼睛在监视着我，我随时随地都有被人揪出来，暴露在光天化日之下的危险。我从办公桌到床头，又从床头到办公桌，折腾了一夜，一个字也没有写出来。

天刚蒙蒙亮，哥哥就来了。我非常惶恐，他无疑是来催我那篇稿子的。进门以后，他却把一大摞写满字的纸放在我面前，说："我写了几十张广告，到街头路口贴上就行了，那篇文章你不要写了。"

我惊愕地看着他。

他又解释说："我琢磨了一下，这件事你还是别掺和进来好。你是教师，要为人师表，你的一举一动对孩子们都有影响，咱可不能干那些害人子弟的事。"

他说完，抱起那摞广告，转身走了。

我看着他摇摇晃晃远去的背影，猛然忆起了一件难忘的往事。大饥荒那一年，我和小香看见别人又偷又拿，实在眼馋手痒。有一天，一辆拉着青豆的大车从我家门前过，我们便从车后拽了一捆青豆跑回家去，想让妈妈给我们煮毛豆吃。恰巧被哥哥碰上了，他把我们狠狠地训了一顿，还强迫我们把青豆送到生产队的场院里。我和小香委屈得哭了，他严肃地对我们说："你们长大要做个清白的人，从小就不能染上任何坏毛病。"可是，没过几天，他却背着个大麻袋到军队的地里去偷玉米，并因此吐了血，落下了"努伤"的病根。

后来我才明白，他是以牺牲自己为代价，保护了我们童年的纯洁；而今，他又用同样的牺牲，保护着我这个人民教师的清白。可是昨天，我还用这种"清白"来指责他，教训他。这到底是怎么回事呢？

我心里卷起一片热潮，真想抱着他，叫一声"好哥哥"……

十六

公民享有姓名权，有权决定、使用和依照规定改变自己的姓名，禁止他人干涉、盗用、假冒。

——中华人民共和国民法通则（草案）

这部《民法通则》是一九八六年颁布的。我发现，不少人对姓名权这一条款不以为然，甚至认为是无关紧要的。也难怪，绝大多数人的姓名都与那血肉之躯紧密地连在一起，抠不掉，抹不掉，用斧头都劈不掉。他们从来也不担心有人干涉，有人盗用，有人假冒。然而我读这一条，心里却翻腾着酸甜苦辣，眼泪像断了线的珠子似的淌了下来。

过去了就会变得可爱，失去了才备觉珍贵。我自从失去了自己姓名那一刻起，就清楚地认识到了姓名的价值，掂出了姓名的沉重。同时，也就暗暗发誓，今生今世，立志洗耻雪辱，一定要恢复自己的姓名。

这自然是十年以前的事情了。怎么才能恢复自己的姓名呢？那会儿没有《民法通则》，我又对人家写下了黄纸黑字，按下了大红手印。况且，当时举国上下都在气壮山河地呼喊“翻案不得人心”。我那契约上可写着“一诺千金，永不反悔”的字样啊！

我没有办法。不管我是多么不情愿，我在家里仍然是孙长富，在学校里仍然是孙老师。我只有自己心里记住，牢牢地记住，我叫齐东平。可姓名这玩意儿不是偷偷摸摸、遮遮掩掩的事情。你叫不开，得不到别人的承认，它就根本不存在。不是有个谜语吗？属于自己的，却常常被别人使用，这就是姓名。这个谜语对我就不合适。属于我的，没有人使用；不属于我的，却被使用。我真实的姓名像隐私一样被人回避着，而那象征着屈辱的孙长富却像紧箍咒一样牢牢地箍在了我的头上。

贾秀敏来找我，她是公社的广播员。我们是中学时的同学。在那少男少女的浪漫岁月里，我们还有过一段很微妙的关系。

马驹桥镇是京东南四十里处一个古老的小镇，又是皇家猎苑南海子的东大门。过去，皇家贵族到南海子围猎，常在此打尖休息。因之，镇上许多地方，都留有浩浩皇恩的足迹。传说有一次皇家狩猎，一个红衣少年骑着一匹红马，马走到镇北方的大石桥上，忽然下了一匹鲜红的小马驹。从此，这个地方便被称为京南顺天府红人马驹桥。大石桥两边有两个亭子，亭子里是两个乌龟驮着两块大石碑，碑上刻着乾隆皇帝的御笔，碑文记载的就是这段传说。这两个石碑直到“文革”破四旧时才被砸毁，据说碑石被铁工厂的造反派们拉走建“忠字台”去了。

镇东门外的马驹桥中学，便是我的母校。出了校门朝北行半里之遥，有一条从皇家猎苑奔流出来的小河，这就是著名的凉水河。那会儿，河水可不像现在这样，污染得划根火柴能点着。河面也比现在宽阔得多。河两岸垂柳依依，堆起两道青烟碧雾；河湾里菖芦茂密，潜藏着各种水鸟飞禽。大片大片的河滩上，更是芳草萋萋，鲜花璀璨。午休或晚上放学以后，同学们都纷纷来到凉水河边。或跳进清凌凌的河水里游泳、摸鱼，或滚在绿茵茵的碧草上嬉闹欢唱。这里是一个天然的公园，有了这群天真烂漫、想入非非的中学生，便平添了许多歌声，许多故事，许多自寻烦恼的叹息和许多不明不白的眼泪，以及许多罗曼蒂克的情调。

然而，我却没有权利体验其间的一切滋味。中午，我也来到这里，躲开同学们的眼睛，悄悄脱掉衣服，洑到对岸，把早晨来时藏在里边的背筐找出来，挥着镰刀和汗水，争分夺秒地打青草。整个中午，打满满一筐，然后背到镇上的运输队，卖给大车把式。一百斤青草五角钱，我这一筐总会有七八十斤。不这样干，便不能解决我读书的学杂费，靠父母亲在生产队挣工分，一年到头非但分不到钱，还年年超支欠款，那份定量粮食都打不出来。

我在河滩上打草，常常看到对岸的红花绿柳之中，晃动着一个俏丽的身影。她就是贾秀敏。她不但长得美丽非凡，被同学们称作“校花”，而且学习上也是个尖子。有一次举行全校作文比赛，我得了冠军，她得了亚军。而另一次数学比赛，她却得了头魁，我只好屈居第二。

说实在话，我喜欢她，也常常被她折磨得夜里睡不着觉。有一次，趁着教室里没有人，我抱起她放在书桌上的书包，紧紧地搂在怀里，眼泪哗哗地往下流。然而我却不敢对她有任何奢望。因为我们家穷，贫穷容易使人看不清自身的价值，从而变得自卑和懦弱。更因为我们家是地主，这个包袱如同过滤豆浆的豆包布，把我身上一切有价值的东西都挤压出去了，剩下的只是一堆豆腐渣。我这样说，似乎又在糟蹋自己，可这却是事实。

可悲的是，她不知道我对她的一片痴情，似乎丝毫也不觉得。她常跟北门口一个吹横笛的小白脸一块儿，一个吹笛，一个唱歌，真让我嫉妒得眼里冒血。而对于我，她一点儿也不放在眼里。非但如此，她还嘲笑我。有一天中午，我刚脱了衣服下河，她就大惊小怪地叫起来：“哎呀，你们快看齐东平，他怎么那么瘦呀？肋巴扇一根一条的，脊梁骨都脱节了，简直是两块排骨一挂蒜！”

她这么一叫，围在她身边的男子汉们一齐哄笑起来。一方面是对我的调侃，一方面是对她的讨好。我没有生气，除了对自己这副营养不良而生成的嶙峋瘦骨感到自卑之外，对她一点儿抱怨也没有。她毕竟注意到了我，尽管留在她心目中的形象是丑陋不堪的。何况，她对我的描述，语言又是那样的精彩，让人不得不佩服。

我决心让她知道我对她的这份情感。我不奢望她对我也有同感，也不准备反复向她进攻，打动她或征服她。我只是让她知道，有一个人爱她，真心实意地爱她。同时，我也不愿意让我这份真情烂在心里。怎么让她知道呢？托人捎话传情，不妥；直接向她表白，不敢。主要是没有

大石橋兩邊有兩個亭子亭子里是兩個烏龜馱着兩塊大石碑碑上刻着乾隆皇帝的御筆碑文記載的就是這段傳說

甲午菊月
景浩寫於
通州大運河畔

向她接近的由头。我毕竟是个聪明人，整过了几个不眠之夜后，终于想出了一套锦囊妙计。

我在操场上一边看书，一边窥视着她的倩影。等她从远处走来，我故意站起身来离开，把钢笔丢在她的必经之路上。第二天早晨，教务处贴出招领启事，说拾到一支钢笔，失者去领云云。我领出钢笔，并有意问清了拾金不昧者，于是，便提笔给她写了一封感谢信。

说是感谢信，信中却列举了她若干优秀品质以及我对这些优秀品质的崇拜和倾倒。为了含蓄起见，我用的是文言文写的。这封不是情书的情书是委托另一位女同学交给她的。放学以后，我看见贾秀敏正跟那个吹笛子的小白脸在一起。只听她说："你看齐东平写的是什么呀？我怎么看不懂呀！"

我气愤了。这一次真的气愤了。她把我的一片真情、一片爱心都糟蹋了，用来去讨好那个吹笛子的小白脸！我的自尊心受到了很大的伤害，从此以后，我不再理睬她。直到毕业以后，我也没有跟她打过任何交道。

她后来当了公社的广播员，全仗着自己有一副好嗓子。不知为什么，她没有嫁给那个吹笛子的小白脸。她嫁给了一个军人。这个军人是我们小学时的班长，他在中学只念了一年便参了军，也许他们早就有联系。果真如此，在那军人服役期间，她又跟那小白脸打得火热，这也让我瞧不起。不过，管她呢，我再也不会嫉妒了。

这会儿贾秀敏找我，是来招兵买马的。她见了我显得很亲热，口口声声地叫我老同学。她似乎忘记了曾经伤害过我，或者她从来就没有觉得那是一种伤害，要不，她就是早把这件事忘到九霄云外了，谁像我这么小心眼呢！她说她想成立一个创作组，写小说，写诗歌，写报告文学，当然也不要忘了给她写广播稿。她把文学和新闻巧妙地结合在一起了。她说我在学校里作文就很好，老师常在作文课上读我的范文，有一次作文比赛还得了冠军。这些她还都记得，我心里一阵阵地发热，我有点儿被感动了。

不过，我还是不想参加她的创作组，文学我爱好，可从来没想到自己要拿起笔写点儿什么。我觉得创作是很神圣又很神秘的事业，不是任何人都可以搞得了的。

她批判我这是“创作神秘论”。文学是为工农兵的，只有工农兵自己拿起笔来，才能真正创作出无产阶级的文学。因为创作的源泉是生活，只要有生活……

我摇了摇头，没有让她尽兴说下去。这些大道理那会儿宣传得比粮票、面票、米票还普及。

“你怎么也比我强呀！”

“可不能这样说。”

“我能写你还不能写？”

“你……你写什么了？”

她眨了一下那大得出奇的黑眼睛，很神秘又很得意地笑了笑。然后，从她随手带来的公文包里抽出一张小报。这是县文化馆办的一份《群众文化》，内部发行的。

“你看，这上边有我写的一篇小说。”

我翻看着，半天也没有找到贾秀敏的名字。

“就是这篇，《翠绿的秧苗》。”

“这……这作者的名字是晓阳啊。”

“晓阳是我的笔名。”

“笔名？现在发表作品也可以用笔名？”

“当然了。”

“使用笔名要经过谁批准？”

“自己高兴叫什么就叫什么，不需要经过任何人批准。”

啊，天呀！长期以来，我像被关在一座阴暗、窒息又积满灰尘的屋子里，贾秀敏的笔名像一把铁锤子敲开了这紧闭的窗子。立刻，阳光照射进来，灰尘在阳光里闪闪烁烁，我看到了一个新的天地，看到了一个神奇多彩的境界。我有盼头了！有办法了！

“好！我、我加入你们的创作组！”

我一定激动得满脸红涨，要不是顾及到她是个女人，我一定会把她抱起来，痛痛快快地在地上蹾两下。

“你、你有信心了？”

“有了！”

“你、你为什么……”

“为了工农兵占领文艺舞台！”

她显然不相信我唱的高调，用那大得出奇的黑眼睛死盯着我，似乎要剜出我心底的秘密来。

等着瞧吧！我一定要让全社会都知道，我的名字叫齐东平！

十七

还记得小桑吗?

周把式死后，小桑妈便走了。小桑是跟在她哑巴爸爸身边长大的，如今已经十六岁了。

这姑娘活脱是从她母亲的模子里扣出来的，确切地说，她比她母亲还美，更比她母亲会美。平时，她总是穿一件紧身尼龙衫，一条喇叭裤。衣料不大好，样式也一般，可是却把她身上那美丽的线条清晰地勾画出来，把她天生丽质中潜藏的诱惑力大胆地显露出来。她往人面前一站，那圆乎乎的小脸蛋儿涂染着桃花般的红晕，也散发着桃花般的馨香。加上她那对水汪汪的杏仁眼，潮乎乎的红嘴唇，使人不禁心头震颤，油然升起一股无限爱怜之意。

也许，在一个正常的环境里，这样娇美的姑娘尤其会受到优待，受到照顾，受到诸多的宠爱。然而在这古老的马驹桥镇上，人们似乎是疾美如仇，又畏美如虎的。古往今来，谁家的姑娘或媳妇相貌出众，谁会被人视为狐狸精，并据此编派出一套她如何坑人害人的故事来。小桑往大街上一走，多少良家妇女冲她撇嘴，多少正人君子嗤之以鼻，其间又夹杂了多少诽谤的恶语和猥亵的讪笑。至于这些人心里是怎么想的，那就不得而知了。

小桑是我那班的学生。我刚接这个班的时候，教导处邵主任就嘱咐我要特别注意她。

我问:“她有什么问题?”

邵主任恶狠狠地说："三只手!"

天呀!"三只手"是小偷，真可怕!

邵主任说，小桑在上小学三年级的时候，参加了学校组织的毛泽东思想宣传队。每天晚上，他们深入到小镇上的各家各户，宣传毛主席的最新指示。无外乎是背语录，唱革命歌曲，跳忠字舞之类。时间一长，不少人家都发现，宣传队走后，毛泽东思想倒是有了，可鸡蛋篓里的鸡蛋却少了。人家把问题反映到学校，学校很快就破了案，是小桑顺手牵羊干的。这是她最初的作案记录，以后，她还偷过同学的钢笔，偷过公社铁姑娘队的馒头，偷过供销社的尼龙袜子。邵主任说，公社派出所有她的档案，厚厚的一大口袋。她看过，让我也抽空去看一看。我不想看。

我早就知道，小桑是马驹桥镇上有名的"野姑娘"。平时，她不与女伴为伍，身边却总围着几个流里流气的半大小子。她简直是个女寨主，经常带着七狼八虎在马驹桥镇上耀武扬威、侵街占道、呼幺喝六，让人望而生畏。据说她身上有点儿功夫，三五个棒小伙儿不是她的对手。这不知道是周把式的遗传基因在起作用，还是她小时候确实跟周把式学过几路拳脚。我曾亲眼看到过一个五大三粗的小伙子，不知怎么得罪了她，被她一个扫堂腿，扔到了路边沟里来了个狗吃屎。

我发现，小桑在班里却是孤立的。她几乎没有朋友，连比较亲近的同学也没有。课余活动期间，同学们都三五成群地在操场上玩，她却独往独来，或者躲在一个角落里看书，或者在高低杠上活动一下腰身。

她很聪明，学习成绩很好，门门功课都是尖子，可是选"三好生"的时候却没有一个人提她的名。我在讲课的时候，她听课的神态很动人。略微歪着头，用钢笔轻轻抵着下巴，那盯着你的目光是虔诚的，专注的，又是机敏的，似乎要把你讲的每一个字都捕捉到她的脑子里。这时候，你绝对想想不出，她居然是个威震马驹桥镇的"野姑娘"。而你会立刻记起，十几年前周把式那个神秘的小院，小院里那个花朵般的漂亮女人。也只有这时候，她才真正像她的母亲。像她母亲那样文静、秀丽，像她母亲那样充分显示着女人的魅力。她就是这么一个复杂的人物，在她的身上，既有周把式的江湖之气，又有她母亲的闺秀之风。

尽管我知道她有那么多的前科，可对她并没有恶感。也许是因为我和哥哥过去与她家有过一段特殊的关系，也许是她优异的学习成绩证实了一个教师的价值，也许是她的美在我的潜意识里起了作用。我说不清楚，也没有认真想过。

有一次，我带着学生到附近的生产队里去“学农”。休息的时候，我蹲在水边洗脸，顺手把表摘下来放在了闸门上。洗完脸之后我起身便走了，干了一会儿活儿才发现表不在手腕上，回去找，没有了。急得我浑身出汗。须知作为一个代课教师，一块手表该是一件多么了不起的财产和奢侈品呀！丢了，以后再也甭想买了，何况我又是在那样一个家庭里，处在那么一个地位上。我急得要死要活，一群同学推推搡搡地押着小桑拥来了。原来同学们听说我的手表丢了，一致怀疑是小桑偷的。几个女同学不由分说，把她拉到高粱地里，扒了她的外衣，硬是从她的内衣兜里搜了出来。

小桑站在人群里，紧紧地闭着嘴唇，一双泪汪汪的眼睛惊恐地看着我，似乎心甘情愿地等待着我对她的训斥和惩罚。同学们把表交给我，就要把她扭送到派出所去。我心里突然一动，不知是一种什么力量，促使我说了这样一句话：“哎呀！看我这记性，我洗脸的时候是让你替我收着的，你怎么不向同学们说明白呀?”

同学们都愣住了，一双双疑惑的目光紧紧地盯着我，我慌乱地挥了挥手：“走，干活儿去吧!”

这件事就这么过去了。几天以后，在课堂上，我让小桑到黑板前边做习题。她做完了题，绕过我的身边向座位上走去的时候，我似乎感受到了她的手轻轻地碰了一下我的衣服。下课以后，我发现口袋里有一包香烟，一包镶着锡纸的大前门香烟。

我明白了她的用心，却不知道该怎样处理这件事情。

十八

我感到很充实。我的精神上有了两个寄托，一个是自己的女儿，一个是自己的事业。

我说过，我结婚以后，老婆怀了孕，当年媳妇当年孩。眼下城里的年轻人，结婚以后都不急于要孩子，小两口过几年自由自在的小日子以后，再为下一代尽义务。据说，在不少发达的国家里，人们为了尽情地享受人生，很多人终生不要子女，政府只好用各种办法鼓励生育。我那会儿不懂这些，懂了也没用，没有必要。庄稼人很实惠，结婚就是为了传宗接代。你要是结婚三年还不开怀，人家肯定会用“卫生眼珠”看你，不在背地里骂你骡子才怪呢！

孩子总是自己的好。人就是这么自私。尽管我始终不承认我们之间有什么爱情，但看到自己要当父亲了，还是非常激动的。躺在床上，我常常情不自禁地吻着她的大肚子，把耳朵贴在上边聆听胎心的跳动。这会儿，她会安安静静地躺在我的怀里，表现出少有的温柔和顺从。女人在怀孕的时候，浑身的每一个细胞，都会充满柔情蜜意的。

女儿生下来以后，我每天都翻字典，查书刊，想为女儿取一个好名字。我还在我们教研组招标。谁要为我女儿想出个好名字，被我采纳了，我奖励他两个大西瓜。我这些劲都白费了。当我拿着十几个名字回去准备跟她最后敲定的时候，她那寡妇妈早给孩子取好了名字，并且叫得朗朗上口了。乳名叫胖丫儿，学名叫孙彩凤——世世代代流传不衰的名字。

胖丫儿已经一周岁了，开始牙牙学语，摇摇学步。我每天下班都把她抱在身边，哄她玩，逗她笑，还给她讲故事。无非是些猫呀狗呀，花呀草呀的童话。她自然听不懂，却知道冲着我咯咯地笑，笑得人心里阳光灿烂，暖暖和和。讲着讲着，我自己却走火入魔了。竟然给她讲起了我的构思。她仍然咯咯笑，我常常为此激动得发疯。我的好女儿，你是爸爸的第一个读者。你是爸爸的知音啊！

女儿和事业使我忘乎所以，以致我心血来潮的时候出卖了自己。出卖后受到的惩罚是惨重的。

有了孩子，就等于在家庭的构架上拧上了一颗螺丝钉。我必须正视一个残酷的现实：一切对爱情罗曼蒂克的幻想都像蒲公英的种子一样被风吹散了，我将跟这个只有出身“尊贵”，而感情、知识和物质生活同样贫乏的妻子相伴终生。既然如此，我便做出了一个天真的决定。我要用自己的真诚和智慧帮助她，改造她，影响她。在感情的荒原上开垦出一片沃土，栽种上从我的心灵里移植过去的秧苗儿，以至能使我们两个人的生命之树有比较接近的形状、色彩和气味儿。同时，也希望她能认识到我的价值，理解我的感情，支持我的事业。在我理想的火焰上，她即使不添油加柴，也不要泼水扬土。

那是一个美丽的仲夏之夜，我们并排躺在凉津津的芦席上，如水的月光透过窗纱均匀地洒在我们半裸的身子上。我用她所能理解的语言，跟她绵绵不绝地交谈起来，谈人生的意义，谈壮丽的理想，谈美好的未来。她静静地听着，似乎也完全陶醉在我所勾画的奇境丽界之中了。我兴奋得连声音都震颤起来：“秀英，你相信我吧，我一定能写出几本书来！一定能当个作家，一定！你支持我吧！”

她非常畅快地说：“行，我支持你。你以后少干点儿家务活儿，下班以后就写你的小说。你要是嫌来回跑路耽误时间，就住在学校，每礼拜回来一次就行了。”

在感情的荒原上
开墾出一片
沃土栽上
從我的心
靈里
移植過去秧
苗
二〇一〇年
金秋月
景浩於

我没想到她会如此通情达理，一阵冲动，把她紧紧地搂在怀里，而且更加得寸进尺，向她提出了更高的要求："在经济上你也得帮助我，跟妈说说，每月给我留五块钱怎么样？"

"要钱干什么？"

"你想呀，我写书就要看书，买书是需要钱的。还要用稿纸，一本稿纸四毛钱……"

"一本稿纸能写多少字？"

"一张四百字，一百张能写四万字。"

"四万字能赚多少钱？"

"按一个字一分钱算，大概能赚四百块。"

"什么，花四毛钱能赚四百块？行，比养猪养羊都划算。这事由我去跟妈说，保准没问题，那老太太不糊涂。"

我有点儿哭笑不得，但又不敢跟她过多地解释。先让她糊涂着也好，慢慢再说吧。不是说十年树木，百年树人嘛。上帝让我跟她百年偕老，我也只好百年树她了。

第二天是星期天，正值雨季，地里没有什么活儿，主要是给队里打青草。一斤青草五厘钱，打一天草也能挣块八毛的。我本来答应跟秀英一起去打草的，昨夜聊得太兴奋，睁开眼她的被窝儿早空了。我急忙穿好衣服，拿着镰刀追了出去。

村头上，围着一群结伙打草的人。秀英也在其间，她正挥动着镰刀，神气活现地说着什么，人群中不时发出一阵哄笑。随着我的走近，她的大嗓门渐渐传过来："打草？哼！俺胖丫爹才不干这下三烂的活儿呢，风吹不着，雨淋不着，日晒不着，写一本稿纸，就能挣四百块。听着，四百块！三头大肥猪的钱……你们甭笑，可咱们马驹桥公社，没有一个脑袋能当作家的，俺胖丫爹是马驹桥第一者……"

又一阵哄笑像刮风般传过来。

她还在恬不知耻地吹嘘着，我那两条腿都抖得迈不开步了。你饶了我吧，我的好老婆！不知是谁首先发现了我，叫了一声。接着，人们一齐扭过头来，面对着我，七嘴八舌地嘲笑着，耍猴似的。

“看，马驹桥第一者来了！”

“哟，作家怎么还拿镰刀呀？”

“别拿土地爷那玩意儿不当泥的，咱太平庄要出真龙天子大圣人了！”

“……”

秀英看见了我，丝毫也不觉得难为情，还风风火火地跑过来，关切地说：“你别去打草了，快回家写你的书吧！”

笑声、叫声、巴掌声、跺脚声，像潮水般地把我淹没了。我只觉得眼前发黑，天旋地转，一张张变了形的脸在我眼前晃动着。我实在忍受不了了，扭头就跑。脚步是踉踉跄跄的，几次要跌倒。跑到家，我插上门，狠狠地抽了自己两个大嘴巴，然后趴在炕上呜呜地哭了起来。

我悔恨极了。

十九

我说过，我是懦弱的。在我那懦弱的躯壳里，却包藏着一颗很强的自尊心。自小，我就对别人对待我的态度很重视，很敏感。一个白眼，一声冷腔，一副鄙夷的微笑，都会在我心灵深处激起感情的波澜。我不是那种没脸没皮的人。直到现在，我经过了许多坎坷生活的磨难和世态炎凉的揉搓，虽说豁达多了，可仍然经受不住别人对我的轻蔑和侮辱。这弱点是上帝造化的，恐怕最终还要带着它去见上帝。

我被自己的老婆糟蹋得那么惨，丢尽了人，真没有脸面见乡亲了。下了班，我就把我自己关在学校给我的单身宿舍里，一边闭门思过，一边闭门造车。我不敢回想自己的老婆在大庭广众之中说的那些丢人的话，可是耳边总是响着那刮风般的哄叫和嘲笑，眼前总是浮动着一张张笑得变了形的脸。我觉得受了奇耻大辱，屈辱感又在我心中涌动起一股力量。我被逼上梁山了，我必须把老婆替我吹嘘出去的一切变成现实，才能不被人家贻笑千古。假如韩信后来没有当上声名显赫的大将军，那他给后世留下的形象，则仅仅是一条钻人家胯裆的癞皮狗。我写下了“卧薪尝胆，洗耻雪辱”八个字，压在自己的玻璃板底下，作为时时鞭策我、砥砺我的座右铭。

我发愤读书，读古今中外的文学名著，也读历史、哲学和文艺理论。尽管我从事文学创作应该归功于贾秀敏对我的启示，可是却不愿意参加她组织的文学讲座之类的活动，更不愿意跟她一起，骑上自行车赶到四十里外的县城里，去听某个作家的经验介绍。我一次也没有去过，总觉得是瞎耽误工夫。文学是寂寞之道，只有耐得寂寞，潜心修炼，才能获得灵感，获得悟性。没听说一个人靠听报告、听讲座而成为作家的。我一点一滴地积累着知识，积累着生活，积累着情感，做着各种创作准备。这所中学在马驹桥镇东边的野外，教师几乎都是本地人，下班以后便回家。到了晚上，除了我，只有看传达室的老赵头。

哥哥来过一次。一个多月不见，他显得更加苍老了。额头上、眼角上以及两腮上的皱纹很深，纹络中还藏着一道道的污垢。我知道，他没有心思整理自己。大概有半个月没刮脸了，胡楂子都长得打起了卷儿。我向他打听妈妈，打听家里的日子。他一边喘着气，一边简单地回答了我几句话。接着，他便从怀里摸出一沓钱，轻轻地放在了办公桌上，还往我面前推了推："这是卖土鳖种的钱，一共三千四百块，你用多少就拿多少吧。"

我像被蝎子蜇了一下似的，急忙向后闪了闪身子，几乎是下意识地说："不，不，我不用。"

"不用，我就先把它存起来，你什么时候用，再说话。"

说着，他又小心翼翼地把钱拿起来，揣在怀里。过了一会儿，他又拿出一封信。这是一封出人意料的信，小桑的母亲写给哥哥的。

东升兄弟：

你好！

还是让我这样称呼你吧。我走的时候，连个招呼都没有打，很对不起你。我本来是想去死的，却没有死，我也不知道为什么又活下来了。那天在坟地里看你哭师父哭得那么伤心，我就觉得完了，一点儿盼头都没有了。我不怨你。我知道咱俩无缘，咱们姐弟了一场，我也知足了。

看在姐弟的情分上，我托付你一件事。我把小桑交给你了。这孩子命苦，她没有爸爸，你就做她的爸爸吧。孩子要问，就说她妈死了。她妈活着的时候，是个坏女人。可是她妈希望她的女儿能做个好女人，做个正正派派、清清白白的好女人。你是个好人，是个有情有义有良心的男子汉，姐姐信得过你。

不要打听我的下落，今生今世也许见不到你了，下辈子变马变狗我会报答你的。

向你叩头！

姐姐

信封下款没有地址，这信大概邮出很长时间了，揉搓得连邮戳也看不清了。

我问哥哥："小桑的母亲到底是怎么个人？"

他摇了摇头，没说什么。

我又问："她怎么说这孩子没有爸爸呢？哑巴不是她的爸爸吗？她现在还跟哑巴一块儿过呀。"

他所答非所问地说："那么一个残废人，管得了她吗？"

我说："那么你打算怎么办呢？把她领到咱家去吗？"

他沉重地摇着头："不能再养活一个小香了。"

是啊，当年小香就是他领回家的，可是后来小香却把他坑苦了，差点儿要了他的命。

过了一会儿，他又说："这年头，谁也管不了谁许多了。你不是她的老师吗？平时分点儿心，把她看严一点儿。听说这孩子手不大稳，别让她捅大娄子就行了。"

哥哥走了，我心里很不是滋味儿。小桑的母亲这样信任他，对他寄予这么大的希望，他却是只向我交代了几句，就撒手不管了。这也未免太冷漠、太无情了。可是反过来想一想，不这样，又怎样呢？他在家里，拖着半个身子，还要养活一个年高体弱的老太太，而那老太太却又是我的生身母亲，他在为我尽儿子的孝心。他还有什么办法，有什么能力顾及一个两姓旁人呢？再说，他也曾有过热心，有过善行，也曾是个“有情有义有良心”的男子汉。可是生活对他实在不公平，他从反面接受这些惨痛的教训，也是不难理解的。

小桑母亲的信，扰得我几天来心神不宁。小桑再有半年就要毕业了，她在我们那个班里，我可以照管着她，她毕业以后怎么办呢？

似乎有什么感应，自从收到了她母亲的来信以后，小桑经常到我的房间里来。来了以后，也不说话，往床头上一坐，睁着两只大眼睛，默默地看着我。我该看书仍然看书，该写东西仍然写东西。我这样做，只是有意让她感觉到，她的到来对我毫无妨碍，你尽管来就是了，只要你愿意。有这么一个姑娘在我身边，我一方面感到有点儿不自在，一方面又感到一种愉悦、一种安慰，或者说是一种激励，使我更加努力地读书、写作。

有一次，她没头没脑地问我：“老师，您不怕失败吗？”

我困惑地问：“什么失败？”

她说：“我跟公社广播站的贾阿姨谈过。她说，文学创作这条路上很拥挤，成功率很低。许多人立志要当作家，可奋斗一辈子也……”

我心里一惊：“你怎么知道我要当作家？”

她说：“我是听小顺子说的。”

小顺子也是我那个班的学生，而且跟我是一个村子的人。可见，我的老婆已经把我吹嘘得家喻户晓了。我脸上又一阵发烫。

“老师，我能帮您干点儿什么吗？”

“不，这是个体劳动，你帮不上忙，谢谢你。”

“我帮您抄抄稿，总可以了吧？”

“抄稿？不，你的字不行。”

她听了我这句话，难过得低下了头。我不该这样刺激她，有点儿后悔了。

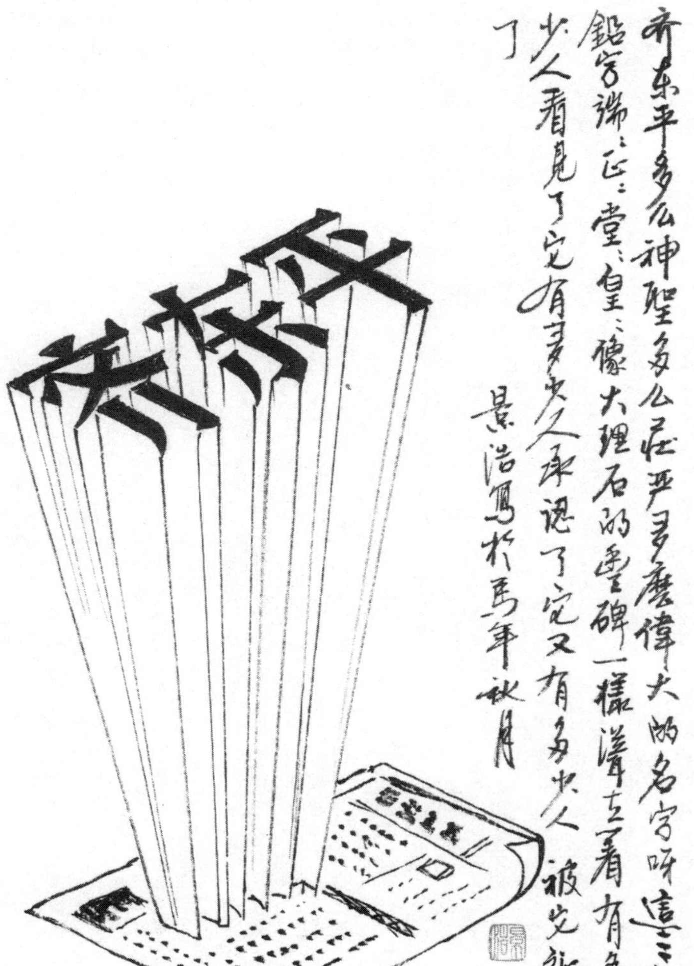
齐东平多么神圣多么庄严多么伟大的名字呀這個
鉛字端端正正堂堂皇皇像大理石的墓碑一樣豎立着有多
少人看見了它有多少人承認了它又有多少人被它征服
了
景浩寫於馬年秋月

传达室的老赵头又给我送来一个大信封，她的眼睛一亮：“这是什么？”

我难为情地说：“退稿。”

“退稿？为什么？”

“写得不好，不够发表水平呗。”

她把那个大信封轻轻地拿起来，抚摸着，又抱在怀里，像是在抚慰着一个被遗弃的可怜的小动物。突然，她眼睛一亮，向我提出了一个要求：“老师，这稿子我看看可以吗？”

我扫兴地挥了挥手：“拿去吧，看完之后就烧掉，千万别扩散。”

这一天傍晚放学以后，我刚关上门要干自己的事情，小桑便急如星火地跑来了。她一边咚咚地敲着门，一边急促地叫嚷着：“发啦！发啦！老师，发啦……”

我打开门。她那高耸的胸脯剧烈地起伏着，满脸红通通的，眼睛里闪着火花。她还在气喘吁吁地叫嚷着，一边叫嚷，一边哗啦啦地抖动着手里的一张报纸。

我蒙了，急忙问：“什么，你说什么？”

“发啦！您的稿子发啦！您看——”

她说着，把那张报纸举到我的眼前，那里登着一家文学刊物近一期的广告，目录上恰恰有我写的一篇小说的题目，还有我的名字——齐东平。

齐东平，多么神圣，多么庄严，多么伟大的名字呀！这三个铅字，端端正正，堂堂皇皇，像大理石的丰碑一样耸立着。有多少人看见了它，有多少人承认了它，又有多少人被它征服了！然而，你这个浑蛋，当初却是那么地厌恶它，恨不得用虎头钳子把它从你的头上拔掉。因为你觉得它从祖父、父亲那里给你带来了耻辱，带来了卑贱，带来了倒霉的命运。而你还发表郑重声明不承认它，把它改成党向阳什么的。结果，你果然失去了它。你不是讨厌齐东平吗？那就给你换上一个孙长富。失去了它你觉得更加耻辱，更加让你受不了。你起誓发愿，你费尽心机，你含辛茹苦，为的是寻找它，恢复它，重新获取它。你这是干什么呢？

人啊人，你还是个人吗？

我被这突如其来的喜讯冲击得发晕，也被小桑那激动的情绪感染得不能自禁。我一下子把她抱住了，把头伏在她的肩头上，竟呜呜地哭了起来。

她慌了，一边挣脱着身子，一边问："老师，您、您怎么了？"

是呀，我这是怎么了？

二十

妈妈死了，她死得很惨。

哥哥是搞了土鳖种的生意，凑足了钱才把她送到医院的。已经晚了，胃癌，后期了。

妈妈在弥留之际，瞪着两只眼睛，直愣愣地看着哥哥，拼尽最后一丝力气说了一句话："俺到底……没给你……娶上媳妇……"妈妈说完便断了气，两只眼睛却没有闭上。她的亡灵飘离了她的肉体之后，她还用那双愧疚的眼睛看着哥哥。

妈妈的遗体停在了县医院的太平间里。哥哥不同意火葬，他说妈妈生前没有享到一天福，死后不能马马虎虎地一烧了事。我们俩连夜往回赶，去安排妈妈的后事，到了村口，天刚大亮。哥哥带着我，一进村就磕起了丧头。这是我们家乡的规矩，家里死了人，要报丧。一是要向鬼神报丧，叫报阴丧；二是要向乡亲们报丧，叫报阳丧。报阴丧由妇女们负责，女子属阴。亲人死后，女眷们要夹着麻眼箩，带着纸钱哭号着到土地庙去。让土地爷给死者在阳世销去户口，并发放去极乐世界的护照。报阳丧则由男人负责，男子属阳。亲人死后，男人要走出家门，在街上无论遇到谁，男女老幼，尊卑贵贱，都要单腿跪下行礼，叫作磕丧头。凡是受过礼的人，都要对死者和死者的家属表示关切。男人们帮助料理丧事：给亲朋故友送信，挖坟坑，抬棺材，举行各种仪式。女人们倒比较简单，送上几张黄纸，千篇一律地哭几声，表示哀悼之情就行了。

我跟哥哥一进村，便鸡啄米似的一路磕头，等磕到了家，后边已经跟了一大群帮忙的人。要做的事情很多，置寿衣，打棺材，选坟地，办丧事。按规矩，这一切都不能让悲痛中的本主去办，需要委托一个代理人，全权负责一切事宜。这个人叫“支客”，或者叫“落忙人”。哥哥找了郑百岁老汉。他过去是生产队长，虽说已经下野了，却仍然虎有余威。他精明强干，敢作敢为，在村里说话仍然很占地方。又加上他懂得婚丧嫁娶的繁俗缛礼，让他当“支客”，再合适不过了。

郑百岁把我们叫到屋里商量丧事的程序和规模，神色庄严，一丝不苟，俨然当年在主持生产队的队委会。

哥哥说：“寿衣装裹要最好的，冬棉夏单，长裙短褂，铺银盖金，荷花玉枕，厚底朝靴，金银首饰……”

哥哥说着，郑百岁扳着粗大的指头算计着，那又黑又长的眉毛也随之颤动着，像蟋蟀的翘尾儿。他算完之后说：“都置办齐了，没有五百块钱拿不下来。”

哥哥又说：“棺材一天要攒上，紧七慢八，咱多找两个人，把活儿做细点儿，四六材，前画五福捧寿，后画脚踩莲花，外边桐油亮漆，能体面就体面一点儿。”

“木匠倒是现成的，赶热活儿，你得多破费点儿。”

“钱您甭犯算计，我预备下了。我还要一套纸活。青牛轿车，旗锣伞扇，童男童女保驾。俺妈受了一辈子苦，不能让她踱着两只脚去见王母娘娘……”

“行，张糊匠正好又重操旧业了。”

“三十二人杠，要棺罩。再要两套吹打。听说东店那帮吹鼓手的又把班子攒起来了。花多少钱都要把他们请来。”

“这事我得亲自去一趟。那帮吹鼓手的头是姚和尚。吃食堂那年，他偷咱村的棒子，让我逮住了，没罚他。他给我磕了三个响头，说日后要报我的大恩大德……”

“那就劳驾您了，所有的亲戚朋友都送信儿，街坊四邻谁随份子都收。把队里的芦席苫布借过来，搭过街棚，三八席吃小米饭，照着四五十桌准备……”

郑百岁不放心了：“我说侄伙计，这么折腾，你有多少钱呀？”

哥哥转身从柜子里拿出一沓票子，拍在郑百岁面前，说：“这是两千六百块钱，全交给您，一分钱都别剩下。”

郑百岁愣住了：“这么多钱，都扬出去，你不过了？”

我也觉得哥哥有点儿太那个了，就拉了拉他的衣角，轻声劝他说：“妈反正也死了，丧事过得去就行了，不要太排场了，你还是应该留点儿钱。”

“妈都没了，还留钱干什么？”

“你该为自己盖几间房，准备结婚。”

他沉重地摇了摇头，说：“这钱就是为妈赚的，要统统花在妈的身上。当年咱爹死的时候，一点儿响动都没有。没有人拿咱当人看，还不如死了一条狗。现在咱能抬起头来做人，就要把人做得光光亮亮。”

他说着，眼里冒出了泪花，我不再说什么了，尽管我不同意他的说法，可现在不是我们争辩的时候，争也没用，这我知道。

有钱就能讲排场，也能出效率。棺材连夜便打完了，第二天，一辆拖拉机拉着棺材进了城，把妈妈的遗体从医院里接了回来。灵柩就停在我们那个小院里。

孙秀英几乎是撵着妈妈的灵柩进村的，不知是谁给她送的信。我原本以为她不会来的。因为在我那个屈辱的婚约上，有这么一条，我对妈妈是活不养，病不医，死不葬。我连埋葬都不管，她还来奔什么丧？别说，孙秀英还真给妈争脸。她是妈妈唯一的儿媳妇，刚一进村，便高腔阔调地大哭大号起来，一口一声“妈呀妈妈呀”，叫得人骨酥肉麻，哭得人心惊肉跳。其实，我妈活着的时候，她连面都没有见过。这会儿如此情真意切，真不知道悲从何来。她整整哭了一条街。进了院门，又一头扑到妈妈的灵柩前，跪下来哭，哭得死去活来，好像要跟妈妈一块儿去死似的。好几个落忙的妇女连劝带拉，才把她从地上搀起来。

她抹去眼泪，朝四边一看，顿时傻了眼。我知道她看见了什么。妈妈的灵柩前，摆满了花供香纸；院子里，挂满了青白条帐；大门两边，吹鼓手列队奏乐。人来人往，个个穿白戴孝。大街上搭起了席棚，几十张八仙桌一字排开。大锅小灶，煎炒烹炸，香烟雾气笼罩了半个村庄。我看到她的脸都变了色，不知是惊的还是吓的。她顾不得和我商量，径直找到了哥哥，直通通地问："办这么大的事，得花多少钱？"

哥哥看了她一眼，冷冰冰地说："放心，我绝不让你们出一分钱。"

她怎能放心得下呢？又问："你怎么会有这么多钱呢？"

哥哥说："这钱不是偷来的，不是抢来的，也不是手心向上跟人家借来的。"

她立刻起了贼心："怕别是老太太留下的吧？"

哥哥沉下了脸，气怒地说："老太太手里要是有这么多钱，就不会让我弟弟去你们家'倒插门'了。"

哥哥这话说得够厉害的了，换个说法，就是"老太太手里要是有这么多钱，我弟弟就不会娶你这个浑蛋娘儿们了"。哥哥毕竟是大伯子，按我们的乡规，大伯子跟弟媳妇之间是一种最正经的关系，宁在小叔子腿上坐，不在大伯子眼前过嘛。他就是再气愤，只要不彻底闹翻，也会尽可能把话说得客气一点儿。

孙秀英在哥哥面前没摸到底，又把我拉到一边，悄声问："你知道，他手里到底有多少钱？这些钱是哪儿来的？办完这场事他还剩多少钱？老太太没了，这个家他打算跟你怎么分？"

我这会儿明白她是为什么来奔丧了。看到她那副卑鄙无耻的样子，我恨不得当众扇她两个大嘴巴。可惜我从小就不会打人，这儿又不是打架的地方，直气得热血往头顶上撞，一句话也说不出来了。

她见我不言语，又威胁我说："告诉你，他要是办事不公平，我可要跟老太太说了。"

我明白她要跟老太太说指的是什么，她这是要闹丧。就是用一种浑不讲理的非常手段，把丧事搅乱，让你大出其丑，最后迫使你不得不答应她提出的条件。这是农村泼妇最厉害的一手，人人都讨厌这一手，人人又都怕这一手。世界上有两种人是无敌的，一是不要命的，二是不要脸的。而泼妇闹起丧来，既不要命，又不要脸，所以无往而不胜。

孙秀英果然说得出来做得出来。开始出殡了，外边摆上了三十二人大杠。吹鼓手鼓乐齐鸣，正准备往外抬灵柩，她便像一头母狮似的扑上去，声嘶力竭地哭号起来："妈呀，您可别走呀！您走了我跟东平可没法活啦！呜呜……我的妈呀，我的亲妈呀！您得给我们做主呀！我白当您的儿媳妇啦，白给您生个孙女啦！呜呜……"

她一边哭号着，一边发疯般地拍打着棺材板，撕扯着自己的衣服，直闹得硝烟弥漫，暗地昏天。大伙儿都知道，这会儿不能劝，不能拉，越劝越拉她越来劲儿。人们都围成一圈看着她的精彩表演，有撇嘴的，有叹息的，有抓耳挠腮的，也有幸灾乐祸的。

看着看着，我忽然发现人们都把目光转向了我。我知道人们那眼睛里"说"的是什么。这就是你齐东平的媳妇吗？你还当教师呢，还识文断字呢，还"马驹桥第一者"呢，还要当作家呢，你媳妇就这个水平呀？就这么有教养呀？就这么露脸呀？

完了，我算让她把我的脸丢尽了。

等孙秀英哭闹得气短声低了，郑百岁走了过去，伏在她的耳边，轻声地说："侄媳妇，别哭了，你哥哥叫你有话说。"

孙秀英一听，觉得自己闹丧见了效，立刻站起身来，跟着郑百岁进了屋。虽说她还紧一声慢一声地抽搭着，可也无法掩饰她脸上的得意之色。

哥哥斜着身子靠在那张旧八仙桌上，见孙秀英进来了，平心静气地问："你有什么要求就说吧，咱的事好商量。"

孙秀英是胜利者，她当然得充分利用这胜利的大好局面，便不客气地说："我不知道您手里还有多少钱，这样吧，浮财我就不惦着了，底财可得归我。"

哥哥问："什么底财？"

孙秀英说："这两间房，还有房子里的破烂家具。"

哥哥说："不要说这两间房，就是三宅六院，金銮宝殿，我当哥哥的也不会跟你争一砖一瓦。可是有一条，这两间房虽说是又破又旧，值不了几个钱，可这是齐家祖上留下的产业。你要也行，跟东平搬回来，名正言顺地当齐家的媳妇。要不然，这屋子里的一根筷子你也别想拿走！"

孙秀英一听，立刻翻了脸，又闹起来。

哥哥直起身子，厉声说："咱先把丑话说在头里，你要是再胡搅蛮缠，我可就不客气了。我也不要你的命，把你的胳膊腿撅断，让你死不了活受罪。打完了你，你可以到法院告我，没有人命，不会挨枪子，至多也就是蹲几年监狱。反正我无家无业无牵挂，正愁找不到一个吃饭的地方呢。你要是不信，就看看这个！"

哥哥说着，举起拳头，猛地往身边那张八仙桌上一砸，"哗啦"一声，一张好端端的八仙桌趴了架，变成了一堆烂劈柴。

孙秀英吓呆了，脸色煞白，连大气都不敢出了。人就是这样，向来是㞞的怕横的，横的怕不要命的，不要命的怕拼命的。孙秀英闹丧，虽说有不要命的精神，可毕竟舍不得把自己的命拼出去。哥哥的那副拼命三郎的架势，到底把她镇唬住了。

给妈妈送殡回来，我再也忍不住了，抱着哥哥，放声痛哭起来。我哭妈妈，哭哥哥，也哭我自己，我一边哭着，一边把几年来压在我心底的委屈倒了出来。哥哥听了我的哭诉，他也哭了。

"东平，实在不行，就跟她离婚算了。"

"怎么能离得了呢？"

"结婚不就是为了搭帮过日子吗？过得好就过，过不下去就散伙，你又不是卖给她了。"

"离婚也有许多麻烦事。你没听说吗？现在找房子比找对象难，离婚比结婚难，报户口比生孩子难。"

"依我看，离婚只是麻烦一阵子，不离可就要麻烦一辈子了。"

哥哥的话说得对，我开始动心了。

三天以后，我跟哥哥又在妈妈的新坟前见面了。我们给妈妈上了供，烧了纸，圆了坟。哥哥穿过小树林，来到了座荒草萋萋的坟茔前，我知道这是周把式的安身之处。他在周把式的墓碑前磕了一个头，郑重地说：“师父，我去闯世界了。我是赤手空拳走的，绝不能再赤手空拳回来见您！”

哥哥走了。

他是穿着一身单薄破旧的衣服，背着一个可怜巴巴的小包袱走的。到哪儿去呢？他自己也不知道。

他说他还会回来的。一定。早晚。

他只劝我想开一点儿，别掂三虑四的。别的什么也没说。

我看着他一步一步地走远了。他的身影渐渐地消逝在那遥远的天边外。天边外有一团苍茫的雾气，还有一只盘旋的孤雁。我忽然觉得天地间是那样的空旷、沉寂，一股烟雾般的孤独和哀凉把我吞没了。

回到学校以后，我连夜向法院写了一份离婚起诉书……

二十一

我敢说，在我们中华民族几千年的文明史上，任何一部文学作品或其他艺术形式，也没有《秦香莲》或曰《铡美案》这出戏更普及，更深入人心，更根深蒂固地、水乳交融地侵入人们的道德观念之中。人们对陈世美这个典型人物的憎恶程度，绝不会亚于对秦桧、对八国联军、对“四人帮”的仇恨。

我摘掉了地主狗崽子的帽子，却当上了陈世美，还须多说吗？事情都是明摆着的。你过去走投无路，人家孙秀英收留了你。端盆喂野狗，狗大咬主人。我就是一条真正的狗，也会被人家勒死的。你如今人儿似的了，当上了教员，又发表小说挣稿费，还因此成了“马驹桥第一者”，怎么着，要把自己的老婆蹬掉？天底下、地上边有这么忘恩负义的人吗？要我说，共产党开这三中全会，并不是条条政策都英明。地主就是不该给他摘帽子，摘了帽子就要闹翻天。当然，也有老实巴交的地主。孙长富这小子闹翻天，就仗着自己有点儿墨水。这帮知识分子也不能把紧箍咒儿给他摘去，摘去了就蹬鼻子上脸，得了锅台想上炕，尾巴翘到了天上，把屁眼都露出来了，没羞耻的东西！娘的！想不到姑奶奶现而今成了秦香莲，你他妈的还恶人先告状，向法院递了我的状子。姑奶奶陪到底了，一十八街，三十六巷，千家万户，哪儿人多我就到哪儿去喊冤叫屈。就算碰不到黑脸老包把你铡了，我也要把你臭得猪狗不如，让你永世不得翻身。反正咱是一根线拴俩蚂蚱，你不让我往高坡上蹦，我就把你往屎坑里拉。

我把离婚起诉书刚递上去就后悔了，招来的麻烦是让人难以想象的。先是法院来人调查，再是村民委员会进行调解，又是学校领导找我谈话，后来乡妇联主任出面做工作，再加上亲朋好友指责、教训、劝说。来访的人一拨未走，另一拨又到了。不要说读书写作，有时连课也上不下去了。我一下子遇上了那么多好心人、热心人。都希望我们夫妇和好，破镜重圆，这能不让人感动吗？紧接着，“保护妇女儿童权益月”的宣传把我当成了典型，“五讲四美三热爱”的教育把我当成了反面教材，“法制宣传周”也把我当成了实例。你不是想出名吗？你不是要当“马驹桥第一者”吗？这回让你出名出大发了，“第一者”算是铁定了。

刚一开始，我真含糊了。我说过，我是个自尊心很强的人，我真怕因为这件事把我弄得身败名裂。很快，我发现自己的尊严、脸面，乃至人格，都已经被撕成了碎片。我就是收回起诉书，与孙秀英重归于好，也不能把这些碎片拼成一个完整的形象了。于是，我索性破罐破摔，咬定钢牙非要离婚不可。任何事物都具有两重性，把懦弱逼到了极点，就会转向勇敢。我不再在乎人家的白眼、人家的冷腔、人家鄙夷不屑的嘲讽和指责。走在人群里，我照样昂首挺胸，照样理直气壮，照样跟人家有说有笑，我照样是个有血有肉有思想的人。至于判不判离婚，那是你们的事，反正我从感情上已经跟她一刀两断了。就是下辈子托生个兔子，都不能跟她卧在一个窝里——我也学会说这些损话了。

我的决心迫使法庭立案了。我满怀希望而去，却碰得头破血流。我敢说，审理我这桩离婚案，起码是在当代中国最简捷、最干脆、用的时间最短的一例。

“没有感情？你们不是有了两个孩子了吗？”

“那……那是过去。”

“过去？你扭过头看看你老婆的肚子。”

“啊……”

“女方在怀孕期间不许离婚！”

“那……生了孩子呢？”

“女方在哺乳期间也不许离婚，《婚姻法》上有规定！乱弹琴！”

我在一阵窃笑中离开了法庭。我觉出了我灵魂的卑下，我嗅出了自己的龌龊，我没有半句为自己申辩的理由。糟了，都是我自己搞糟的。我恨不得一头扎进大街上飞驰而来的汽车底下，来他个粉身碎骨！

《婚姻法》上到底是怎么写的？我怎么就没想到翻翻《婚姻法》呢？怎么就没想到自己老婆的肚子呢？

二十二

小桑对我一如既往。她并没有因为我身败名裂而疏远我，歧视我。她还经常到我这里来，来了以后还是一声不响地坐在我的床头上。可是，尽管她不打扰我，我也没有心思读书，没有心思写作了。她来了，我就陪她坐着，什么都不说，就这么干坐着。有时她带来一包瓜子，我们俩就默默地嗑瓜子。一切心绪，一切话题以及大好的光阴就这样被毕毕剥剥地嗑碎了。我并不感到惋惜，时至如今，有人愿意并且敢于陪我坐一坐，我便觉得这个世界就是温暖的，生活就是光明的，活着就是有必要的。我为此感到欣慰。

“老师，我毕业以后，就不能常来看你了。”有一天，她突然说，声调很悲哀。

“你上了高中，不是还在这个学校读书吗？到我这儿来也挺方便。”

“我不打算念高中了。”

“为什么？”

“我们那帮小哥们儿都不念书了，都自谋生路去了。”

是呀，我忽然记起了，小桑已经许久不跟那伙“街串子”胡混乱闹了。马驹桥镇上也很少再见到这帮人的踪影了。当年那个“野姑娘”的形象似乎也早已在人们心目中消逝了。

“他们都干什么去了？”我问。

小桑说：“干什么的都有，做小买卖的，打短工的，搞长途贩运的，跟人家合伙办工厂的，都发起来了。”

年轻人的精力有了正当的发泄途径，便不轻易在歪门邪道上干荒唐事了。我想。

小桑又说：“我得去赚钱，我需要钱，需要一大笔钱。”

“你要钱干什么？”我惊讶了。

“我要去找妈妈。”

她说着低下了头，眼圈红红的。我心里猛地一沉，心里也酸溜溜的。是呀，她也是个没有娘的苦命孩子呢！

“老师，请您说实话，告诉我，妈妈到底是怎么样一个人，她为什么离开家，她到哪儿去了？”

我沉重地摇了摇头。

“有人说，妈妈是个坏女人，是吗？”

“不！你妈妈是个好人！难得的好人！她聪明，漂亮，有情有义……就是……命太苦了。她没有赶上好时候……”我声音哽咽了。

“她爱我吗？”

“爱你，非常爱。”

“那么，她为什么扔下我呢？”

“……”

我能说什么呢？我能把我知道的一切告诉她吗？不，她还是个孩子，她那纯净幼嫩的心灵还无法承受沉重的现实。再有，我又知道多少呢？

“妈妈叫什么名字？”

“啊？……不知道。”

我真的不知道，我怎么从来没有想过问问她的名字呢？难道对于一个当了妻子、做了母亲的女人，名字就是那么不重要吗？难道只称她为××媳妇、××妈就足以了吗？

“也许……我哥哥知道。”

“您哥哥在哪儿？”

“不知道……”

“她是叫栾艳芳吗？”

“这名字你从哪儿得到的？”

“你看。”

小桑从书包里掏出一块白手帕，我急忙接过来，是一幅刺绣。我记起来了，她是喜欢刺绣的。那会儿，她怀里抱着小桑，手里拿着绣花撑子。一边给孩子喂奶，一边飞针走线，嘴里还哼唱着缠绵的小曲。这手帕上绣着一片茵茵碧草，草丛中开着一朵寂寞的小花。上边的空白处，绣着几行文字：

原来姹紫嫣红开遍，
似这般都付与断井颓垣。
良辰美景奈何天，
赏心乐事谁家院。

下面还有“栾艳芳手迹”的字样。这栾艳芳想必是她的名字了，小桑猜得不错。

“我是从妈妈留下的一堆旧衣服里找到的。老师，这首诗是什么意思，是她写的吗？”

“这是一段戏文，《牡丹亭》里的。”

“《牡丹亭》是什么？”

“是明朝汤显祖写的一出戏，有名得很，是中国戏曲的经典之作。”

“妈妈会唱戏？”

“会唱，她还报考过京剧团呢。”

“考上了吗？”

“考上了。”

“怎么她不在剧团？”

“大概是因为家里穷……”

“还有呢？”

“不知道了。”

小桑沉默了。她双手托着下巴，两眼凝神地注视着那幅刺绣。我知道，她在充分调动着想象的能力，描摹着妈妈的音容笑貌，追寻着妈妈弯弯曲曲的生活足迹。

“我找过妈妈!”她突然抬起头来说，神色有些兴奋。

“到哪儿去找过?”

“就在家里。”

“在家里?”

“用一盆清水，上边放一根筷子，烧三炷高香，然后心里默默地呼唤妈妈，喊七七四十九遍，看筷子头朝哪边，妈妈就在哪边。”

“天呀！你怎么信这些?”

“是姚二奶奶告诉我的，说灵验得很。我试了几次，筷子头都朝南。”

“南边地方大了，大半个中国都在南边，你知道在哪方哪角?”

“云梦在哪儿?”

“什么云梦?”

“云梦是个地名。”

“就是大云梦泽吧？古代传说中的湖泽之国。现在湖北省有一个云梦县，离武汉不太远。”

“您去过那地方?”

“不，上地理课时听老师讲的。你怎知道云梦这个地方?”

“妈妈告诉我的。”

“什么?”

“妈妈给我托梦来了。”

“净胡说。”

“真的。那天，我梦见一只大黄鹤落在了我身边，我骑在黄鹤的身上。那大黄鹤扇着两只翅膀飞呀飞呀，一直朝南飞去。飞过了一条大河，又来到一个天连水、水连天的地方，我见到了妈妈。妈妈告诉我，这个地方叫云梦，是妈妈出生的地方……”

“黄鹤？昔人已乘黄鹤去，此地空余黄鹤楼。黄鹤一去不复返，白云千载空悠悠……”

“老师，您说什么？”

“我在背一首诗。”

“诗？什么诗？”

“唐朝崔颢写的一首诗，叫《黄鹤楼》。”

“黄鹤楼在哪儿？”

“在武汉，长江边上。”

“武汉？长江边？对，没错，我看到的那条大河肯定是长江。妈妈肯定在那儿，在长江边，在云梦……”

“也许……她不在云梦。”

“还能在哪儿？”

“你知道董永的故乡吗？”

“《天仙配》里的傻董永吗？”

“对，董永行孝，卖身葬父，感动了七仙女。所以董永的故乡在孝感。”

“孝感在什么地方？”

“也在武汉附近。当初你妈妈报考的就是孝感京剧团。”

“对了，全对上了。老师，我一定要去找妈妈，根据这些线索去找。”

她兴奋得手舞足蹈，两眼放光，似乎马上就要见到妈妈一样。

我不得不给她泼冷水了：“小桑，你听我说，这些线索不够，远远不够。要是这样没头苍蝇乱撞，也许三年五年、十年八年也找不到，把大好的时光都耽误了。”

“那您说我该怎么办呢？”

“我希望你还是多读一点儿书，上高中，考大学，干一点儿大事情，自己闯出一条路来。小桑，你有天分，有基础，有前途。要充分认识到自己的价值，别糟蹋自己。小桑，你听我的吧。”

她睁大两只泪汪汪的眼睛，茫然地看着我，像是没有听懂我的话。

“小桑，你妈希望你长出息。无论她在什么地方，她都会看得见你，她的心看得见你。你要是有本事，有学问，她会高兴的。到时候，她会来看你的。”

小桑沉默了。

一连十几天，小桑都没有来。我心里空荡荡的，天天坐卧不宁，魂不守舍。我又有点儿担心，难道她真的去找妈妈了吗？不会的，找妈妈需要钱，她说过，要挣一大笔钱才能去。莫非她真的去赚钱了？或者，我那天对她的劝说，伤害了她思念妈妈的感情，生了我的气了？我胡乱猜测着。我自己也弄不明白，为什么对她那么牵肠挂肚，动心动肝？

终于有一天，她又来了。对这些天的去向，她没有做任何解释。进了门，就没头没脑地说：“老师，我想好了，我听您的！”

她的神色很庄重，用两只亮晶晶的眼睛盯着我，像是在起誓发愿。

“你在说什么？”我迷惘地问。

“我听您的，上高中，考大学。”

“太好了，有什么困难，朝我说，我会帮助你的！”

“不过，您也得听我一句。”她仍然是那么庄严。

我心里一动：“听你什么？”

“您应该继续写您的小说。不就是婚姻不幸福吗？这有什么？能离婚就离，不能离婚也千万别毁了您的事业。您自己已经闯出一条路来了，到半截不往前走了，太不值得！”

我心里一阵发热，这股热浪从我的心窝涌遍全身，涌到我的脸上，连耳朵根都觉得火烫起来。我急忙把脸闪开。我没有勇气正视她那亮晶晶的、闪着希冀和乞求的目光了。

“老师，您看这字行吗？”她说着，从口袋里掏出一个练习本。

我接过来翻开，不由得一愣：“这不是我写的小说吗？”

她咯咯地笑起来：“您什么时候在练习本上写过小说呀？”

“没错，这是我的文章，也是我的字。”

“这是我抄的，照上次我从您这儿拿走的那份退稿抄的。”

原来几个月以来她一直在练我的字，现在已经写到乱真的程度了。好一个聪明的姑娘，我的好姑娘！

“老师，这回我可以给您抄稿了吗？”

我使劲点了点头，强压着内心深处卷起的感情巨澜。

“老师，您写吧。快快地写，好好地写，多多地写。别的什么都不要想，一心一意往前闯。我在后边跟着您，保证一步不落地跟着您！”

她说着，两行泪水顺着她那美丽的脸颊淌下来。

我的眼睛里也涨满了泪水……

二十三

我得了一个儿子，一个白白胖胖、欢欢实实的大儿子。我该高兴才对。可是，我那种初做父亲的激情怎么也调动不起来了。

这儿子是她的。

就是因为他，法院三言两语便驳回了我的离婚起诉，使我在那人心似铁、官法如炉的殿堂上大出其丑。就是因为他，孙秀英便有了十二分的拿手，像勒上嚼子似的把我牢牢地抓在她的手里。我不该诅咒自己的亲骨肉，但我确实觉得他是个不祥之物。我等着他出生，等着他长大，等着他还给我向他母亲提出离婚的权利。

这已经是第三胎，计划生育办公室来找我，我这辈子注定要跟这些妇女儿童的保护者打交道。按规定，我老婆生完这个孩子必须做绝育手术，还要交一千八百块钱的罚金，别看孙氏母女是一对吝啬鬼，交一千八百块钱罚金她们舍得，而做绝育手术是万万不能的。我那寡妇丈母娘早就给我们开过宣誓会，不见儿子不收兵。她要为孙家留条根，留条顶门主户、传宗接代的男子汉。

我真不明白，我那寡妇丈母娘恨死了她那姓孙的丈夫，提起来就骂得嘴角流血。可是，她为什么还如此忠于她那“挨千刀的”，如此忠于孙氏门第，并心甘情愿地为它舍身取义呢？想到这些，我又对她油然生起一种怜其不幸、怒其不争之感。唉，我的丈母娘啊，这也是一条人生之路吗？

计划生育办公室不定找那母女俩做了多少次工作了，她们抵挡不住，又把我当作挡箭牌推了出来。我被传到了乡政府，找我谈话的是妇联主任兼计划生育办公室主任刘希珍。她原来是马驹桥中学的团支部书记，“文化大革命”以后，调到乡政府来了。最高规格的接见。

“你爱人怀的是第三胎了，你知道不知道？”她用了个时髦词，把老婆称作爱人，我听着有点儿扎耳朵，更有点儿惭愧。

“不知道。”我回答。

“什么？阴天下雨你可以不知道，缸里还有多少米面你可以不知道，你爱人肚子大了你也不知道吗？是不是你干的？”

“是。”

“这不结了。”

“可我确实不知道。”

“你们没采取措施吗？”

“大队医发给她避孕药，我知道她吃没吃？”

“你为什么不戴套儿？”

“这……”

“你们男人就是这么自私，一点儿也不为女人着想。你想想，女人每月要来一次‘例假’，起码要折腾四五天，十月怀胎，妊娠反应，恶心呕吐，生一次孩子就是跟阎王爷打一次照面，不死也得脱层皮。……你想想，女人有多大罪过？可是你们男人还那么自私。要我说，中央还得出一条政策，让男人跟女人也调个个儿，让你们也尝尝女人的滋味儿。你想想……”

我还想什么呀？我算是服了你了，你真不愧妇女同胞的代表人物。她那么露骨地讲男女之间的事情，就像我们的生理课老师举着人的生殖器一样坦然。不错，这是你的职业、你的工作，可听的人受得了吗？我不愿再听她信口扯下去，就拦住了她的话茬儿：“您找我来，到底有什么事呀？”

她立刻把脸沉下来：“让你爱人把这个孩子生下来以后，立即结扎。你们这是第三胎了，你看没看见县委关于计划生育的规定？”

我还真没看。

“计划生育是我们的基本国策……”

“您还是找孙秀英谈去吧。”

“孙秀英我们已经找过了，现在就看你的态度了。”

“您放心，就是她不结扎，也不会怀孕了。”

“怎么？你结扎，那也行。我马上给卫生院联系。”

“不，您不知道我们正闹离婚吗？”

“孩子一个接一个地生，什么事都没少干，还闹离婚，这不是要滑头吗？再说，孙秀英哪点不好，论出身，论过日子，论……”

看来，我一时半会儿是甭想离开乡政府办公室了，不愿意听她唠叨也不行。

就在刘希珍跟我引经据典、高谈阔论的时候，孙秀英却在家里破水了。如前边我说的，生了一个胖儿子。这一回我那寡妇丈母娘心满意足了，也该鸣金收兵了。刘希珍的工作也自然好做了。

丈母娘又托人捎信，又派人来请，让我回去看看儿子，还要商量大办满月的事，我没有回去，只是把当月的工资捎了回去。既然没有离婚，我还得承担义务，承担丈夫、女婿、父亲的义务。

万万没有想到，丈母娘亲自找来了。不知是欣逢喜事，使她放下了架子，还是她幡然悔悟，要挽回已经造成的僵局。她穿戴一新，春风满面，头发梳得光光亮亮，走起路来一扭一扭，美气得像是当上了人民代表。

正是课间操时间，教师们都聚在办公室里谈笑休息。丈母娘进了门，立刻从她随身带的花书包里掏出烟糖，一个个地往人家手里塞。

“长富得儿子了，俺孙家有了接班人。托福呀托福，托你们大伙儿的福！俺长富在这儿工作，也全靠你们大伙儿相帮，俺真得谢谢，谢谢大伙儿……”

“大娘，给您道喜了！”

“同喜！同喜！”

丈母娘跟大伙儿寒暄了一阵，立刻转向了我：“长富啊，不是妈说你，这么大的事，你心里也撂得下？瞧瞧，还得让妈亲自跑一趟。工作至于那么忙吗？俺昨儿夜里还梦见了你，梦见了你又黑又瘦，头发老长，真让妈不放心了。今儿一早俺就跟秀英说，俺得去看看长富。真是，你果然瘦多了。在食堂吃饭，怎么也不如在家滋润。妈给你煮了点儿茶叶蛋，这是你最爱吃的……”

她一口一个“长富”，又一口一个“妈”，叫得人骨酥肉麻，亲热得不得了。你是“妈”吗？我是“长富”吗？你不怕大风闪了舌头，我还怕火苗子烤了耳朵呢！当着这么多同事的面，你这不是硬按着牛头喝水，成心出我的洋相吗？我既怒又臊，恨不得找个地缝钻进去，又恨不得一脚把这个巧嘴妇踢出门。幸亏同事们个个知趣，都很得体地离开了办公室。

“您找我有什么事呀？快说吧，我下堂还有课呢！”我站起身来，一边整理着学生的作业本，一边下着逐客令。

她反而在我对面的椅子上坐下来，仍然是笑容满面地说：“你怎么也得回去看看儿子呀！小家伙可胖啦！可欢实啦！活脱脱的像你，大眼睛，高鼻梁，小嘴唇见棱见角……”

像我？连我的形象也漂亮起来了。我是“大眼睛、高鼻梁”吗？言不由衷，哼！

“这是咱家的大喜事，可得好好庆贺一下。我来就是为跟你商量，咱这满月怎么个办法呀？”

“你们瞧着办吧，我不管。”

“别价呀，你是一家之主，大主意得你拿呀！”

好嘛！我成了一家之主了，你真的让权了吗？

“再有，你得给小家伙取个名字呀！过去两个丫头片子，反正是脸朝外的人，赔钱货，随便叫个什么就行了。这儿子可得取个官号，你是当爸爸的，又有学问……”

我顿时心里一动：“让我取名字，我说了算数吗？”

“怎么不算数，你是应当应分的嘛。”

“那好，就叫齐梦客吧。”

“梦客，怎这么绕嘴呀?”

“这是李后主的一句词：梦里不知身是客。有意思呀，叫惯了就不绕嘴了。”

“那好，就听你的，叫梦客，孙梦客。”

“不，齐梦客。”

“你别说笑话了，哪儿有儿子不随爸爸的姓的？你叫孙长富，他叫孙梦客……”

“不，我叫齐东平!”

我爆发般地喊叫着，窗户都震得沙沙地响。我看到她身子剧烈地颤动了一下，脸色变得煞白。

上课铃响了，我抱起教案和作业本，匆匆离开了办公室……

二十四

我发现，我陷入了一个深渊。一个痛苦而又不能自拔的深渊。我爱上了小桑，可怕的是，她也爱上了我。

几年以来，在我那几乎是与世隔绝的生活中，她一直陪伴着我。她用自己那少女的纯情，不断地医治我心灵的创伤，抚慰着我那颗孤独而又痛苦的心。没有她，我不能度过那难以熬煎的岁月，也不能使我在理想的崎岖小路上奋力不息地登攀。我需要她，时时刻刻需要她。见不到她，我就感到一种难以言传的惆怅和空虚。我靠着她活着，也为着她活着。我觉得，这种感情早已超出了师生之间的友谊。可我又没有勇气承认它，欺骗着自己，也欺骗着她。我知道，在我和她之间，横着两条不可逾越的鸿沟。一条是，我有妻子，尽管是名义上的妻子，只要在法律没有判决我们解除婚姻关系，我是没有资格爱别人，也是没有资格被别人爱的。另一条，尽管比较牵强，但在我的心目中却是至关重要的。她母亲是我哥哥的姐姐，是我哥哥的情人（这会儿我已经发现了哥哥留下的那本日记）。后来，她母亲又把她托付给了哥哥，让哥哥担当起她父亲的责任。虽说与她母亲或者她本人都没有任何血缘关系，可是按着约定俗成的规矩，她应该是我的晚辈人。想到与她相爱，我总有一种乱伦的罪恶感。

我的心被撕扯着，被一种极为复杂的感情和观念撕扯着。

她终于向我表白了。在此之前她也许一直在等待着我的呼唤，当她看穿了我那不可救药的懦弱以后，便果决地采取了主动态度。她的表白是突然的、大胆的，使我不敢不接受，又不能不接受。

那一天晚上，她把为我抄好的一篇稿子送来了。正是仲夏季节，屋子里很热，就要求我陪她到操场上去走一走。顺便说一句，她高中毕业以后没有考上大学。这不能怨她，只能怨我们学校。全校八十多个毕业生一个考上的都没有。原因是我们缺少师资，没有依照教学大纲的要求设置外语课，而那一年高考中外语是占满分的。教育者如此误人子弟，没有一个人感到愧疚，包括校长、教导主任和我。包括县教育局那些官员们，因为至今他们仍然没有给我们学校分配一个外语教师来。小桑奋斗了半天仍然回到她那哑巴父亲身边，种那几亩包产田去了。

那个仲夏之夜真美。告别了童年以后，我再也没有发现这么美丽的夜晚了。没有月亮，满天的繁星密密麻麻，闪闪烁烁，七嘴八舌地议论着人世间的情男怨女。我们肩并肩，默默地走着。她刚洗完澡，蓬松的头发披散着，散发着诱人的香气。突然，她一步跨到我面前，双手抓住了我的胳膊，慢慢地扬起脸来。借着闪烁的星光，我看着她那鲜丽的脸庞，看着她那春花初绽般的嘴唇，看着她那热辣辣的、闪着希冀和渴求光芒的大眼睛。我的心醉了，浑身的热血奔涌着，鼓胀着，一股巨大的力量鬼使神差般袭遍了我的全身。我狂猛抱住了她的肩头，把嘴朝她的脸上压下去。

就在这一刹那，我忽然觉得眼前一道闪光，浑身不由得悸动了一下，一阵刺心透骨的寒凉。我猛醒过来，记起了残酷的现实，记起了那两条可怕的鸿沟。我一下子松开了她，胆怯地向后退去。

“你、你怎么了?”她紧紧地抓住了我的胳膊不放。

“不，不能。小桑，我们不能!”

“为什么？为什么？我爱你，爱你，你知道不知道?”

“知道，你的心我都知道。”

“难道你不爱我?”

“不，我、我没有权利爱你。”

“你不是正在离婚吗？我、我等着你。”

“离婚很难，恐怕……”

“我永远等着你，等你一辈子！”

她说着，伸出两条柔软的胳膊，紧紧地勾住了我的脖子。然后，又扬起脸来，热切地等待着我。

我麻木了，像是冻僵了，失去了知觉。

她猛地推开我，狠狠地骂了一句：“你不是个男子汉！”骂完，双手捂着脸，扭身跑了。

这句骂我的话，像一个大巴掌扇在了我的脸上，我趔趄了一下，险些跌倒。

我望着她的背影，想喊，可张不开嘴；想追，两只脚却像钉在了地上。

命运是残酷无情的。当机遇飞临到你身边的时候，你没有伸手把它抓住，也就永久失去了……

这是我终生的悲哀。

下　　卷

一

马驹桥镇的南门外，有一座弥陀庵，俗称尼姑庵。据说，过去也是个香火极盛的所在。到这里来的香客，大抵都是妇女同胞。有求才郎佳婿的，有求连生贵子的，有求公婆不虐待的，有求男人只打屁股不打脸的，有求通奸怀了孕把肚子里的小野种消灭掉的，还有求丈夫远游不起歪心不安外室的……那会儿没有妇联会，妇女们要求解放，只有求助于菩萨。管用吗？笑话。可也有人说灵验的。

解放后破除迷信，砸碎了泥胎佛像，逼着老尼姑蓄了发，小尼姑还了俗。正中央的大殿，先是改成了小学校，后来“大跃进”时又办起了吃饭不花钱的共产主义食堂。食堂解散了，就变成了南街生产队的仓库。如今生产队也解散了，仓库里的东西都分光了，便空下来，没有再派上用场。

目前百业待兴，居住拥挤，人们为找房子都急红了眼，为什么还有这么一块闲地方呢？这里边却有个缘故。说来话长，只好长话短说了。

原来弥陀庵里有个尼姑，法号云梦，是个书香门第出身的小姐，在县城里读了几天书，受新文化新思想的影响，遂生梁祝之情，“自由”上一个少年才子。两个人花前月下，海誓山盟，缠绵悱恻，如胶似漆。原来那少年是个爱国忧民的志士，面对内忧外患，百孔千疮的国土，毅然辞别了粉黛知己，参加了抗日救亡的二十九路军。参军以后便奔赴了沙场，奔赴沙场便为国捐躯了。云梦小姐的悲痛是可想而知了。她几度舍生求死，都被人家救下了。经过了这番沉重摧残，她再也焕发不起新的生机，无心再与别人相爱了。她人虽然活着，感情却被那爱国烈士带到另一个世界去了。绝望之中，她只得皈依佛门，绝尽一切红尘杂念，寻求一种长久的解脱。谁承想这片世外桃源并不能使她安生，拆了佛像以后，她无家可归，便在南街大队入了户，成了人民公社的一名社员。南街大队对她还算照顾，只是让她在附近菜园子里看看鸡，拔拔草，挣妇女二级的工分。单身一人，又素衣素食，倒也吃穿不愁。她自然还住在弥陀庵里。云梦师父过去在佛门净土，斩断情根之后，无忧无虑，无贪无欲，身体保养得极佳。四十多岁的人了，仍然是皮白肉嫩，体态柔润，秀发乌黑，双目有神。加上她原本是个读书人，受过良好的教育，说话轻言慢语，斯斯文文，声调玉润珠圆；行动坐卧，有规有矩，颇有大家闺秀风姿。

这样一个别具风韵的女人，在马驹桥镇上，不知引起了多少男人的邪魔欲火。可是云梦师父始终恪守出家人的清规戒律，对人彬彬有礼，不苟言笑。每天从弥陀庵到菜园子，两点一线，从没惹过任何是非。母狗不摇尾，公狗不上前。这虽是一句粗话，用在云梦师父身上更不合适，可是却说明了男女调情私通时的一条规律。云梦师父给男人不留任何非分之想、任何可乘之机，尽管泼皮无赖、花花公子也无可奈何。只有背地里过过嘴瘾，望影兴叹而已。

不过，人毕竟还是人。云梦师父虽然修行了几十年，可终归没有脱出凡胎，换上佛骨。身在佛门之中，春心紧锁，倒也六根干净。一旦坠入红尘，便乱了方寸，开始想入非非了。

也合该有事。弥陀庵改成了小学校以后，这里住进了一个教师，姓白，河北省雄县人。白老师的父亲五十多岁的时候，休了“不孝有三，无后为大”的前妻，娶了一个三十多岁的老姑娘，结婚三年，才求神弄佛，生出了他这么一个独根苗。老头子视他为金兰玉树，心肝宝贝，盼着他耀祖光宗，兴族旺门。因此，还不到十三岁，便给他娶了一个二十一岁的大媳妇。他那会儿还在读高小，对男女间的事情还没有开窍。结婚那天，老父亲把他叫到一边，一五一十，掰开揉碎地讲床笫之事。他一边听，一边拨浪脑袋："不干，不干，俺不干那事！不要脸，臭不要脸！"

儿子顽愚，不可教也。老头子只好让老伴去嘱咐媳妇。于是老伴又把媳妇叫到一边，也是一五一十，掰开揉碎地讲。讲完技术问题，还要做思想动员工作："你丈夫小，不懂事。你呢，得耐着性子引诱他，把他教会。别嫌害羞，别拉不下脸。两口子之间，又没有外人知道，还客气什么？谁主动一点儿也不算丢人现眼。我跟你爹还不是那么回事，老夫少妻，他不行，每次都是我把他的兴致逗起来……"

媳妇听着这洞房启蒙，臊得把脑袋埋在胸脯上，不听也得听，听了还得遵照执行。可是，白少爷可不是那么容易就范的。他不许媳妇碰他，媳妇刚要钻进他的被窝，他便又踢又打，大喊大叫。就是脸皮再厚的姑娘，也经不住这番抵抗呀！后来，白少爷还想出个办法，他怕夜间媳妇"偷袭"他，在炕中间放一张写字用的小饭桌。两口子一个睡炕头，一个睡炕尾，以桌为界，互不来往，形同陌路人。这样结婚了三年，一个还是童男，一个还是处女。直到他到县城里去上中学，放暑假的时候，才真正跟媳妇圆了房。

后来白老师读完了书，一直在外乡工作。只是每年寒暑假才回家几天，过一过夫妻生活。他跟妻子，谈不上感情。每月发了工资，邮回家去，再写一封千篇一律的平安家信——这是在尽做丈夫的义务。同样，妻子上敬公婆，下养子女，除此别无所求，别无所好，也在为他尽妻子的义务。因此，白老师虽说娶妻生子，却没有尝过爱情的滋味儿，感情经历是一片空白。从这一点上说，他还不如云梦师父。

云梦师父住在西配殿，白老师住在东配殿。到了晚上，大门一关，这里便成了与世隔绝的天地。开始的时候，他们还恪守着孔孟之道，释家戒律。一个退避三舍，一个男女授受不亲。大门之内还关上小门，两个人各自在自己的世界里消磨着寂寞的岁月。

云梦师父喜欢画画。春兰秋菊，岁寒三友，清泉流水，山林怪石，挥笔泼墨，洋洋洒洒，无非是借此修身养性、妙语人生而已。白老师喜欢写诗。骏马秋风塞北，杏花春雨江南，感伤梧桐雨，悲啼杜鹃红。诗自低吟泪自流，也无非是夺他人之酒杯，浇自己胸中块垒，感叹岁月蹉跎，人生哀愁而已。

大凡搞创作的，都有发表欲。俞伯牙遇钟子期，高山流水觅知音。谁都想把自己的感情传达给别人，寻求心灵上的共鸣。一来二去，两个人便打开门户，礼尚往来，相互切磋琢磨起了艺术。嘴里说的固然是“不值一哂”“不吝赐教”“敬请郢政”云云。可是那其间的一描一画、一词一句，都能诱发对方那无边的遐想，都能敲响对方那紧绷的心弦。

终于有一天，云梦师父画了一幅《荒野残春图》，请白老师补白题诗。白老师提起笔来，一挥而就，写下了如下一首诗：

春色愈浓愁愈浓，
梦里依稀恋孤鸿。
寂寞光阴书卷里，
寥落心香烟雨中。
断肠九曲琴台泪，
残云万缕汉宫情。
此生襟袍对谁开？
一怀别绪两朦胧。

诗写完了，两个人相对而坐，默然无声。这是一个四月的夜晚，窗外雨潺潺，春意阑珊。两个人的情根情苗被这春风春雨萌发了，以一种不可遏制的生命力，钻透了理智和礼教的重压，破土而出。

一个是守了半辈子空门的释家子弟，尝一尝人间的滋味儿；一个是久离家室的孔孟之徒，遇上一桩风流韵事。说起来，比不上张生与崔莺莺的待月西厢，却也称得上一段美妙姻缘。学校搬走以后，白老师调到镇中心小学当校长，仍然情丝难斩，经常到这里与云梦师父幽会。这种事本来就带着破相，只要干出来就会被人觉察，瞒是瞒不住的。镇上的居民对这件事也议论纷纷，把它当作茶余饭后开心解闷的笑谈。可谁也没有指责，更没有人揭发告密。本来嘛，人家两相情愿，碍旁人蛋疼了？

没想到“文化大革命”却把他们的老底揭出来了。白老师成了走资派，造反派正凑不齐他的“十大罪状”，这么重要的“罪行”自然是不会放过的。他们把白老师和云梦师父捆在一起，白老师头上戴着高帽子，云梦师父脖子上挂一串破鞋，双双押着去游街。先是在马驹桥镇大街上游，后来又游遍了马驹桥镇周围六十三村。还准备把他们弄到县城里去游。不过没有游成。一个风雨交加的夜晚，云梦师父吊死在大殿前的柱子上了……

弥陀庵闹起了鬼。开始是看仓库的吴老三传出来的，说是有一天夜里他到仓库里取东西，看到云梦师父正蹲在配殿前的灶边点火做饭呢。做的是白老师最喜欢吃的猫耳朵。见到吴老三，还举着碗让尝尝呢。这太邪乎了，几乎没有人相信。后来有几个外地来的小贩在大殿里借宿，夜里看得一个女人站在大殿柱子前哭泣，哭得悲悲切切，好不伤心。根据他们描绘的穿戴长相，是云梦师父无疑。说得这么真切与准确，又有吴老三提供的情况做佐证，人们开始半信半疑了。最权威的材料还是那几个下夜的民兵提供的。半夜三更，他们肚子饿了，到地里扒了一些花生，要拿到弥陀庵煮着吃。刚一进大门，就看见云梦师父从西配殿往东配殿走。到了东配殿门前，还朝四边张望了一下，正好跟他们打个照面。她那两只眼睛很亮，像一对小灯泡。好家伙，几个大活人同时看见的，又说得这么有根有据，有枝有叶，有鼻子有眼，谁还能不信？

老年人首先相信了。他们说云梦师父是个屈死鬼，屈死鬼的灵魂托生不了，只能在她死的那个地方游荡。什么时候遇到好心的法师替她超度一下，她才有出头之日。

年轻人也相信了，但他们试图用科学对这一现象进行解释。说这种古建筑有一种留声留影的功能，叫作潜声或潜影，就像录音录像一样。在适当的条件下，它就能把声像释放出来。如同哥哥当年遇到狐仙一样，这同样是属于潜科学范畴的。

鬼魂也罢，潜影也罢，反正弥陀庵没有人敢去了。什么地方断了人迹，什么地方就会变为荒凉恐怖。越是荒凉恐怖，越是能生出一连串可怕的故事来。

二

哥哥回来了。

他一走五年，连一封信都没有给我来过。我突然接到了他拍来的电报，让我设法找一辆汽车，到北京火车站去接他。我只好去找贾秀敏，她现在是乡政府办公室主任。她组织的文学创作组早就自行消亡了，但她说她还写，写完之后也不求发表，留给自己看或给后人看。她丈夫最近被提升为团政委，工资很高，生活很优裕，她说她不指望那点儿可怜巴巴的稿费。她到底写的是什么，谁也不知道。她只是抱怨办公室工作太杂太乱，没有时间。她帮我找了一辆北京 130 型小汽车，我按照电报上要求的时间进了火车站。

他走的时候，只穿一件单薄破旧的衣服，背着一个可怜巴巴的小包袱，还带着一身污垢、一脸胡楂子和一副连声哮喘的痨病腔。

五年后的今天，他变成了另外一个人。使我惊愕，使我感到陌生。他红光满面，情绪昂扬。只是还有一点儿轻微的哮喘，但完全是一副健康强壮的样子了。他身上穿的是笔挺的加厚毛涤纶中山装，藏青色的。昂首而立，一副大首长或大企业家的派头。身边，大包小包，方箱长匣，不知里边装的是什么金银细软。我见到他的第一个印象就是：哥哥发了，混出个人样来了，衣锦归乡了。

更让我感到震惊的是，他身边紧紧地依偎着一个女人。长得不算漂亮，但穿戴很时髦，打扮得很妖冶。描着眉毛，涂着嘴唇，戴着耳环项链。她怀里抱着一个未满周岁的小女孩，也穿戴簇新，像个皇家贵族小公主。

“这是你嫂子。”哥哥漫不经心地向我介绍着。

她冲我嫣然一笑，然后便把怀里的孩子举到我面前，娇声细语地说：“毛毛，别睡了，快看叔叔来接咱们了。”

看到哥哥凯旋，我兴奋极了。他倒是没有流露出多少得意之色，大概他对自己的生活已经习以为常了。嫂子抱着孩子坐在驾驶舱里，我跟哥哥坐在后边那些大包小箱中间。

“哥哥，没想到嫂子这么年轻，这么漂亮，恐怕比我还小吧？”

“不，比你大一岁，属大龙的。瞎捯饬，显得少相点儿。”

“你是怎么把她征服的？”

“赢的。”

“赢的？怎么赢的？”

“赌钱赢的呗。”

我愕然了，直愣愣地盯着他那张陌生的脸。他只是掀开眼皮，神态自若地看了我一眼，又沉默下来。他大概有点儿累了，懒得说话。可我对他的一切都感到新奇神秘，忍不住问这问那的。

“哥哥，这些年你在外边都干了些什么？”

“什么都干过，就是没有杀过人，没有放过火，没有偷过东西。”

“那么，一定挣了不少钱吧？”

“过路财神，挣得多，花得也多。现在兴许还有万儿八千的，你要用就说话。”

万儿八千的，说得那么轻巧，财大气粗！

他又问起了我的情况。我一直在闹离婚，我告诉他。

他说：“离就离吧，过去咱庄稼人也真是死心眼，总觉得只有娶个媳妇、成个家才叫过日子。其实，这就等于给自己拴上了夹板，披上了套，一辈子拉着这辆破车往前拱吧，什么时候进了棺材才算到了头了。人家外国独身的多的是，什么也耽误不了，想跟谁就跟谁，混不上来抬腿就走，活得蛮自在。”

我又告诉他，我起诉了两次，都被法院驳回来了。孙秀英咬定钢牙不离，还威胁法院说，只要判离她就一刀子把我捅了，然后自己再抹脖子，你不让我好活，我也不让你好死，谁都甭想自在。我已经给她拖疲沓了。

“离不了，你该干什么照样干什么，别委屈了自己。”他见我发愣，又补充了一句，“你不懂我的话吗？书呆子！”

我怎么会不懂他的话呢？我立刻想起了小桑，我心里怦怦直跳，脸上一阵发烫，生怕他看出破绽来。他鼓励我该干什么干什么，可我知道，跟别的女人行，要是让他知道我跟小桑有一种暧昧关系，他不把我撕成碎片才怪。为了掩饰我的窘迫，我急忙转换话题说：“你这次回来，还走不走？”

“不走了。人家说落叶归根，我不等叶子落下来，就把根子扎回来。这么大的一个马驹桥镇，怎么也得有我踢个场子、练几路拳脚的地方。”

他踌躇满志，雄心勃勃，看来是想回来大显身手，大干一番事业了。

“你准备干什么呢？”

“干什么还没有想好，得相机而行。”

正是夏秋之际，满地的庄稼在扬花壮籽，一片墨绿，一片翠绿，又一片嫩绿。绿海中偶尔燃起一团火红，或镶起一圈金黄。汽车在绿荫掩映的乡间土路上奔驰，车后卷起一条灰蒙蒙的烟龙。太阳还很毒，很热。突然，我们头顶上出现一团黑云，沉甸甸的，似乎随时都有可能劈头盖顶地砸下来。明晃晃的阳光从黑云上边直射下来，给黑云套上了一圈金属般的光环。还没容我们多想，左边的高粱地里噼里啪啦地响成一片，像是射下了枪林弹雨。花生米大的冰雹齐刷刷地往下砸着，高粱叶立刻被撕成一条一缕，线穗子似的垂耷下来。

一个非常壮丽而又奇妙的自然现象出现了：整个高天阔地之间，阳光万里，光明一片。独有这一团黑云遮住了巴掌大的一块蓝天。黑云如同一个法术高超的魔鬼，喷射着千万条仇恨的银枪。银枪垂直扫射着，残暴地蹂躏着这绿色的生命。阳光透过银枪织成的帘幕投射过来，五彩缤纷，变幻莫测，让人眼花缭乱，心花怒放。更令人惊奇不已的是，冰雹只砸在道路的左边，右边则滴雨未落，正中间一分为二，界限分明，刀裁一般。我们的汽车靠右边行驶，正好避开了冰雹的扫射，而把手伸出左车帮，则可以接到晶莹剔透的冰珠。倏忽之间，响声戛然而止，冰雹骤歇，抬头望去，那块黑云也不知遁往何方了。

哥哥兴奋地叫嚷起来："好哇，五彩祥云为我接风洗尘，大吉大利，我的好运气来了！"

我觉得他天真得可笑，说："你又讲起迷信来了。"

他认真地说："这可不是迷信，这是天助神佑。老天爷已经保过我一次了。那一回我们深入到一个金矿区，从当地居民手里收购金砂往山外边运，可真赚了大钱。有一天下午我们刚出矿区就被民兵们发现了。我们在前边跑，他们在后边追。民兵们一边追，一边朝我们开枪。我想这回算交待了，非死在这野地他乡不可了。我们拼命爬上山头，民兵们已经到了半山腰。这时候不知从哪儿飘来一团黑云。黑云正挂在山顶上，水柱子似的大雨浇下去，浇得民兵们抱着脑袋往山下边逃。我们在山头上，脚踩黑云，头顶阳光。嘿嘿！我们得救了。"

我没有被他讲的自然奇观所吸引，倒为他的经历担心起来："偷运矿砂，你们怎么干这种事，这太危险了。"

他自豪地说："要赚大钱，就得担点儿风险。眼下这个世界，到处是冒险家的用武之地。我干的事，比这危险的有的是。我们还从林场往外偷运过木材，那真是过五关斩六将。好了，不跟你说了，你胆小，说出来怕把你吓坏。"

我真的为他感到后怕，于是劝他说："哥，你这几年在外边不容易，现在已经娶妻生子了，手里又有了俩钱，这次回来就平平安安地过日子吧，可别再折腾了。"

哥哥揶揄地笑了："你呀，典型的小农思想，还是三十亩地一头牛，老婆孩子热炕头。"

我知道劝说不了他，也就不多费口舌了。

过了一会儿，他突然问我："东平，咱们马驹桥镇上都有什么企业？"

我想了想说："企业倒是不少，大大小小的有四五十家，可真正能赚钱的，还是原来那个木器厂。"

"木器厂现在有多少人？"

"不到三百人。"

"他们做什么活儿？"

"还是那几大件，大衣柜，写字台，木板床……"

"这些东西往哪儿销？"

"县城里，北京城，都是一些国营的家具店跟他们订货。"

"一年能赚多少钱？"

"总也有二三十万吧，乡政府和乡党委两大摊子的开支都指望它呢。去年有一段时间搞得不好，要赔钱，结果他们把冯贵才调去当厂长了。"

"冯贵才？"

"就是当年公社铁姑娘队的政委，你还记得他吧？"

"我忘不了他。他干得怎么样？"

"据说比上任厂长强。"

哥哥又不言语了。他脸上的表情渐渐地凝固起来，两只闪着火苗儿的眼睛也呆呆地望着远方。他像是在全神贯注地思索着什么。

汽车在坎坷不平的乡间土路上颠簸着。

三

哥哥回来以后，没有再住进牧牛屯我们那长满荒草的篱笆小院，而是在马驹桥镇上安了家。

哥哥一家人住进了弥陀庵。这一壮举比弥陀庵闹鬼还令人震惊。于是，关于哥哥的神话刮风般地在马驹桥镇上传开了：受过周把式真传的大弟子，小时候还受过狐仙娘子的点化。现在是“野姑娘”小桑的干爹，“马驹桥第一者”的异母哥哥。离家五年，发了大财，带回来一个漂亮媳妇，要在马驹桥镇开办一家大工厂……

哥哥把东西两间配殿收拾干净，粉刷一新，一家人住进去过起了日子。我也结束了单身汉的生活，一日三餐都在哥哥的家里吃。嫂子对我很好，对哥哥照顾得也很周到。我觉得，她是爱哥哥的，真心地爱。不管她过去的历史怎样，来历如何，她的现实表现是让人满意的。只是她还是打扮得那么妖冶，还经常到大街上扭来扭去。这难免会引起人们的议论和猜测。哥哥不干涉她，吃喝穿戴，各有所爱，随她的便。哥哥比我想得开。

马驹桥镇地处京郊与河北省的交界处，过去又是南海子皇家猎场的东大门，是个颇有名气的京南重镇。五行八作业业兴，三教九流样样有。能在这个街面上混碗饭吃不容易，站得住脚就更难。表面上看，管辖这个地方的有乡政府，有村委会；维持治安的有派出所，有联防队；管理市场的有税务所，有管委会。可是暗地里几乎每个角落都有一股势力。这一股股势力称不上黑社会，却能操纵着马驹桥镇上的千家万户。

凡是官方不管，或者不愿意管的事情，几乎都被他们包揽了。他们像万根草一样，在地底下缠缠绕绕，盘根错节，既钩心斗角，又相互勾结。这些势力的核心人物，不仅要有谋生混饭的绝招儿，还要有包打天下的心术和胆量。因此，哥哥虽说在马驹桥镇上安了家，可能不能立得住，我一直很为他担心。

果然，哥哥刚住下没几天就受了挤对，事情接二连三地发生。首先，半夜三更有人往院子里扔石头，噼里啪啦，一阵冰雹似的，玻璃都打碎了。没过几天，嫂子烧火做饭，从灶膛里呼呼往外倒冒烟。哥哥上房一看，烟囱被人家堵上了。紧接着，竖在屋顶上的电视天线也不翼而飞了……

更有甚者，这个让人恐怖的小院又闹起了鬼。那天哥哥进了城，夜里只有嫂子带着孩子睡在屋里。天阴得很沉，外边黑得伸手不见五指，远处还轰轰隆隆地滚着雷电。突然，嫂子听到窗外有嚓嚓的脚步声，开始她以为是风吹树叶响，后来又听到一阵阵的咳嗽和呼呼噜噜的喘气声，嫂子一惊而起，高声问："谁？"

没有人搭腔，脚步声和咳嗽声停止了。

嫂子刚躺下，外边又响了起来：

喀喀喀——

嚓嚓嚓——

这声音越来越清晰，一会儿在窗根底下，一会儿在屋门口，甚至还伴着沙沙啦啦的抓门声。嫂子真不愧是个走南闯北的女强人，她悄悄穿上衣服，悄悄溜下地，一手拿着手电筒，一手举着菜刀，猛然拉开门，冲了出去。院子里连个人影也没有，而且大门也关得好好的。嫂子满心狐疑，开始紧张起来。可是，嫂子回到屋刚躺在床上，外边的声响又响了起来。这回嫂子可真是害怕了，她用被子蒙着头，缩在墙角，一夜没合眼……

好容易熬到天亮了，大街上开始有了人声马鸣，外边的响声也消失了。嫂子这才惊魂未定地开了门。外边的门槛下蹲着一个小刺猬，刺猬的腿上拴着两只破鞋。嫂子明白了，这一夜的鬼便是它闹的。

原来这小刺猬是被人灌了盐水后放进院子里来的。小刺猬被盐水齁得又咳嗽又喘，满院子找水喝。它一走路，带动了腿上拴着的两只鞋。嚓嚓嚓、喀喀喀，完全像个步履蹒跚的患哮喘病的老妇人……

出了这几件事以后，我更加为他们担忧起来，几次想劝他们搬回牧牛屯去住，免得在这是非之地招灾惹祸。可是哥哥对这些事情毫不放在心上，他不急也不恼，似乎这一切都很正常。也许他这几年在外边经常遇上类似的事，已经见怪不怪了。奇怪的是，嫂子作为一个妇道人家，也居然那么沉得住气，这些事情她在外人面前提也不提。她依然涂胭抹脂，妖妖冶冶地到大街上扭来扭去。

灾祸果然让她招惹来了。这天清早，她挎着篮子到街上去买菜。在姚家胡同口，她看到狗屌侯七正摆上鱼摊，就想买两条鲜鱼。这个狗屌侯七是马驹桥镇上有名的痞子，他侵街占道，欺行霸市，专门吃的是渔行。这些年凉水河污染了，只有凤河才能打到鱼，市面上的鲜鱼越来越少了。他这个鱼摊就是马驹桥镇上渔行的“标杆”，他想卖多少钱，任他随起随落，别人都得跟着。谁要是跟他争个高低贵贱，就要倒霉了，那鱼不让你臭在街上才怪。

嫂子往狗屌侯七的鱼摊前一站，狗屌侯七的两只色眯眯的眼睛就在嫂子的胸脯子上扫来扫去。嫂子穿一件尼龙紧身衫，开口很低，雪白的胸脯上挂着一条金灿灿的项链，下面便是那两只沉甸甸硬邦邦的乳房。深深的乳沟和上半边乳房都袒露在外边。男人就是这么怪，马驹桥镇大街上光着膀子，挺着各式各样乳房的娘儿们多的是，女人们只要一结了婚，就把上半身都解放了。凉水河边就是这么个风俗，可是他们却视而不见。而嫂子那半遮半掩的胸脯子反而具有一种让人抵御不住的魔力，把男人的目光都吸收进去了。狗屌侯七本来就是个流里流气的男人，天天看到马驹桥镇上有这么一个妖里妖气的女人扭来扭去，心里不定憋着一个多么大的坏疙瘩呢！

嫂子问：“这鲤鱼多少钱一斤？”

“四块五。”狗屌侯七故意漫天要价，还冲嫂子淫秽地眨眨眼，“小娘子，要多少？”

“太贵了。”

“嫌贵呀？咱哥俩好商量呀。”

“能便宜多少？”

“图便宜，那好办，你要给我当两天媳妇，这鱼你白拿走，咱分文不取。”

嫂子也真够绝的，听狗屌侯七这么一说，立刻拣了两条最大的鲤鱼放在菜篮里，二话没说，挎起来扭头就走。狗屌侯七在后边又喊又叫，看热闹的人狂哄浪笑，她连头也不回。

当天晚上，狗屌侯七一家人刚要铺床睡觉，嫂子推门进去了。她一屁股坐在床头上，大模大样地对狗屌侯七的黄脸婆说：“侯七让我给他当两天媳妇，对不起，您赶紧挪窝让位吧！”

这一下可热闹了。狗屌侯七的老婆又哭又闹吵翻了天，他的闺女儿子指鼻子剜眼睛骂他老不正经，看热闹的人里三层外三层围个水泄不通。

狗屌侯七毕竟是个小地方的小混子，平时油嘴滑舌，流里流气，只不过揩一下女人的油，过过嘴瘾，占点儿小便宜而已。动真格的时候不能说没有，眠花宿柳，偷鸡摸狗，那得遮遮掩掩，避人耳目，不能让街坊四邻知道，做贼似的，要不，怎么叫偷情呢？尤其是不能让自己的老婆孩子知道了。女人哪有不吃醋的？老婆的醋罐子一打翻，什么疯事蠢事不要命的事都干得出来。真跟你白刀子进去红刀子出来，跟你撞头，跟你抹脖子上吊，闹出人命来，谁负得起这责任。再说，狗屌侯七的闺女儿子都大了。特别是大女儿，在村里担任团支部书记，是个有头有脸的人，平时就因为他那没有人样儿的劣行，常跟他翻脸，把他数落得一钱不值。女儿管父亲，要比老婆管丈夫厉害三倍。这下可好，狗屌侯七碰在嫂子这硬茬子上了，看他在家里还怎么说嘴，在外边还怎么为人？

许多有头有脸的人都出来打圆场。庄稼人就这样好，一家有事，阖街帮忙。不像有些城里人，在公共汽车上看到流氓动刀子杀人，都躲得远远的，生怕溅自己一身血。任别人怎么说，怎么劝，嫂子硬是不依不饶。狗屌侯七平日的威风一点儿都没有了，缩在墙角上，恨不得把脑袋缩到裤裆里。一直闹到了大半夜，嫂子一看火候差不多了，才拉下脸来跟他们讲条件："不是我这人混不讲理不听劝，也不是我不给乡亲们面子。你们想想，他往鱼摊上一站，色眯瞪眼地往我胸脯子上盯了半天，我就没理他那茬儿。他可倒好，蹬鼻子上脸，得了锅台想上炕，以为姑奶奶好欺负。让大伙儿听听他说的是什么话：'你要是给我当两天媳妇，这鱼你白拿走，咱分文不取。'你以为我不敢？你以为我让你这流气话吓着了？哼！不让你尝着点儿酸的咸的，你也不知道土地爷那玩意儿是泥捏的。怎么着？鱼我拿走了，吃了。你不是让我给你当媳妇吗？我来了，你说怎么个当法吧？"

卖猪头肉的甄老头儿忙说："得了，东升家的，你就先消消气吧！侯七这人我知道，就是好打个哈哈逗个趣，你就饶了他这一回吧。"

嫂子说："饶他这一回，他还敢这么干一百回。"

卖花生米的姚寡妇说："哪能呀？人嘛，过一回沟，认一回道。以后他不会再顺口胡咧了。"

嫂子又说："他向来就是脏心烂肺臭嘴巴，他欺负妇女是一贯性的。"

卖青菜的傻五七说："没有的事，平时侯七哥不这样，跟你这是第一次。"

嫂子说："你甭蒙我。你以为我不知道？前些天，大各庄有个老太太，带着新过门的儿媳妇，到他这鱼摊上来买鱼，问他说这鱼鲜不鲜，他说是新打的，老太太说不像，他看着老太太身边的儿媳妇冒起了坏，跟老太太起誓发愿：'老太太，你还不信我的话？我要是冤你，我是你儿子，亲儿子！'你们问问他，有没有这档子事。当时把那新媳妇气得脸一红就躲开他了。"

嫂子当众又揭发出了他这么一件不要脸的事，更让狗屌侯七无地自容了。

姚寡妇忙说："算了，算了，毛毛妈，你呢，鱼也吃了，气也出了，侯七也服了，我看就算了。"

嫂子说："算了，没那么便宜。他侮辱了我，你们说怎么办？"

甄老头说："让他给你赔罪还不行吗？"

嫂子步步紧逼："怎么个赔罪法？"

傻五七替侯七做了主："明儿晚上让他在二合居摆一桌赔罪酒。"

嫂子当即站起身来："好吧，就这么定。今天看在父老乡亲的面儿上，我饶了他，让他知道姑奶奶不是好欺负的。"

第二天晚上，狗屌侯七果然在二合居要了一桌酒菜。酒席上除了哥哥、嫂子、狗屌侯七以外，还有卖猪头肉的甄老头、卖花生米的姚寡妇、卖青菜的傻五七等几个说和人。这一桌鸡鸭鱼肉，海鲜大菜，是二合居最稀罕的席面，少说也得二百块钱。酒菜刚一端上来，狗屌侯七就心疼得直咬腮帮子。他还得强作卑恭，满脸赔笑，反正已经把脖子伸给人家了，怕疼也得挨宰，谁让你撞在刀口上了呢？

狗屌侯七端起酒杯，站起身来，粗脖子涨脸，刚要结结巴巴说几句赔情道歉的话，哥哥却把他拦住了："侯大哥你先坐下，听我说两句。什么赔罪不赔罪的，我看咱们话到礼到，心到神知就行了。还是那句老话，在家靠父母，出外靠朋友。我父母都不在了，以后闯天下，混日子就都得靠朋友了。多一个朋友多一条路，多一个冤家多一堵墙。各位都是马驹桥镇上的体面人，低头不见抬头见，谁也保不住会冒犯谁。以后我齐东升有对不住大伙儿的地方，还望各位多多包涵呢！这件事呢，就到此为止，以后永远不许再提了。你们这位弟妹，是个通情达理的人，就是脾气有点儿犟，不见棺材不落泪，不到黄河不死心。昨天晚上到侯大哥家去闹，也过分了点儿。不过，不打不成交。要不是有这么个茬口，还没幸跟各位凑在一起喝酒呢！"

哥哥这一片话，说得在座的人心里热乎乎的。听完以后，个个喜眉笑眼，心舒气畅。没想到这个齐东升，如此通情达理，大仁大义。酒席散了，狗屌侯七结账。掌柜的告诉他，齐东升事先已经把钱交了。不要说狗屌侯七愣了神，连那几个说和人也都傻了眼……

嫂子大战狗屌侯七和哥哥的慷慨大方，一下子在马驹桥镇上传开了。哥哥的家里立刻门庭若市。有的人是出于好奇，找借口来看看哥哥这位传奇般的人物和他那神通广大的媳妇；有的人是出于热心肠，来问问这新安家的邻居锅碗瓢盆齐不齐，还缺什么短什么的；有的人是来探探风，看看哥哥在马驹桥镇上要搞什么生财之道，他能不能帮点儿忙，谋个位置，或从中捞点儿什么好处；有的人是慕名而来，专门崇拜哥哥嫂子的大侠大义，愿意结个生死之交……不管是谁，也不管抱着什么目的来的，哥嫂都笑脸相迎，以礼相待。客人进门以后，他们便递茶递烟，天南海北地聊。聊得高兴了就硬留下人家喝酒吃饭。正是座上客常满，杯中酒不空。

我不用担心了，哥哥在马驹桥镇上站住了脚。

好容易熬到天亮了大
街上開始有了人聲馬鳴
外面的响聲也消失了
嫂子這才驚魂未
定地開了門
外邊的門檻下
蹲着一個小刺猬
刺猬的腿上拴着
兩只破鞋 嫂子明白了

甲午菊月 景浩於
大運河畔蕓孫齋

四

其实，哥哥嫂子对于我来说，也同样是个谜。五年未见，哥哥完全变成了另外一个人，一个我不熟悉的陌生人。他办的许多事情，我都觉得眼花缭乱，困惑不解。我知道，他绝不是那种安于现状的人。他在马驹桥镇上立住脚以后，肯定要干一番大事的。干什么呢？怎么干呢？

嫂子告诉我下班后早点儿回来，说哥哥要让我陪他回一趟牧牛屯。我这才记起来，我们在那村里还有一笔遗产，两间摇摇欲坠的土坯房。不知道哥哥有什么打算，是翻盖，是修理，还是作价出手？

我下班回家，见哥哥正在往自行车后架上捆着东西：两个点心盒，两瓶通州老窖，一包茶叶，还有一兜子水果。

看房子带这些礼物干什么？送给谁呢？

哥哥说："咱去看望一下郑大伯。"

"哪个郑大伯？"

"郑百岁老汉啊。"

乖乖，你怎么想起他来呢？非亲非友的，而且还带着这么重的礼物。

哥哥解释说："过去郑大伯对咱不错，帮过咱不少忙。受人滴水之恩，当以涌泉相报。咱现在混好了，该打点的就要打点一下，不能让人家说咱小人乍富，忘了乡亲。"

哥哥的想法无疑是通情达理的，我跟着他出了马驹桥镇，奔向了牧牛屯。

我们正好是日落西山时进村的。荷锄的，挑担的，背筐的，牵羊的，还有高声吆喝的，唱着小曲的，三五成群的，夫妻并肩的，都纷纷从田里归来了。一进村便碰上了许多人，像这样我们兄弟两个共同在乡亲面前亮相，这大概是第二次。头一次是妈妈死的时候，我们一进村就磕丧头。那形象，那感觉，那精气神，是无法跟这一次相比的。这一次，哥哥颇有一股衣锦归乡的派头。见到乡亲们，离老远高声大嗓地打招呼。三叔二大爷，婶子大妈，叫得满口甜。见了男人，便递烟，见了妇女儿童，便抓糖，然后，便扬眉吐气地高谈阔论。我跟在他身边，也算是沾了光。在乡亲们与他唠嗑热乎的时候，也抽空冲我笑一笑，或者见缝插针地跟我寒暄两句。庄稼人是有自知之明的，他们很容易承认比他们强的人，而且自动地把自己降到低人一头的位置。至少，表面上是这样的。瞧人家齐家那兄弟俩，当了那么多年狗崽子，终究有了出头之日，这会儿可混出人样来了。

郑百岁老汉可混得有点儿寒酸，这是我没有想到的。这几年，我压根儿就没想起过来看看郑老汉。我承认，我没有哥哥有良心，更没有哥哥会做人。

我们进门的时候，郑百岁老汉正弯着腰，趴在灶门口烧火做饭。不知是灶不好用还是柴火太湿，从灶里一个劲儿地倒烟，熏得郑百岁老汉泪水汪汪，连声咳嗽。郑大妈前两年去世了，说不清得的是什么病，据说到磨坊磨面，一个跟头摔倒了就没有起来。老两口子一辈子没儿没女，现在只剩下郑百岁老汉孤身一人了。郑百岁老汉当了一辈子干部，那可真称得上两袖清风，连一个柴火叶的便宜都没有占过。眼下，改革了，分田到户了，生产队变成了村委会，他这个老队长也只好摘掉乌纱帽，跟当年手下的众社员拉平了。他自己也包了三亩半地，种上了五谷杂粮，过起了土里刨食的庄稼日子。

郑百岁老汉见我们进来，半天都醒不过闷来。哥哥把大包小包的礼物放在他面前的小桌上，他还干张着嘴，说不出个子丑寅卯来。到他确实弄清了我们的来意，却更加慌了神，既不知道怎么感激我们，又不知道怎么招呼我们。他干巴巴地站在我们面前，搓着两只粗糙的大手，喃喃地说：“瞧瞧，瞧瞧，还让你们惦记我，还让你们破费，这让我说啥好呢？”

“郑大伯，您快坐下吧，别张罗了，我们又不是外人。”

“你瞧，我炬了半天烟，连水都没烧开，也没法给你们沏茶。”

“不渴，别沏了。”

“你们要是不喝茶呀，干脆，咱们喝酒！”

郑百岁老汉毕竟在官场上混了大半辈子，懂得礼仪外场。他摇摇晃晃地进了屋，提出一个酒葫芦，端出一盘油炸花生米，又拿出三个蓝花碗。

“来吧，咱们入乡随俗。不管你们在外边怎么讲究，到大伯这儿来了，就得将就一点儿。谁让你大伯没本事，越混越邋遢呢！”

郑百岁老汉说着，端起酒葫芦，给我们每个人倒了满满的一碗酒，不用喝，只闻那一股馊性味儿就知道，这是一毛一分钱一两的散装白酒，用稻糠酿成的。喝了烧心，上头。

哥哥却不在乎，他端起蓝花碗喝了一大口，便跟郑百岁老汉打开了话匣子。

“郑大伯，我看您这日子可过得有点儿艰难。在外边干了一天活儿，回来还得自己炬烟做饭，您这么大岁数了……”

郑百岁老汉摇着大手打断了哥哥的话：“大侄子，咱掏心窝子说，吃苦、受累、忍饥、挨冻，你大伯都不怕，都受过，咱本来就是个苦出身，什么滋味儿没尝过？这算不了什么！最让人受不了的，是不舒心呀！心里边总憋个大疙瘩，这是人过的日子吗？”

“大伯，您有什么解不开的扣儿，跟我们哥儿俩说说。我们能帮您呢，就让我们尽一份孝心；不能帮您呢，也能给您解解宽心。”

“我这心宽不了。这几年，我就像卷进了一个大旋风窝子里，呼一下子朝南歪，又呼一下子朝北倒，南来北往，弄得我是晕头转向……”

“您是说，对眼下的政策不满意？”

“这话咱可不敢说，政策是上级出的，咱是个党员，不能跟党拧着脖子。不过话又说回来了，眼下这政策，也不见得条条都对，也不见得没有偏差。”

郑百岁老汉说着，端起酒碗喝了一口，也不让我们。他用大手背抹了一下嘴角，继续说：“比方说，给右派改正，给地富摘帽子，给受了冤屈的老干部平反，这都英明，我都赞成。过去那些年整人整得太多了，太狠了。谁想坐天下，也得施仁政，讲人性，与人为善。就拿你们哥俩来说吧，把出身的包袱一甩，不是混得挺光亮、挺体面吗？谁看着不高兴？”

哥哥也喝了一口酒，接着郑百岁老汉的话茬儿说：“是呀！我们能够有今天，都念叨邓大人的好处。”

郑百岁老汉接着说：“过去有一句常挂在嘴边上的话，不知道你们还记不记得，是毛主席他老人家说的，叫作‘只有社会主义才能救中国’。共产党刚一把天下拿到手，搞的就是社会主义。从互助组，到初级社，到高级社，又到人民公社，苦巴苦业搞了三十年。好不容易把人归成了堆，把土地连成了片。你说怎么着，说散，哗啦一下就散了。土地分了，牲口拉走了，拖拉机拆了，毛主席给咱留下的那点儿产业，就这么糟蹋了……”

郑百岁老汉说得很动情，也很伤心，随着他一声长叹，一滴浑浊的泪水溅落在他那酒碗里。作为一个老党员、老干部，对当前改革开放的政策不理解，也是事出有因、情有可原的。我应该给他做做思想工作才是。

“郑大伯，这个问题您也别钻牛角尖儿。您还得往开处想，往大处想。我们三十年搞的集体化，吃的大锅饭，可是越搞越穷，大锅饭越吃越稀。您看，眼下包产到户了，人们不是很快就富起来了吗？”

郑百岁老汉听了我的话，立刻瞪起了眼睛，吵架似的说：“你说什么？富起来了？谁富了？什么人富了？明告你说，我天天晚上躺在炕上睡不着觉，琢磨的就是这件事。大喇叭里天天叫嚷，谁谁发家了，谁谁成了万元户。你掰着指头算算，都什么人发了财？调皮捣蛋的，贼骨溜滑的，投机取巧的，坑蒙拐骗的，都是这些人欢起来了。老实巴交的、忠实可靠的庄稼人，有几个能发起来的？你说，你说呀！”

郑百岁老汉逼着我说，我说不出个所以然来。我只知道这几年农村搞活了，不少人都富起来了。至于什么人能富，什么人不能富，我确实没有调查研究过。我充其量也不过是个代课教师。我躺在炕上睡不着觉的时候，可从来不琢磨这些事。缠绕在我身上那些烦人要命的事够多的了。

“还有一种人富了。”郑百岁老汉更加愤然地说，“眼下当官的富了，我当干部三十年，只知道往外搭，从来不知道往里搂。你瞧这会儿的干部，都是贼胆子，什么事都敢干。好地，他们占着；机井，他们把持着。队里的工副业赚钱，安插的都是他们亲的近的。社员们就是让他们开封介绍信，也得送礼，公开地行贿受贿。”

哥哥又开口说话了，他和颜悦色地劝说着：“郑大伯，我看您也别操这心，别生这气。您这么大岁数了，自己的身子骨要紧。该吃吃点儿，该喝喝点儿，烦了，就到城里听听戏，洗洗澡，开开心。”

“大侄子，不瞒你说，你出这个道我还真想过。不行呀！我现在是黄鼠狼烤火——毛干爪净，只剩下脑袋上的一块共产党员的牌子了。这块牌子不能砸呀！”

“您光有块共产党员的牌子管什么，一没职，二没权，说话没人听，办事没人帮了。您还能干什么事呢？”

“我这些天，经常想到一句话。这句话是‘文化大革命’那会儿，一个下放干部告诉我的。叫作‘穷则独善其身，达则兼济天下’。据说这话不是毛主席说的，可我觉着挺符合毛泽东思想，用在共产党员身上也挺合适。这意思是说，你要是有本事呢，就把大伙儿的事管好；你要是没本事呢，就把自个儿管好。到什么时候不能忘记自己是个共产党员。帮不上共产党的忙，也不能当共产党败类！”

郑百岁老汉是个难得的好人。我只能这样评价他，还能说些什么呢？跟他谈了一晚上，我心里很不平静，看得出来，哥哥也很激动。走在回家的路上，哥哥突然说："咱得想办法把郑大伯接出来。"

"接哪儿去？"

"接到马驹桥镇上，跟咱一起过。"

天呀！你可真有一副菩萨心肠。过去，你收留了小香这个孤女，现在又想收留郑百岁这个孤老头儿，你有这份瘾吗？再说，嫂子能同意吗？

哥哥笑了笑说："这可不是收留。"

"不是收留是什么？"

"说句时髦话，算是余热发电吧。"

"他能发什么电呢？"

"这你就不懂了，瘦死的骆驼比马大。他当干部三十多年，上上下下都熟了，已经形成了一张关系网，咱要在马驹桥镇上干点儿事，他那些关系都用得上。"

"他可不是那种会拉关系的人。"

"事在人为。只要有这些关系，到时候怎么用，就看咱们的了。我还得到一个信息，县委办公室副主任，是他的小舅子，听说要调咱乡里来当党委书记。要真是那样，这老头儿就成宝贝疙瘩了……"

哥哥的这些话，我听着心里有点儿发冷。我既不能支持他，又不能反驳他。大概从这个时候起，我就隐隐约约地感觉到，我们俩很难在一条路上往前走了。

五

哥哥说到做到，没过几天，他就把郑百岁老汉接进了弥陀庵，跟我们一块儿过起了日子。哥哥对他很敬重，伺候得也很周到。一日三餐，都把他摆在首席上，还开口闭口地称他“老爷子”。那份孝敬劲儿，胜过对待自己的亲爹。

郑百岁老汉心花怒放，眉开眼笑，没想到老了老了，又平添了满堂儿女，享受起了天伦之乐。

渐渐地，我发现有几个人成了哥哥家的常客，甚至成了哥哥的至朋好友。他们来了就喝酒，一边喝一边谈，谈得很亲热，很投机。哥哥在他们面前，比在我面前健谈多了。奇怪的是，这些人几乎都是马驹桥镇木器厂的，属于冯贵才的部下。有赵国栋老师傅和他的几个高足弟子，有神通广大的业务员夏金生，还有女技术员林月萍，一个三十岁还没有结婚的老姑娘。

这天晚上，大殿前灯火通明，几个人没有喝酒，却操起了锛凿斧锯，叮叮当当地干起活儿来了。哥哥帮他们搬木料，递工具，嫂子给他们递烟递茶，郑百岁老汉带着毛毛，凑在一边瞧热闹。甚是热闹非凡。

我问哥哥：“你们这是搞什么名堂？”

哥哥说：“林技术员设计了几套新型组合柜，先打出来看看效果。”

我心里一动：“你是不是也要办个木器厂？”

哥哥笑了笑，没有说什么。我不知道他是故意跟我卖关子，还是没有谋划成熟。

就在他们刚把组合柜打好的那天晚上，哥哥把客人送走，门又开了，进来一个妇女和一个小孩儿。我和哥哥都惊愕得差点儿叫出声来：这不是小香吗？

十年未见，小香变成了另外一个人。她完全是一身农家妇女的打扮，蓝布裤褂，白塑料底布鞋，脖子上围着一块白纱巾。她面色苍白，头发枯黄，脸上的皱纹又深又乱。眼皮是红肿的，目光却很亮，是一种饱经忧患后闪出的新的光亮。

我和哥哥慌忙给她让座，递水。她的神色也很紧张，坐下以后，颤巍巍地说："他爹死了，到木城涧煤矿拉煤，连人带车都掉在山涧里了。去年冬天，下大雪……"

她身边站着的那个男孩，长得虎头虎脑，两只眼睛胆怯地看着自己的脚尖。

小香吩咐着他："狗乐儿，这是大舅、二舅，快叫呀！"说着，又转过脸向我们解释说，"这孩子没出过门，怵窝子。"

这孩子叫狗乐儿，让人觉得困惑，又有几分滑稽。我们这里有一种玉米叫狗乐儿，长得又矮又小，狗伸着脖子就可以咬上边的棒子，大概就是因此而得名。它的特点是生长期短，从播种到收获，只用两个月时间，也叫"六十天还家"。

哥哥把狗乐儿拉到自己的身边，问："这孩子多大了？"

小香说："属牛的，虚岁十岁。"

哥哥又问了一句，漫不经心地："大生日小生日？"

小香脸一红，迟疑了一下说："四月十四出生的，算大生日。"

我心里一动。我记得小香跟我同龄，今年二十九岁。她是十九岁那年年底结的婚，怎么第二年四月就生了孩子呢？难道她离家刚参加铁姑娘队不久便怀了孕。那么这孩子是谁的呢？她怎么又嫁给那个圆头圆脑、粗胳膊短腿的大车把式了呢？这又是一个解不开的谜。

哥哥略微沉思了一会儿，叹了口气说："既然这样，你就回来吧。家里那两间房归置归置还能住，等腾下手来我再帮助你们翻盖一下。这孩子让他去念书，你们娘儿俩的生活费由我负担，每月五十块钱总够了吧？再不行，你们干脆就跟我们一块儿过……"

小香没等哥哥说完，便打断了他的话："东升……不，大哥，我回来，不是向你乞讨的，也不是走投无路来投奔你的。这年头活路多了，我们娘儿俩在哪儿都能混碗饭吃。"

哥哥顿时愣住了："那你是……"

"我是来向你还债的。"

"还债？"

"我……我坑了你，害了你，欠下了你一笔还不清的债。自打我离开你的那天起，我就起誓发愿，下辈子让我变牛变马，也要还上你这笔孽债……谁知命运没有让我等到下辈子，我那男人死了，我又属于自己的了……都说现世现报，可我知道，这笔债我还不清，拼死拼活我也还不清……后半辈子，我能为你干点什么，就是死，也甘心了……"

哥哥满脸通红，慢慢地低下了头。我看到，他的两只眼窝儿里已经噙满了泪水。

小香接着说："你曾经说过，你要干一番大事业，要求我支持你，帮助你，当你的好助手。我也曾答应过你。这会儿……我回来了！"

哥哥双手捧着脸，浑浊的泪水顺着他的指缝流了出来。他的肩头抽搐起来。

我悄悄地站起身来，拉着狗乐儿出去了。我把狗乐儿介绍给嫂子，让她给狗乐儿弄点儿吃的。又从厨房端了一盘点心水果，准备给小香送过去。当我再回到屋门口的时候，便听到里边传来了轻轻的哭泣声。我停住了脚步。

"你说实话，这孩子到底是谁的？"这是哥哥的声音。

"冯贵才的……"

“冯贵才！狗日的，我非宰了他不可！”哗啦一声，不知哥哥气愤得把什么摔在了地上，“可你，当时为什么不跟我说实话？为什么不……”

“我……对不起你，没脸再回来见你，好歹嫁个人算了……是冯贵才逼着让我嫁的……大哥，你、你现在不能惹他，他还有权有势，那是个心黑手狠的家伙……再说，事情已经过去了呀……”

“过去了？他过得去，我过不去。他毁了我，也毁了你，毁了我们一辈子！这个仇不报，我誓不为人！”

哥哥愤怒的吼叫把玻璃窗震得嗡嗡响，也把我的心震得咚咚直跳。

生活太残酷了。

第二天一大早，还没容我起床回去吃饭，哥哥便到学校敲开了我的门。他肩上扛着一块白光光的木牌子，进门以后就迫不及待地说：“东平，快准备笔墨，把这牌子写好。趁着今天马驹桥镇大集，我要把它挂出去！”

我一愣：“写什么？”

“马驹桥镇东升木器厂。”

“你真的要办木器厂呀？”

“一直有这个想法，总是犹豫不定。昨天小香一回来，我就铁了心了。”

“镇上已经有一个木器厂了，你再搞，能赚钱吗？”

“他们那木器厂叫什么？二十年一贯制，做的都是老掉了牙的娘娘嫁妆，很快就要在市场上卖不出去了。我只要把赵师傅、夏金生和林技术员挖出来，他们那个厂子就得完蛋！”

“怎么，你要挖人家的墙脚，这合适吗？”

“有什么不合适的？他们都是社员工，又不是国家正式职工，说声不干，卷铺盖就走。”

“哥，这件事还得考虑考虑。”

“你甭管，我想了一夜了，只能这么办了。”他停顿了一下，突然用喊叫般的声调说，“量小非君子，无毒不丈夫，冯贵才这个狗日的，我非跟你较量较量不可！”

他的两只眼睛里燃烧着仇恨的火苗儿。他开始向冯贵才挑战了，向这古老的马驹桥镇挑战了！

六

该谈谈我的事业了。几年以来，我在生活的夹缝中求生存，求发展。星移斗转，回黄转绿，我几乎每时每刻都在跟自己的懦弱、懒惰、绝望、孤独和感情上的痛苦纠缠做斗争，顶着水往前浟，一步一步地在稿纸上爬格子，居然也发表了十几篇小说，并且还有两篇获了奖。尽管我的同行们对获奖是那样的鄙夷不屑，但毕竟能唬住一些局外人。这年头，“家”是廉价的，因之也好当，竟然有几篇文章称我为“青年作家”。我虽然感到受之惭然，却也听之飘然。齐东平已经小有名气了。这个被自己的丈母娘和老婆剥夺了的名字被越来越广泛地承认了。特别是离开马驹桥镇，谁都知道齐东平是我，我就是齐东平。鬼才知道有个什么孙长富呢！齐东平啊齐东平，你怎么有这么好的名字呢！印出来是那样的漂亮，叫着是那样朗朗上口，听起来是那样叫人心醉神迷！

更幸运的是，近来市作协为了培养新生力量，成立了一个文学院，学制两年，学员由各区县文联推荐后进行选拔。我接到了录取通知书，这真让我高兴得发了晕。在文学创作上，我正赶上一个“蛮荒”时代，先天不足，后天营养不良，我非常渴求能正规地学一点儿东西，这机会不是轻易能得到的。况且，人家告诉我，毕业后便安排在县文联从事专业创作。那样，在文学这个拥挤的殿堂里，我便有了一个位置。尽管这个位置设在一个不被人重视的角落里，但我毕竟被人家承认了。这是我少年时期的梦想，成年之后的奋斗目标。仅为了这一点，让我再吃多少苦，受多少罪，再付出多么沉重的代价，再等待多少年，我都干！都值得干！

我拿着录取通知书去找教导处的邵主任。在我们学校里，邵主任是个实权派。校长家在农村，老婆有病，孩子又多，生活负担大。每天开门七件事，柴米油盐酱醋茶占去了他大部分的精力，使他实在无心无力顾及学校的事情，因此，也甘愿大权旁落。学校的大事小事，只要邵主任通过了，他便会点头。当然，条件是不让他掏腰包。

邵主任叫邵昆华，她过去是我的班主任老师。那会儿她还年轻，长得很美，字也写得很美。第一次到我们班上来自我介绍，在黑板上写下了邵昆华三个字，娴熟，秀丽，又带着几分潇洒的帅劲，一下子把全班镇住了。她教的是几何，一门枯燥无味的课。我却很喜欢听她的课。她的每一个灿烂的微笑，每一缕传神的目光，乃至手持教鞭那优雅的姿势，还有她那飞泉漱石般的清亮甜润的声音，都会让我怦然心动。我不知道道德准则允许不允许一个男学生迷恋一个比自己大十来岁的女教师。按照弗洛伊德老头儿的说法，这也许是俄荻浦斯情结的转移，是性本源在作祟。但是，我觉得自己的感情不管多么强烈，都是纯洁无瑕的。我希望她永远是我的老师，是我的大姐，或者是我的姑姑、阿姨。可惜我不可能有这么大的福分。她好像并没有注意到我对她的这份情感。我小时候是非常腼腆、非常怯懦的。我绝对不敢向她表白什么，连到她面前去跟她主动说话的勇气都没有。但是下课后我常常独自躲在她的宿舍后边，凝神地听着从她的后窗传出来的歌声。据说，她的丈夫是个石油工人，在大庆。她冬天常穿一件石油工人穿的那种制服棉衣，显得神气十足。她唱的歌也是石油工人的歌：万里山河美如画，祖国建设跨骏马，我当个石油工人多荣耀，头戴铝盔走天涯……她好像更喜欢一个叫叶洪生的男学生，期末考试他得了一百分，她用自己的钱给他买了一个铅笔盒，这让我嫉妒得很长时间不理睬叶洪生，并且暗下决心。在几何比赛中我得了冠军。不过她没有给我买铅笔盒，什么都没有买。这又让我伤心得流了不少眼泪。毕业以后，我还常常思念她。多次要去看望她，都没有。我开始明白自己的身份和处境可能对别人产生不良影响。只是有一个新年，我给她寄去一张贺年片，上边写下了四句小诗：茫茫离师去，悠悠虚度生，颇有思师意，无有见师情。

我和孙秀英结婚以后，从“狗崽子”变成了“苦出身”，学校马上派人找我去当代课教师。人家告诉我这是邵主任安排的。我终于清楚了原来她心里是什么都明白的，我理解她的良苦用心，我感激她给了我一个重新生活的机会。

邵主任对我亲热得让我鼻子发酸。她给我让座，倒茶，还轻轻地摩挲着我的头发，似乎要把那些年对我压抑的爱怜统统补偿回来。而她对我谈话使用的语言，更是亲近得不能再亲近了。

“东平，咱不干那个，不干。文艺界乱得很，那碗饭不好吃。我曾经打过一个比喻，文艺界就像一间破屋子，外边还没下雨，里边就被风吹得呼嗒嗒乱响；外边风雨停了，里边还滴滴答答往下漏水。咱是老实巴交的农家子弟，咱不去，咱不能去……”

她不说“你”，而是一口一个“咱”。好像文学院也给她发了一张录取通知书，或者我的事就是她的事，我们两个人是一个不可分割的整体。如果是别的事，她这样劝我，我就是再不同意，再委屈，也会对她百依百顺、言听计从的。这件事却不行，她对我再亲热，也不能说服我。现在我可以说了，我迷上了文学，文学是我的第一个恋人。在坚贞的爱情面前，任何外在的力量都是软弱无能的。

我翻来覆去地向她解释，苦苦地哀求她。希望她能理解我，支持我，高抬贵手让我过去。

她也真耐心，不急也不烦，总是笑眯眯地说着那句话：“咱不去，咱不能去……”

这件事，我可真动了心，比法院驳回了我的离婚起诉书还要动心得多。我急得吃不下饭，睡不着觉，没过几天，嗓子也哑了，嘴角也烂了，如果文学院去不成，我恐怕很难熬过去了。

哥哥发现了，问我，我向他讲了。

他却漫不经心地说：“不就是这么点儿事吗？也至于这么要死

要活?”

我向他撒开了火:“小事?你敢情站着说话不腰疼。这是大事,一件决定我一辈子命运的大事!你知道这些年我吃苦,受罪,拼死拼活地奋斗,奔的是什么?眼看翻过这道沟就到达目的地了,她又给你迎头横上一座山……”

我越说越委屈,眼泪都流下来了。

哥哥不耐烦地挥了挥手:“行了,你不就是想上文学院吗?我保证学校放你不就得了吗?真是的,还大老爷们儿呢!”

“你怎么保证得了?”

“连这点儿本事都没有,我也白在社会上闯荡这么多年了。”

我以为他是在安慰我,或者是吹牛皮。万万没想到,第三天早晨一上班,邵主任就通知我,学校已经同意我去上文学院了,而且又是另一番让人感激涕零的亲热。

吃饭的时候,我向哥哥提起了这件奇怪的事情。

他笑了,笑得很神秘

我追问他:“你到底是用什么办法说服邵主任的?”

“她儿子要结婚,我派人给她送去一套组合家具。”

“你、你行贿?”

“不,我收了她的钱,算是卖给她的。”

“收多少钱?”

“出厂价是一千六百块,我收她个试销价,一百二十块。”

“她、她就这么给你了?”

“怎么?”

“邵主任不是那种人。”

哥哥哈哈大笑起来:“你呀,纯粹是个书呆子。还自称是写人的、研究人的呢。哼,你只看一张人皮,看不到真正的人心。”

我从内心深处感到一阵冰凉。

我走了,如愿以偿地走了。我走得很不光彩,这我知道。我也曾想过，如果不是这至关命运的大事，我也许能保证洁身自好。可是，这难道是理由吗？三年困难时期，他不让我和小香当“小偷”，自己却去当“大偷”，以牺牲自己为代价保护了我们的纯洁；卖土鳖种那次，他不让我跟他同流合污，再一次保护了我的清白；那么，这一次呢？

不光彩的不仅仅是我，邵主任在我心灵的底片上留下的那美好的形象，也涂上了一层抹不掉的阴影。和我的不光彩相比，我为此更加感到伤心，感到痛憾。因为她毕竟是我迷恋过、崇拜过的一个十全十美的偶像。在我后来的许多经历中，这阴影常常影响着我，使我这个“只能看见人皮，不能看见人心”的天真作家，也偶尔能发现一些生活的阴暗和人世间的苍凉，也常常从内心深处生发出一种淡淡的哀愁。

七

在临去文学院之前，我需要找到小桑，我要跟她认真地谈一次。自从那次我们在学校操场上分手以后，她便离家出走了。据说，她和当年在马驹桥镇上侵街霸市的小哥们一起跑买卖去了，大概赚了不少钱。有人说，她每隔十天半月，就给她那哑巴爸爸邮来一笔钱。我来到哑巴家，从一张还没有来得及取的汇款通知单上知道了她在北京的联系地址。

我给她写了两封信，约她在美术馆门前见面。我空等了两次，在长达两三个小时的等待中，我每分每秒都在切切企盼，最后只好怅怅而归。她人未来，连信也不回。我懊丧得什么心思都没有了。我真想按照这个地址去找她。可是细一想，她不来，无非是两种可能，一是没有收到信，二是不愿意来。要是没有收到信，证明人不在，我去了也白去。要是不愿意来，我硬去见她，不是招她讨厌吗?

也许是我真的伤透了她的心，或者因为别的什么。我在她眼里不是一个男子汉，她不愿意再谈我们之间的关系，这我知道。但我这次约她，不是谈这个，绝对不是。我想谈谈她的生活出路问题。尽管她离开了我，我也不愿意让她跟那伙街串子混在一起，更不愿意让她当个倒买倒卖的生意人。也许是我的观念太陈旧，我总觉得这种事不是女孩子特别是小桑这样聪明漂亮的女孩子应该干的。我希望她能干一些真正能发挥她聪明才干的事情。我想帮助她，真心实意地想帮助她。

可巧有一个机会。上边来了个文件，让各乡建文化站，每个文化站配备一名文化员，文化员可以转为正式国家干部。这件事由贾秀敏负责，她现在提拔为乡党委宣传部长了。我向她推荐了小桑，她到我那里去时见过小桑几次面，印象不错，认为条件差不多，便报到了县人事局。我认为这是个千载难逢的好机会，小桑一定会高兴得发疯，一定会拼命地争取。听说被推荐的人要到县里参加统一考试，我干了两个通宵，为她准备好了复习题，想帮助她通过考试这一关。唉，万万没想到，她居然不理睬我。

她不理睬我，这极大地伤害了我的自尊心，伤害了我对她深藏的感情，也辜负了我对她的一片良苦用心。我失望了，气愤地骂她“无情无义”，发誓永远不再理她。可是临离开马驹桥镇之前，我又想起了她，牵肠挂肚地想，动心动肝地想，想得我好苦啊！

生活中有许多戏剧性的巧合。踏破铁鞋无处寻觅，相逢却在意料之外。我和哥哥结伴进京，我去文学院办入学手续，他为木器厂跑关系。他说我入学不能显得太土气，要为我添两件“行头”。政策开放以后，各城市都有一条个体商贩卖紧俏货的街道。如广州的群众街、武汉的扬子街、北京的隆福寺。在“市场稳定，物价繁荣”的国营商店里买不到的东西，在这里却唾手可得，只是物价更加“繁荣”罢了。我们乘一一二路无轨电车，东四下车往北走，大街两旁摆满了各式各样的货摊儿。个体商贩像是在列队欢迎着远来的贵宾，口劝手扯，热情得让人心里发痒，跟国营商店那一副副面部神经麻痹的冷脸子形成了鲜明的对比。他们推销起货物来，像是在举行讲演比赛，用最激昂的声调，用具有拦截性的姿势，用富有诱惑力的语言，苦煞心机地吸引着来往的行人。

突然，我被一个熟悉的声音震撼了。天呀，是小桑。她正站在服装货摊儿前边，推销着苹果牌牛仔裤。也许是她的货真价实，也许是她的“讲演”成功，她周围竟然围了一大圈的人。

“苹果牌牛仔裤，风靡全球，领导现代服装新潮流。您穿上它，保您身姿健美，精神焕发，青春常在。怎么，您嫌贵？我说不贵，这账看您怎么算了。二十七块钱您能买什么？哥儿俩下馆子，要四盘家常菜，两升啤酒，完了。这叫作宁买不值不买吃物。您在我这儿花二十七块钱，买个胖中瘦，买个矮中高，买个老来少，买个好身条，您说值不值？说不定您穿上这条牛仔裤，靠着它显示出来的魅力，交个花容月貌的女朋友，或找个才貌超群的如意郎君，这是一辈子的大事，也就是小说家所说的命运。命运的转折就要有个巧劲儿。打开命运之门的钥匙有千把万把，这苹果牌牛仔裤就是其中的一把……”

我承认她“讲演”的天才，承认她驾驭语言的特殊技能，承认她体验的深刻和联想的丰富。如果她当上文化员或演员，在舞台上进行如此精彩的表演，我会情不自禁地为她高声叫好，拼命鼓掌，甚至会激动得热泪横流。然而眼下，我的心里却像吹进了一股冷风，感到无限的悲凉。

哥哥也发现了她，问我：“这不是小桑吗？”

我点了点头。

“好啊！真是个能干的姑娘，我正需要这么一个人给我攻关呢！”他说着，立刻分开人群，挤上前去。

小桑见了哥哥，抓住他的胳膊又蹦又跳，兴奋得像一只见了妈妈的失群的小鹿。她见了我，只是礼节性地点了点头，算是打了招呼。她把自己的服装摊儿交给旁边的一个小伙子，便带着我们进了附近一家新开业的餐馆。

我们在一张靠着窗子的桌子前坐下来，趁着哥哥去看菜牌的工夫，我问她：“我给你的两封信你收到了吗？”

她平静地说：“收到了。”

“你为什么不去见我？”

“生意太忙，分不开身。”

这显然是一个非常拙劣的借口，我的心被刺痛了。我真不明白她为什么如此冷落我，是我拒绝了她的爱情，伤害了一颗少女的自尊心，还是她看出了我本是个窝囊废，撕破了她精心编织的美梦，使她恼羞成怒呢？我不愿意指责她，也不愿意表白我自己。但是，我仍然为她失去当文化员的机会感到遗憾。我把这个意思向她讲了，她却漫不经心地说：“干那个，没意思。”

看来人各有志了，我还说什么呢？我只得把苦涩的口水咽到肚子里。

未经介绍，她便对哥哥一口一个“大哥”地叫起来。我真想告诉她：他是你爷爷的徒弟，是你母亲的弟弟和情人，你母亲又曾把你托付给他。你应该叫他叔叔，叫他舅舅，叫他父亲才是。

席间，他们俩兴奋极了。小桑滔滔不绝地讲着她的生意经，而哥哥却大讲着当代企业家的雄心大志。

我插不上嘴，也不想插，悄悄地退了出来。

八

我在文学院报了到，还有一个星期才开学。学校的手续我已经交清了，这几天心潮不平也无法坐下来看书写东西。多少年了，难得有几天清闲，索性玩一玩吧。

狗乐儿要求我陪他到凤河去钓鱼。

凤河在马驹桥镇之西与凉水河汇流，是一条从南海子皇家猎苑里流出来的小河。正是晚秋季节，河滩的草黄了，河湾的芦花白了，清凌凌的河水上漂着一片片金灿灿的树叶，阳光一照，像漂着满河金币。激流中落叶相叠相撞，也发出沙啦啦的金属般的声响。

我和狗乐儿各选了一块风水宝地，扬竿垂钓，愿者上钩。

秋风饱含着河里的草腥迎面吹来，浸得肺腑清爽，怪舒服的。总忍不住想伸着脖子喊两声，唱两句。可是又怕把鱼吓跑，也只好闭上了嘴巴。

闲来垂钓，心却不在鱼钩上。我的思绪也像满河的落叶一样跌跌撞撞，飘忽不定。疾风枯草，河旁孤雁，使我想到自己多舛的命运，心中充满了悲哀。蓝天彩云，山顶苍鹰，又让我对未来充满幻想，充满信心，也不无几分激动……

狗乐儿举着鱼竿跑到我身边，神色有点儿惊慌。

“二舅，刚才来了一个人。”

“什么人?”

“男人，黑脸大胡子。”

"干什么?"

"他、他让我叫他爸爸……"

我笑了。这没什么，乡里人总是喜欢这样逗小孩儿的。

"他还给了我好多钱。"

"钱？什么钱?"

狗乐儿把手伸到我眼前，他手心里捏着三张"大团结"的票子。这么多钱，我吃了一惊。

"这个人在哪儿?"

"那边，骑着自行车走了。"

我急忙扔下鱼竿跑上河堤，公路上是有一个骑自行车的人，一边骑还一边回头看。我从背影上认出了他，高声叫着："冯贵才——冯贵才——你站住!"

他没有停车，飞也似的逃走了。

回到家里，我把这件事对哥哥讲了。哥哥一听就火了，高声喊着小香。小香正在厨房里帮助嫂子做饭，进屋的时候，还沾着两手面。

哥哥铁青着脸问："冯贵才找过你没有?"

小香低下了头，脸红红的。

"怎么，你还跟他旧情不断呀?"

小香眼里噙满了泪水。

"他找你干什么?"

"他说……只是想看看……"

小香用泪眼看了一下哥哥身边的狗乐儿，哥哥明白了。

"我……我没答应，把他顶回去了。"

哥哥把那簸箕般的大手伸在狗乐儿的鼻子底下："把那钱给我。"

狗乐儿欠着脚把钱放在哥哥的手心里。

哥哥又厉声对狗乐儿说："那家伙不是人，是流氓，是土匪，是坏蛋，是拍花子！他要是再找你，你就骂他，打他，撕他，踢他!"

狗乐儿说："他那么大，我打不过他呀!"

“打不过他你就跑，往家里跑，反正不许你搭理他！”

“大舅，你给我买条狗行吗？”

“什么狗？”

“要狼狗，厉害的狼狗，我出去就带着它。那家伙要是再让我叫他爸爸，我就让狼狗咬他！”

“嗯！大舅给你买！”

哥哥说完，攥着狗乐儿那几张票子，怒气冲冲地出去了。他找冯贵才算账去了……

第二天一早，哥哥把我和小香找去了，异常严肃地说：“我目前要着手干两件大事。一是要招聘一些设计师和技术人员，还要派人搞市场调查，联系业务关系，这些我已经安排人去做了。再一件就是到东北去搞木材，没有木材，这一切都是空话，我得亲自去。这个厂子能不能保住，就在此一举了。我今天晚上就出发，别的事情不用你们管，我只把这个家交给你们。我能搞到木材当然好，搞不到我就不回来了，也许就吊死在大森林里。你们也不必去找我，找也找不到。你们的嫂子——嗯，那娘儿们倒是个好人，不过我回不来，她是不会守着我的，要走就让她走。那孩子可是我的，那是咱齐家的种，你们可得把她留下。”

哥哥这一片话，说得我心惊肉跳，毛骨悚然，我惶恐地说：“哥，你不能这么孤注一掷，万一搞不到木材，你也一定要回来！”

哥哥毫不动摇地说：“人在节骨眼上，就得砂锅砸蒜，一锤子买卖。行了就上去了，不行就完蛋！”

小香倒是异常镇定地说：“你一定能搞到木材，我们在家里等你，盼着你早点儿回来！”

哥哥似乎很理解小香的话，眼睛里闪着泪花，使劲点了点头。

傍晚，我和嫂子、小香一起去送哥哥。我们来到马驹桥镇北门外的大石桥边，等待着末班的公共汽车。太阳压在西边山头上，红得像一摊血，把周围一片薄纱似的云彩都浸透了。一家人站在一起，谁也不说话。该说的都说过了，重复是没有意思的。我们沉默着，连目光都避免相遇，谁也找不到一个话题用以打发这难挨的时光。送亲人上路，是最尴尬、最难堪的事情。

汽车终于来了，哥哥刚要上车，后边传来了一阵叫喊声："等一下，大哥，等等我——"

是小桑跑来了。她一边跑，一边扬着手叫喊，肩上的旅行包一前一后地摆动着。

"我刚到家，就听说你要到东北去搞木材。"小桑气喘吁吁地说。

哥哥冲她挥了挥手："好了，等我回来！"

"不，我跟你一块儿去！"小桑说着，一步跨上了汽车门。

汽车开走了，太阳落山了，苍茫的暮色弥漫在这古老的马驹桥镇。汽车早已失去了踪影，我们还没有离去。

小桑的突然出现，像一阵秋风，急匆匆地吹来，又急匆匆地去了。它带走了黄叶，带走了秋花，也带走了大自然鲜灵灵的气息。剩下的是光秃秃的枝条、光秃秃的河滩、光秃秃的原野。

我感到一阵茫然，一阵恐慌。像是失去了什么，又像是笼罩着一种不祥之兆。哥哥这一去，凶吉未卜，福祸难知。真要是发生了像他说的那种可怕的事，那该如何是好？

小桑呢，小桑会不会平安地回来呢？

九

我跟邱岳很快成了朋友，最要好的朋友。我这个人朋友不多，但喜欢与人深交。一旦投脾气对胃口，便割头换颈，恨不得心肝肺叶都摘下一半来给人家。人心叵测，世态炎凉。我为此吃过不少亏，上过不少当，也伤过不少的心。我也后悔过，痛恨自己的毛病。人家说一朝遭蛇咬，十年怕井绳。我就是被蛇咬得稀巴烂，还会把井绳拽过来当作绷带往身上裹的。唉，生就的骨头长就的肉，改也难了。

文学院设在东直门外左家庄，是临时向朝阳区委党校租赁的房子。三十三个所谓文坛新秀从各个角落集中到这里来，这确实是令人振奋的新生活。那会儿，正是思想解放的黄金时代。课上课下，高谈阔论，忧国忧民，反思历史，商讨救国富民的大政方针，似乎个个都成“天将降大任于斯人”的政治家。解冻了，万千生命破土而出，蓬勃而起，迎来了轰轰烈烈的大好春光。

有人说，作家是个体劳动者，只能独处，不能群居。每个人都要表现自己的个性，每个人都要强调自己那个世界的独立性，每个人都有这样那样的穷酸毛病。渐渐地，政治观点的分歧出现了派别，文学主张的异同出现了聚散，性格气质的区别出现了小圈子，三十三人集团便分割成仨一群、俩一伙儿了。我和邱岳自然而然地抱成了一团。

左家庄地处京城东北角，不偏不倚地骑在城边上。往里走，一片居民住宅楼，也有繁华的街道、热闹的商店、穿梭似的车辆和缕缕行行的人群。往外去，则是一片小树林、一片田野、几缕炊烟和几条弯弯曲曲的乡间小路。城与乡，洋与土，喧嚣和寂静就这么和谐地交融在一起，以我们文学院为界，界限分明。每天吃过晚饭，人们都结伴而出，或到纷扰的城里追求功名，或到绿色的乡间寻找安宁。

我和邱岳几乎每天都奔向那一片寂寞的小树林。

心理学家发现，朋友也如同情人一样，性格气质反差越大，互相吸引力也就越大，这叫作性格互补。他长得高大黑粗，足有一米八的身个。头发又浓又硬，两眼虎虎有神，大脸盘子粗糙不平。大伙都说他像藏族人，送给他一个外号叫强巴。他还有一个外号叫“黑熊”。说是他样子长得凶，没有人敢惹他。这外号只在背后叫，当面没有人敢叫。但他自己也知道，是我告诉他的。我当然没有出卖给他取这个外号的人了。

光从表面上看一个人是不准确的。别看邱岳长得粗，长得凶，感情却是非常细腻、非常丰富的。他是个诗人。那会儿文学还从属于政治，许多文学作品就是政治的图解。我们当中的不少人，就是靠在政治上的敏感和大胆一举成名的。他却不这样，他写的诗大多是日月星辰，山光水色，风土人情，有相当一部分是爱情的。诗写得很美，很纤细，字里行间洋溢着诗人对生活的热爱，对理想的追求，充满着罗曼蒂克的情调，当然，也笼罩着一种淡淡的哀愁。他相信弗洛伊德所说的，作品和梦一样，反映的是一种被压抑的欲望和满足。这是指真诚的作家写出的真实的作品，那种出于各种企图的胡编乱造不算。他说：“不信你研究一下，他在作品中经常描写的东西，准是他生活中最缺乏的东西。”

“你经常写爱情诗，那么，在你的生活里，一定是缺少爱情了？”

“是这样。”

……我是一个建筑工人，一个又脏、又累、又让人瞧不起的职业。我们成年累月地为别人搭窝，搭安乐窝、幸福窝，可到头来自己却连个窝儿也没有。我们大多数是光棍儿汉，姑娘们都不愿意嫁给我们。“有女不嫁瓦木郎，十天有九天守空房，有朝一日回到家，整夜为他洗衣裳。”单身汉有单身汉的自由，发了工资就喝酒、赌钱、钻角觅缝地找破烂女人。

光棍汉们到一块儿，总喜欢胡诌八咧侃大山，而谈来谈去，总也离不开女人。一九六〇年挨饿的时候流行过一个词儿，叫“精神会餐”。人们饿着肚子，就兴致勃勃地谈吃的。鸡鸭鱼肉，山珍海味，什么解馋禁饿说什么，无非是图个嘴上痛快，说一通就跟吃一顿一样。我们这些膀大腰圆的光棍汉，肚子倒是填饱了，可是性饥饿，更要命，更折磨人。于是我们也搞起了“精神会餐”。有的谈开心的，有的谈开眼的，有的编造自己的艳遇，有的把美梦端出来当真事说。说着说着，就容易走火入魔。有的人耐不住了，就到大街上追女人，冒坏。不是让人家扇了嘴巴，就是被扭送到派出所。三天两头的我们工头就得到派出所去领一次人。

我这个人也喜欢侃，也喜欢吹牛，也喜欢谈女人。但我从来瞧不起那种拈花惹草讨人嫌的事情，我觉得男子汉应该行得正，做得端，拿出点儿派头来。有一次，我们在黄花岗附近施工，为一个科研机关盖一所实验大楼。我就是在那儿交的桃花运。这一天下午公休，我们十几个光棍汉结伴到镇上看电影。几个讨厌鬼在街上看到来来往往的姑娘，便出怪声，做怪样，还冲人家扔石头子，无非是让人家瞪两眼，骂两句心里就痛快了。我不满意地说：“有本事大大方方地向人家求爱，或许还能把人家勾搭到手，你们搞这套小玩闹儿管什么?”

我这句话一出口，便引火烧身了。这些光棍汉齐刷刷地向我围攻过来：

“哟嗬，看不出来啊，邱岳还有这么大的本事，敢大大方方地向人家求爱。”

“别他妈狗掀帘子——嘴挑，给我们表演一下，让我们开开眼。你要是真能伸手抓两个热馒头，我们也服你呀!”

“你这么人模狗样，到如今还不是跟我们一样，光棍一条!”

我的火气被激起来了，夸着海口说：“你们甭挤对我，我要是愿意，过去就能够勾搭上一个。”

“嗬！小母牛倒拉着，吹起来不费劲儿。”

我说：“不信咱们打赌！”

大伙儿齐声说：“赌！赌！”

“赌什么？”

“一百块钱一桌的酒席！”

“怎么个赌法？”我问。

有人说：“我们在这儿等着你，你过去，能够带一个姑娘过来，跟我们见个面，说句话，就算你赢了。”

还没容我答应，就有人出来反对：“不行，这太简单，他要是跟人家捏咕好了，不就连咱给蒙了吗？真得谈恋爱，有约会才行。”

我自己又出了一个法儿：“这样吧，谈不谈恋爱没有凭据，约会大伙儿都能瞧见。我今天勾搭上一个姑娘，明天让她到工地去找我。她要是去了，就算我赢了，你们大伙儿请我；她要是没去，就算我输了，我请你们大伙儿！”

一片叫好声，大伙儿都同意。

大话吹出去了。我这心里头可就打开了鼓。说实在的，我从来没有跟姑娘们套过拉拢，更没有向人家求过爱。我真他妈蠢，给自己定的条件太高了，还要让人家到工地上来找我，谁这么听你调遣呀！这可不是一件轻而易举的事。明天要是没有姑娘到工地上来，我就输了。破费一百块钱请客我倒不心疼，关键是丢人现眼呀！这一个跟头栽了，他们能踩咕我好几年。不行，无论如何抓挠一个姑娘，哪怕秃子、瞎子、瘸子、哑巴都行，反正“协议”上也没有“质量第一”这一条。

别人都轻松自在地看电影，我心里却七上八下地折开了饼。到底我是怎么进的电影院，坐的是几排几号，演的是什么片子，我一概不知道。我像是揣着二十五只小耗子，百爪挠心。那正是三伏天，电影院里热气腾腾，连个电扇都没有，我的身上也呼呼冒热汗。我心里不宁，身上就乱动。忽然，我发现脚下碰到个什么东西，低头一看，是一只女式凉鞋。在我的前一排的座位上，坐着一个黑黑胖胖的农村姑娘。或许是塑料凉鞋烧脚，或许是她打赤脚习惯，反正是在黑咕隆咚的电影院里，她脱了鞋，把赤脚踩在了水泥地上。没有人看见，也就显不出什么不雅。

我忽然心里一动，激动得差点儿叫出声来。一条锦囊妙计像闪电一样把我的心照亮了。我悄悄地用脚把那只塑料凉鞋钩过来，弯腰拿起来揣在怀里，掩着衣襟出去了。出了电影院，我就把那只凉鞋扔进了臭水沟里。然后，又跑到百货商店，买了一双女式皮鞋，又来到电影院门口。

等电影散场的时候，我躲在一堆稻草垛后边偷看着。我们那伙儿光棍汉成群结队地过去了，我没有理睬他们。等到最后，那个黑黑胖胖的农村姑娘出来了。她一只脚上穿着凉鞋，一只脚光着，让一个细高个儿的姑娘搀扶着，一边一蹦一跳地往前走，一边不干不净地骂着。

我装作漫不经心的样子凑到她们身边，关切地问："怎么，脚受伤了？"

细高个儿姑娘说："也不知道是哪个缺德鬼，偷走了她一只鞋。这满街都是碎玻璃烂石块，怎么走呀！"

我说："也巧了，我这儿正好有一双鞋，是刚给我妹妹买的。先借给你穿吧。"

我把那双鞋塞在黑胖姑娘的手里，她一看，就有点儿不好意思了："哎呀！这么漂亮的皮鞋，又是新的，那怎么行呢？"

我慷慨地说："没关系，救急要紧，我妹妹不会怪罪的，你今天先穿走，明天再给我送回来。"

黑胖姑娘说："我明天到哪儿去找您呀？"

我告诉她："我就在科研所大楼工地上工作，叫邱岳，邱少云的邱，岳飞的岳。"

我怕又节外生枝，交代清楚了，就急急忙忙走了。

第二天，姑娘果然到工地上去找我了。可是她没有还我鞋，那双鞋还在她脚上穿着。她说，鞋让她穿过了，不好意思再给我了，要给我钱，让我再给妹妹重新买一双。我当时打赌赢了，心里高兴，也大方起来，顺口说：“算了，这双鞋就送给你了。”

我这一大方不要紧，却惹来了更大的麻烦。人家姑娘也懂得得人一牛，还人一马，“投我以木桃，报之以琼瑶”。第三天，姑娘又来了，给我带来了一篮子吃的东西。我接受了人家的礼物，当然要说几句热乎话。这一热乎更麻烦了，姑娘妈也来了。来相亲，不知怎么一下子就把我看上了眼。没过几天，就推出媒人来给我说合。条件是非常优惠的。不要彩礼，不用买家具，不用找房子，人家姑娘家都准备好了。

你想想，白送上门来的媳妇，能不要吗？谁都说我走运，一个跟头栽在有毛的皮袄上了，捡了个大便宜。可真应了那句俗话了，便宜没好货，好货不便宜。

结婚不久，我就发现她肚子大了。我还挺高兴，我要当爸爸了，有了接班人了，能为我们邱家传宗接代了。这真是当局者迷，旁观者清。还是我周围那帮光棍汉渐渐地发现了端倪，他们在背后的议论也渐渐地传到我的耳朵里。“不对呀，看那女人的肚子，起码有四五个月了，可是邱岳才跟她结婚两个多月呀！”

我一听这话，脑袋就呼一下子大了。静下心来一想，也觉得不对劲儿。我拉她到医院检查，她果然怀孕五个月了。

我本来就是那样马马虎虎跟她结婚的，根本谈不上爱情。她又把我欺骗得这么惨，使我丢尽了人，现尽了眼，让我蒙上了巨大的屈辱，这种屈辱感又渐渐地转化成了我对她的厌恶和憎恨。孩子生下来以后，我连看都不愿意看一眼。平时也很少回家，只是我每月发了工资，都给她送回去，谁让我是她丈夫呢！

说出来你都未必相信，那女人也给我当了七八年的老婆了，你问我她多大年纪，什么时候生日，长得什么样子，我一概不知。连她是梳辫子还是散着发我都不清楚。我从来没有正眼看过她，不想看。那种事，更没有。她一接近我我就恶心，想吐，有一种生理厌恶……

“这么说，你的婚姻是名存实亡了？”

“正是这样。”

“你没有提出离婚吗？”

“提了。要不，怎么会惹事呢？”

“惹什么事？”

邱岳从衣兜儿里掏出一张小报——《道德法庭报》，不知是什么地方办的。上边头版头条，非常醒目的消息：文坛陈世美，逼死秦香莲。文章说，某建筑工程队青年邱某，在困难时期与农村姑娘某某某结为夫妇。几年当中，女方辛辛苦苦，省吃俭用，支持邱某写作。后来邱某一举成名，便嫌弃女方，向法院提出离婚。女方苦苦哀求，甚至下跪求他。而邱某铁石心肠，执意离婚。女方无奈，喝敌敌畏自杀，幸亏抢救及时，方得免于一死……文章呼吁各界人士主持正义，为妇女申冤，声讨当今文坛陈世美……

我看了这条消息，不禁打了个冷战，不知该怎样安慰他。

邱岳说：“学院领导已经找我谈了，让我退学。”

我惊叫起来：“退学，那怎么行？”

“学院也顶不住了。《道德法庭报》把舆论造得太大，我们单位领导找到学院，要求我回去听候处理。女方的父亲也找到学院，要把事情闹大。咱学院领导还不错，让我编造一个退学的理由，体面地离去，他们负责保密……”

“没有办法了吗？”

“没有了。完了，我算是毁在这个女人手里了。后悔也没有用，到哪儿说哪儿吧。”他说着，看了看我，“东平，有句话，我想提醒你一句。”

“嗯。”

“看得出来，你的婚姻并不幸福。”

“是这样。”

“别闹离婚，听我的。随着政策的开放，人性的觉醒，各种观念的转变，中国的婚姻状况肯定会发生一次大裂变，会出现一次离婚高潮。但现在还不行，出现这种局面需要千百万人为此做出牺牲……我们不行，我们不是这条战线上的勇士，我们也不能当这个战场上的牺牲品。我们都是从社会的最底层挣扎出来的，熬到这份儿上不容易，千万别、别像我这样，这、太不划算……”

我紧紧地攥住了他的胳膊，他的眼睛里滚动着泪珠儿，我的泪水却止不住流下来……

邱岳走了，确实没有人知道，至少在他走前没有露出什么风声。是我把他送上了长途汽车。我们没有说什么，只是在握别的时候，说了一声“各自珍重”。

我一个人回到了文学院，心里沉得像揣着一块铅……

十

邱岳走后，我成了一个孤独者。这倒不是我生性怪癖，离群索居，不愿意结交新的朋友。而是邱岳的遭遇对我震动太大了。兔死狐悲，我实在打不起精神来。想到邱岳，我便想到自己，我的心在一阵阵地紧缩。

我孤独地打发着寂寞的岁月。卢梭写过《一个孤独的散步者的遐想》，他把孤独的生活、孤独的体验，写得那么出神入化，那么美妙绝伦，那么令人心驰神往。而我的孤独却是一种残酷的自我折磨。我用自己的爪子撕扯着自己的皮肉，又用自己的舌头舔着自己的伤口。如同那些有自食恶习的昆虫一样，一方面为了满足自己的饥饿，大吃大嚼着自己的肢体；另一方面，又忍受着自我咀嚼的巨大疼痛。

我不再到郊外那片小树林里去散步了。我精神空虚，心灰意懒，对一切都没有兴趣，像得了忧郁性精神病。

每天早晨，我无事可做，便站在后院的操场上，读朱自清的散文，借此振奋一下我那开始萎缩的神经。如同往发蔫的青菜上泼些水，让它的枝叶支棱起来，显得鲜灵一些一样。

像时钟一样准，当霞光染红了最高那棵白杨树的树梢的时候，嘭的一声，围墙外飞进来一个篮球。接着，一个姑娘翻墙而过，拾起球，在操场上投篮带球，小鹿撒欢般地折腾开了。渐渐地，我那散漫的注意力开始收拢了，集中在了这个姑娘身上。

这姑娘很美。我所说的美，不是时髦女性那种妖冶和妩媚。而是一种力量、一种健美、一种青春的活力、一种蓬勃盎然的生机。她不是那种专业运动员的体形，身高只有一米六左右，可长得非常匀称。她穿着背心、短裤和白球鞋，身上的曲线都鲜明生动地勾画出来。她那跳动的乳峰、修长的双腿以及束在脑后按节奏甩动的秀发，都让人心灵震颤。

我不是为自己辩护。按说，在这种情绪中，是不该欣赏姑娘的。人就是这么复杂，当你的感情迫切地需要宣泄，需要依附在你心爱的人的身上，而又一时得不到，这会儿你便处在了一个最危险的边缘上，你的感情会轻而易举地背叛你自己，背叛你的情人，滑向一个罪恶的深渊，使你做出连自己都无法理解的蠢事来。甚至一失足成千古恨，一次偶然的失误会铸成终生大错，任你有回天之力，都无法改变命运对你的惩罚。

我开始迷恋起了这个姑娘。我知道这对不起小桑，但毫无办法，我管不住自己。每天早晨，我都坐在操场上去等她，一直看着她打球，打得通体大汗，打得气喘吁吁，打得心满意足。她只是打球，从来不跟任何人说一句话。她有一双美丽的大眼睛，睫毛长长的，能挂起细碎的小汗珠儿，她的嘴唇是红润润的，脸色白里泛红，鲜嫩得让人动心。应该承认，我欣赏她，迷恋她，她在我心中激起的，更多的不是情欲，而是一种力量、一种激情、一种蓬勃向上的渴求和希望。不要以为男人迷恋女人，他的心地都是龌龊的。看脱衣舞和看健美表演，肯定是两种截然不同的感觉。尽管这两种演出我都没有看过，但我能理解。

她有时候不到操场来，而是在院外的公路上，和一个男人打羽毛球。这是个四十多岁的男人，也穿着运动服，大概是她的父亲。她还有一个弟弟，有时候打球忘了回家，那个小男孩便扒着铁门喊她吃饭。有一次，我进城办事，乘十八路汽车回来，正巧遇上她。她大概刚下班回来，穿着一条牛仔短裙，抱着一个画框，里边镶着一幅油画。我见她行动不便，就给她让了个座，她对我粲然一笑，算是致谢了。

就是这粲然一笑，把我撩拨得通宵未眠。我无法忍受了，我不能沉默了。我得跟她认识，跟她交往，跟她表白我对她的迷恋。表白以后又怎么办？向她求爱吗？你有这权利吗？她真要答应嫁给你，你又不能娶她，这不是同样陷入了一个深渊吗？想到这些，我又犹豫了。对她不该有别的企图，只是认识一下，至多是交个朋友。当今的女孩子可没有那些陈腐观念了，知道有一个人爱她，她会高兴的，这足以证明了她本身的价值。我决定第二天早晨跟她打招呼，问她，那幅油画是你自己画的吗？你到底是喜欢体育，还是喜欢美术？要是谈得成功，就把我新近出版的一本书送给她，写上××小姐惠存，然后再签上我的大名：齐东平。不，只写东平就行了，这样显得亲近些……

我的如意算盘没有打好。第二天早晨，我刚开门出去，传达室的老头儿便送给我一封信。他说这封信还是昨天来的，我没有去取。那熟悉的笔迹使我一眼认出了是小桑的字。我该高兴，我该激动才是。可是不知为什么，我的手颤抖着，心里掠过一片不可名状的寒凉。我鼓了好大的勇气，才把那封信拆开。

东平：

你好！这是我第一次给你写信，也是第一次这样称呼你，还是第一次使用这个你字。写下这几行字，我的心饱涨起来。我流泪了，泪水滴在了这信纸上。

东平，亲爱的。你知道吗？多少年来，我一直是你的学生，一直称你为老师，也一直像对待师长一样地尊重你，爱戴你，崇拜你。终于有一天，我的心告诉我：应该爱你，大胆爱你！我开始爱了，用我的全部感情爱了。有人说，爱首先是奉献，而不是索取。于是，我搜肠刮肚地想，我该向你奉献什么呢？我只有一颗心，还有一点儿可怜巴巴的所谓的聪明才智。我练字，帮你抄稿，鼓励你在理想的峰巅上攀登上去。如果可能，我真想把自己的全部热量投入到你的火炉里，让你的火烧得更旺些。

那天晚上，我决定把我整个的心、整个的爱和整个清清白白的身子都交给你，或者叫作奉献给你。然而，我遭到了你的拒绝，我哭了……从此以后，我便离开了你，说实在话，我恨你，恨你伤害了我的真诚，伤害了我的尊严。恨你不是个真正的男子汉。我也恨我自己，恨我自己的感情，爱上了一个不值得爱的窝囊废。我真恨，恨得我咬牙切齿，想到你，就气愤得不能自禁，见到你，就想狠狠地扇你两个耳光。我还想报复你，用最残酷最阴险的手段去报复你。我前些天在北京还看过一部电影，叫作《女人比男人更凶残》。这没错，要是把女人的恨激起来以后，她是什么事情都做得出来的。

可是现在，就在我给你写这封信的前几天时间里，我明白了我自己，我对你这种强烈的恨当中隐藏着一种巨大的爱。恨得越烈，爱得越深。真可谓恨之欲其死，爱之欲其生。因为我现在面临着一个选择，一个决定我一辈子命运的大选择。在这种选择面前，我掂出了你的分量。该死的，我真不知道怎么被你迷到了这个份儿上。

有人要我，而且我必须尽快地答复他。你不要问我这个人是谁。我只是让你回答我一个问题，你是不是想要我？你要，我就给你。你什么时候要，我就什么时候给你。你现在不要，将来要，我就给你留着。留着它烂成一堆臭肉，化成几块白骨，我也心甘情愿。如果你不要，那它就毫无价值了，给谁都无所谓了。我只能为我爱的人守贞节。我这辈子，不会再像爱你一样爱另外一个男人了。

你现在是个作家了，是个被社会公认的高层次的人了。我知道，你即使离了婚，也未必要娶我做你的老婆。告诉你，我不是非做你的老婆不可才向你奉献一切的，不是，你明白吗？

请原谅，我说得过于露骨、过于粗俗了。如果你这样认为，就骂我是死皮赖脸的下贱女人好了。我愿意把话跟你说清楚，这样我心里痛快。以后，我自己再做出什么样的事情，都不后悔了。

我等你的信，只等十天。

该写一句“握手”吧？不，既然不拥抱，不吻，那么连手也不握。如果你需要，这一切都给你留着。

上帝保佑我！

小　桑

×月×日

这就是小桑的信。她又出现了，雷鸣闪电般地出现在我面前。小桑的出现，那个打篮球、拿油画的姑娘便烟消云散了。整个一个早晨，我在操场上反复读着小桑的信，那个姑娘到底来没来，我居然没有注意。也许，那个姑娘本来就不存在，仅仅是一个幻觉，一个海市蜃楼，一个我神经兮兮编织出来的虚幻世界。或者，那个姑娘就是小桑，小桑就是那个姑娘。我的脑袋肯定出了毛病。

小桑在等我的信，我该怎样答复她呢？向她求爱的这个人是谁呢？他真爱她吗？他能给她带来幸福吗？如果我说，我要你，你等着我吧。那么岂不是让她错过了一段姻缘。我让她等到什么时候？难道真让她等到“烂成一堆臭肉，化成几块白骨”？这太残酷了，我的良心和起码的人性不允许我这样做。可是，我让她别等我，你嫁人吧，嫁一个好人家，生儿育女，过庄稼日子。这行吗？我舍得吗？这不是撕我的心，割我的肉吗？

小桑啊小桑，你算是把我逼到墙角了，我该怎么办呢？

邱岳不在了，找谁去商量？

想到邱岳，我又浑身震颤起来。手上的信，像是一只扎手的小刺猬。

后院操场上，又传来了嘭嘭的篮球声……

十一

我刚一进家门，就被一双大手拉到酒桌前坐下，又被塞过满满当当的一杯白酒。我半天才醒过闷来，醒过闷来发现，这拉扯我的人居然是冯贵才。在我进来之前，酒桌上只有他跟哥哥。一对仇人，交杯换盏，谈笑风生，喝得四眼放光，两扇脑门直冒热气，这是犯的哪家子病呀？

屋子里，热气腾腾，菜味儿掺和着酒气，说不清是一种什么味道。倒胃口。嫂子像平时一样，送菜、劝酒，热乎得让人骨酥肉麻，使尽浑身解数，招待着哥哥请来的座上宾。没见到毛毛，嫂子说，郑大伯带着毛毛到凉水河边抓青蛙去了。

我是被小香请回来的。前几天，她跟着送货的汽车进了城，特意跑到文学院，向我讲了马驹桥镇上的新情况。

哥哥的东升木器厂成立起来以后，对冯贵才所领导的马驹桥镇木器厂便是一个极大的威胁。首先，他把人家的设计师、技术员、业务骨干都拉了出来，那个厂子立刻乱了阵脚。再有，东升木器厂做的都是样式新颖的高档家具，市场上的热门货，而马驹桥镇木器厂出的老掉了牙的“娘娘嫁妆”，很快臭了街，推销不出去了。更重要的是，哥哥与小桑跑了一趟东北，搞回来一大批木料，为他们与马驹桥镇木器厂的竞争打下了雄厚的物质基础。

马驹桥镇木器厂很快就支持不住了，工厂停了工，工资都发不出去了。乡政府决定解散这个厂，工人自回各村，自谋生路。这一下子可炸了窝，工人们纷纷到政府去请愿，要求举贤荐能，谁能使这个厂子起死回生，便聘请他当厂长。乡政府的领导者们觉得工人的要求符合改革的潮流，便决定公开张榜招聘厂长。

这在马驹桥镇上是一大奇闻，把各种各样人物的情绪都调动起来了。长期以来，各企事业单位甚至包括政府部门的官员，如同封建家长给女儿择女婿一样，凭的是父母之命，看谁顺眼顺心，谁便可以坐上娶亲的花轿。哪儿有公开张榜，允许自抛绣球，自由对象，自选佳婿的？千万双眼睛盯着招贤榜，不知最终鹿死谁手。尽管有不少有志之士要跃跃欲试，可是有东升木器厂这个“当头炮”在马驹桥镇上横着，谁也鼓不起勇气去参加这场希望不大的竞争。因此，招贤榜贴出半个多月了，竟然没有一个人敢站出来。据小香讲，最近，冯贵才五次三番地找哥哥，要求把两个木器厂合并，并答应由哥哥来担任新木器厂的厂长。

“这不是招贤，是招安。”我开了句玩笑。

“就是嘛。”小香非常警惕，“你快点儿回去一趟，可别让大哥当投降派。”

“放心，哥哥不会那么傻的，他在马驹桥镇上搞木器厂，就是为了跟冯贵才对抗的。”

“冯贵才的花花肠子可多了，大哥都让他说得活了心。”

哥哥何止活了心，轮到我赶回家里，他都跟冯贵才一起商量两个厂子合并的具体事宜了。

不知道他们两个人喝了多少酒，反正桌面上的菜已经下去大半。冯贵才把两只胳膊架在桌边上，一只胖大的手掌严严实实地盖着酒杯，晃摇着油渍麻花的大脸盘子，挺神秘地眨巴着肿眼泡儿说：“东升，趁着酒兴，咱哥俩说段古。你还记得曹操煮酒论英雄的故事吗？咱当着东平的面谈这个，实在是在圣人面前卖《百家姓》。”

冯贵才谈着正事，却还没有忘记照应我一下，可见他的酒并没有过量。

哥哥也放下酒杯，瞪着两只血红的眼睛看着冯贵才，没有说什么。

“当时曹操让刘备指出当世英雄，刘备说遍了所有名门将士，曹操都看不上眼。最后曹操对刘备说：‘今天下英雄，惟使君与操耳。’刘备听了，大吃一惊，手里的筷子都掉在了地上。正巧这会儿天要下雨，雷声大作，刘备才掩饰过去自己的惊慌。那首诗怎么说来的？东平。”

冯贵才说着，看了看我，我应付地笑了笑，没有接他的话茬儿。

“勉从虎穴暂趋身，说破英雄惊煞人。巧借闻雷来掩饰，随机应变信如神。哈哈哈……咱们借古说今，也论论英雄，不是青梅煮酒，而是洋河大曲。咱马驹桥镇上，当今的英雄，一个是你齐东升，一个是我冯贵才。我这样说不是吹牛吧？东升。”

“那么我问你，到底什么是英雄呢？”哥哥举了举手里的酒杯，一边示意他喝酒，一边矜持地问。

冯贵才抿了一口酒，拿腔作调地说：“夫英雄者，胸怀大志，腹有良谋，有包藏宇宙之机，吞吐大地之志者也。”

“你说得太神了，具体说说。”

“具体说说嘛，咱哥儿俩既有相同之处，又有不同之处。”

“相同在哪儿？”

“咱们都想出人头地，独霸一方。”

“不同在哪儿？”

“你要的是钱，我要的是权；你抓的是利，我抓的是名。”

“哈哈哈……”哥哥开怀大笑起来，笑过之后，又挑战般地对冯贵才说，“告诉你冯贵才，我抓的东西，还要继续抓，攥在手里不放；你抓的东西，我也要抓，要从你的手里夺过来！”

“好！这才叫真英雄！来，老兄为你的胆量和气魄干一杯！”

哥哥和冯贵才同时站起身来，两杯相碰，叮当一声，然后一饮而尽。我忙给他们倒酒。

冯贵才兴高采烈地说：“这么说，你同意两个厂子合并啦？”

“原则上同意了。”

“你提条件吧。”

“你得应我三条。”

“我洗耳恭听。”

“两个厂子合并后，改名叫‘马驹桥镇东升家具厂’。”

“嗯。这是第一条。”

“我原来东升木器厂的设备、原料、半成品算投资入股，到时候我按股分红。”

“第二条。”

“第三条，我当厂长，你得调走。”

“你这一条可够狠的。你这不纯粹是来接管吗？”

“怎么叫接管呢？我带着自己的人马入伙，编入了你们的‘正规军’嘛。”

“算了吧，你不费一枪一弹，摘了个现成的大桃子。”

“这桃子，净是核儿，没肉，难啃。”

“你才不做蚀本的买卖呢！你想想，你原来那个东升木器厂搞得再好，也无非是个小作坊，个体户。现在呢，你一下子成了乡办企业的领导，在乡里占了地方，在县里挂了号。如同刚才所说的，既抓到了权，又抓到了钱；既有了名，又有了利。将来还能转成国家干部。说不定你就从这屎壳郎变知了——一步登天了。”

“随你怎么说吧，我这三条你应不应？”

“我向乡政府汇报。”

“好，我听你的回话。”

正在这时候，郑百岁老汉带着毛毛回来了。毛毛一进门，就扑到我怀里，然后又趴桌子搂菜往嘴里填。我跟哥哥、冯贵才一起站起身来，给郑百岁老汉让座递酒。郑百岁老汉一边摇着大手推辞着，一边往后退：“你们喝吧，喝吧，一边喝好一边谈工作，我就不凑这热闹了。”

尽管郑百岁老汉是被哥哥当老爷子请来的，可是人家自知深浅，从不以老爷子自居。他做家务，带孩子，看家护院，买东捣西，也确实帮哥哥嫂子不少忙。而且心里有数，眼里有活，知情达礼，体体面面，从不让人有半点儿嫌弃。这使我对郑百岁老汉油然而生一种敬重之情。

哥哥像是想起了什么，突然问冯贵才：“对了，木器厂的党支部书记是谁？”

冯贵才说：“由我兼着呢，下面还有两个支委，聋子的耳朵——配搭，凡事都由我说了算。”

哥哥说：“那不行，你把厂长让给我了，可是党支部书记这个衔儿还挂着。这不是等于在我头上锲个钉子吗？”

“这就有点儿麻烦了，你又不是党员，这个衔儿我想让你也不能接呀！”

“让郑大伯去接怎么样？你向乡党委提个建议嘛。”

“你怎么想到他了？”

“老党员，老干部，老革命，不合格吗？”

“你是不是想给自己找个傀儡呀？”

“这你就想错了，我这个人从来要的是实实拍拍干事的，不要唯唯诺诺的窝囊废。我要让他给我坐帐挂帅，独当一面。”

“你这么一说，我就明白了。这个老头儿我了解，义气得很。有他给你坐镇，上边能顶着，下边能护着。出了问题，他能给你承担责任，有了好处，他又不会跟你争。东升，我算服你了，你小子这心窝子可够深的。”

“你能看出这步棋来，也不是个善茬子！”

“所以我说，当今马驹桥镇上的英雄，惟东升与贵才耳！哈哈哈……”

两个人说着笑着，又交杯换盏，一饮而尽。嫂子掀开门帘探进头，告诉哥哥，门外有人找他。哥正在兴头上，痛快地说：“让他进来吧！”

摇摇晃晃进来一个人，手里提着一个鼓鼓囊囊的人造革书包。我觉得有点儿眼熟，端详了半天，猛醒过来：哎呀，这不是老疙瘩吗？

几年未见，我真认不出来了。他穿着一件又脏又破，看不出是什么颜色的旧夹袄，腰间扎着一根用碎布条编的绳子。头上戴着一顶皱巴巴、软塌塌的鸭舌帽。帽檐下一双胆怯的沾满眵目糊的烂眼睛。脸上笼罩着的不知是灰尘还是晦气，看不出本来的颜色了。他今年只有三十岁出头，可冷眼一看，说他五十多了都有人信。这个当年的红卫兵司令，曾是何等的威风，何等的英姿勃发，何等的叱咤风云啊！他后来便倒了霉，参加县里武斗，被打折了一条腿。清查“五一六”时，又被抓起来关了两年多。好容易盼着粉碎“四人帮”了，他又成了“三种人”，还是清查对象。到如今，自然是光棍一条，连个老婆都没混上。

他进了门，还没看清屋里的人是谁，便点头哈腰，做出一副卑躬屈膝之态。

冯贵才首先认出了他：“嗬嗬，这不是‘三种人’郑某吗？又到这儿来煽风点火，大串联来了。”

老疙瘩见是冯贵才，忙哈着腰打招呼：“冯厂长，您也在这儿呀。”

我急忙站起身来，搬了把椅子放在桌边，请他入席喝酒。没想到，我这个动作把他吓得连连后退，惊慌失措地推托着：“不，不，这不行，不行……”

我有点儿火了：“喝酒有什么不行的？咱从小光屁股长大的伙伴，又不是外人。”

“不，不，您、您快吃吧，您别跟我客气……”

“哎呀，我说老疙瘩，你怎么跟我称‘您’了？”

“啊，啊……该称您，该称您……”

哥哥用眼睛制止了我对老疙瘩的推让，冷冰冰地问：“老疙瘩，你有什么事呀？”

老疙瘩又连连点头哈腰：“齐、齐厂长，我求求您，看在乡亲的分儿上，您帮、帮忙……您瞧，我也没什么好东西孝敬您。您别见笑，我、我……这点儿意思。”

他一边喃喃地说，一边犹犹豫豫地凑到桌边，从他那人造革书包里往外掏着东西：两瓶二锅头酒，一条大前门香烟，还有一包水果糖，剩下的是苹果和鸭梨。哥哥也不理睬他，随他把东西一样一样往桌子上放。他把书包里的东西掏完了，继续哀求着：“齐厂长，全、全靠您帮忙了……我忘不了您的大恩大德，您可得行行好……”

哥哥苦笑了一下，说：“哭了半天还不知道谁死了，你到底让我给你帮什么忙呀?”

老疙瘩低下了头，难为情地说：“人家给我说个老婆……烧饼庄的，姓赵。二十八岁，老姑娘，没结过婚……”

“这不是好事吗?”

“是呀，是好事。可那姑娘有个毛病，怕太阳晒，一晒身上就起红疙瘩……就是说，她干不了庄稼活儿。”

“闹了半天，是小姐的身子丫鬟的命呀！那没关系，干不了庄稼活儿你就养活她呗。怎么，娶得起养不起?”

“可是她又不愿在家待着，人家就提一个条件，进工厂当工人。我没法子，只好来求您了。在您这儿安置个事儿，脏活儿累活儿不挑，挣多挣少没关系……”

听老疙瘩这么一说，冯贵才立刻瞪起了眼：“现在正反对行贿、受贿、走后门，你还搞这一套。弄不好抓你个典型，老账新账一起算!”

老疙瘩一听，立刻吓得面如土灰，颤巍巍地哀求着冯贵才：“您别……冯厂长，您高高手我就过去了。我三十多了，娶个老婆不容易，您救我一命……”

哥哥站起身来，扯过老疙瘩手里的空书包，又把桌上的东西一样一样给他扔了回去。老疙瘩一见，浑身乱颤，就要给哥哥跪下了……

正在这时候，哥哥说话了：“行了，你老婆的工作包给我了。你把她娶过来，就让她到我这儿来上班吧。”

老疙瘩立即转忧为喜，咧开大嘴乐了，两行浑浊的泪水也顺着他那肮脏的脸颊流进了嘴角。他哆哆嗦嗦地伸出双手，想抓住哥哥的胳膊，做出一点儿亲热的动作。可他胆怯地看了看哥哥，又忙把手缩了回去。他本能地后退一步，冲哥哥深深地鞠了一躬，带着哭腔说：“谢谢您的大恩大德……”

哥哥把那人造革书包塞进老疙瘩的手里，依然冷冰冰地说：“这个你还带回去。”

老疙瘩像木头橛子似的戳在哥哥面前，不知如何是好。

“不过，有一笔账，咱俩得算一算。”

“是呀，是呀，我知道，我有罪……”

“你知道什么？”

“‘文化大革命’，我带人抄了您的家，还撤了您的职……”

“这不用说了。‘文化大革命’，你是跳得够欢的，可你总算还有点儿人心，没有办出断子绝孙的事来。我说的是另外一件事，你还记得我妈活着的时候，有一件花布褂吗？”

“花布褂？”

“就是你跟东平、小香过家家玩的那件花布褂。”

“啊……是有那么回事，后来……”

“后来怎么了？”

“后来被我们抢撕了。”

“你们抢撕了，就往我的头上栽赃，让我挨了一顿恶揍，对不对？”

“对，对……我对不起您。”

“这笔账我可一直记着呢，记了二十多年了，现在该还了吧！”

“这……这怎么还呢？”

“这好办，过些天我要给我妈迁坟并骨，你照原样买一件花布褂，当着乡亲的面放在我妈的尸骨上，就算是你赔的，怎么样？”

“行，行。这好办。不要说赔一件，赔十件都应该……”

我万万没有想到，哥哥会跟老疙瘩谈起这件事，而且谈得那么严肃，那么认真，那么耿耿于怀。我注意到了，他在跟老疙瘩谈起这件事的时候，那眼睛里燃起了一股复仇的火焰，这火焰让人感到战栗。

我心里很难受，有一种说不出来的感觉。送走了老疙瘩，我再也无心回到桌边喝酒了。我进了套间的里屋，把沉甸甸的身子摔在床上。

这套间的里屋和他们喝酒的外屋只隔着一层木板，我虽然躺在床上，却也如同在酒桌上一样，他们的谈话仍然清清楚楚地传进我的耳朵里。

酒喝到有八九分了，他们谈起了男人离不开的话题。这话题我们也经常谈，反复谈，谈起来就津津乐道，忘乎所以。作家不是道学家，我们也有许多龌龊的思想和肮脏的语言。可是这会儿，我听到外屋那两个人的谈话，却觉得非常卑劣，非常恶心。

“有人问我，什么叫男子汉，我给他总结了四个字，酒色财气！”

“高见。”

“东升，不是老兄贬你，这四个字你只占了仨。酒嘛，你行，海量。财嘛，你有，财大气粗。气嘛，你也占，有气魄，有气量，有志气……可这色，你可是个空白，对不对。”

“实话告诉你说吧，老冯，我在三十岁以前，连女人那玩意儿是酸的是咸的都不知道。”

“这太亏，活得没滋没味儿。”

“比不了你哟，你可活得够自在的。”

“咱们话赶话赶到这儿了，东升，有句话我想在心里多少年了，都想成了一个大疙瘩了，这会儿我要给你说了。我跟小香那件事对不起你……刚才我看你对待老疙瘩，我明白了，你是个结死疙瘩、绾死扣儿的人。我知道你恨我，记着我的仇。你准备怎么处置我就明说了吧。我呢，一认罪，二认罪……”

“……”

“东升，你说吧，任你打，任你骂，我都担待着，咱今生的冤仇今生了。”

“好吧。这个冤仇怎么了咱先不说，我得警告你两条。”

“说吧。”

“小香是我的妹妹，她是来投奔我的，我是她的保护人，你不许在她身上打主意。”

“哪能呀，咱现在是朋友了，朋友妻不可欺嘛，这点儿哥们儿义气都不讲，那还是人吗？”

“再有，狗乐是小香的儿子，是我的外甥，跟你姓冯的没有任何关系。你不要再黏黏糊糊的。”

“行，我就照你的话做。还有呢?”

“还有……嗯，喝酒吧。”

“光喝酒呀?”

“你还想说什么?”

“我问你，你准备怎么对待小香?”

“什么怎么对待?”

“据我所知，旧情人见面，都要偿还相思债……”

冯贵才刚一谈到小香这件事，我心里的怒火就腾腾地燃烧起来。冯贵才今天一定是喝多了，忘记自己长着几个脑袋了，他怎么狗胆包天，在哥哥面前谈起这个爆炸性的问题?冯贵才呀冯贵才，今天你可要倒霉了。我躺在床上等待着。等待着哥哥拍案而起，摔了酒杯，掀翻桌子，扇他的嘴巴，踢他的屁股，打他个人仰马翻，打他个痛快淋漓。我等着，心里紧张得怦怦跳起来……

没有动静，我预料的事情没有发生。

外边陪着冯贵才喝酒的，是哥哥吗?

十二

我跟哥哥、小香一起进京。我回文学院，他们去谈一笔生意。芳草苑生活小区新建一所民乐电影院，哥哥想把制作全部座椅的生意抢过来。这信息是小香提供的。负责基建的业务科董科长，转弯抹角跟小香还有点儿亲戚关系，小香该叫他表舅。看来，小香真是回来帮助哥哥闯天下、干大事的。尽管她对哥哥与冯贵才勾勾搭搭窝着满肚子火，还是劳心费神地帮他干事情。她是在向他还债，在履行她自己十几年前的许诺。难得的女人。

我们乘坐的是一辆昌河牌微型面包车，这在被称作“世界汽车博览会”的北京城，实在是百花园中的一株狗尾草，显得寒酸卑下。然而这比那些挤公共汽车的、骑自行车的，乃至步行的又不知强胜几倍。往前看我不如人，往后看人不如我，人家骑马我骑驴，后边还有个推车的。人大概就是靠这种精神安慰自己，使自己有心有肠地活下去的。哥哥自己当司机，不知他什么时候学会开车的，也不知道他有没有驾驶执照。也许这是他五年流浪生活的又一收获。不过，看他技术倒蛮熟练，不必为他担什么心。

一路观景兜风，一路谈天说地，又没有外人在旁碍眼碍嘴，还是蛮痛快，蛮惬意的。

“大哥，你听说了吗？小桑妈回来过！”小香忽然挑起一个话题。

我跟哥哥同时一惊。

“我是听嫂子说的。”小香又说，“那天傍晚，有一个提着花包袱的

往前看我不如人 往後看人不如我 人家騎馬我騎驢 後邊還有個推車的人 大概是靠這種精神 安慰自己 使自己有心有腸地活下去
甲午菊月 景浩於天津河畔藝緣齋

女人进了弥陀庵，开口就跟嫂子打听小桑。嫂子说，小桑的哑巴爸爸病了，她在家里伺候着。那女人道了声谢就往外走，直奔小桑家去了。我听嫂子说那女人的身个儿、长相、说话的腔调，都像是小桑妈。我急忙追到了小桑的家里。结果小桑说，没有人找过她……”

哥哥哈哈大笑起来：“我以为是真事呢？说了归齐是《天方夜谭》，整个一个没谱儿。”

小香急扯白脸地跟哥哥争辩说：“怎么没谱儿？她出去这么多年了，难道不想回来看一看？别的不惦记着，孩子总是自己身上掉下来的肉吧？”

哥哥说：“你这还是凭自己的想象猜测，我关心的是她到底回来没回来。”

小香说：“回来没回来也不一定……”

哥哥调侃说：“还是没谱儿不是？”

“嘻嘻嘻……”小香也自我解嘲地笑了。

我一直没有插话。听着哥哥跟小香的争辩，我想起了小桑对我讲的要去找妈妈的那动人的一幕。今生今世能找到妈妈，知道妈妈是怎样一个人，是她最大的心愿。并要为此辍学赚钱，谋求千里寻母的盘缠。可见，儿女跟母亲之间，无论分得多久，离得多远，总有一根情丝系着他们的心灵。

“真是一个谜，小桑妈到底在哪儿呢？她为什么把孩子撇下自己走呢？”小香像是自言自语地嘟囔着。

“我找过她。”哥哥突然说。

“什么，你找过她？到哪儿找过？找到没有？”这回该我惊讶了，一连气地向他发问。

哥哥摇了摇头，苦苦地笑了笑：“我到董永的家乡去找过。”

“是孝感吗？”

“对。我在孝感找了一个多月，差不多把每一扇门都敲了，每一扇窗都扒了，连个人影都没见到，我这才死了心。”

哥哥沉默了，我也大为震动了。小桑千里寻母这悲壮的一幕，哥哥已经演过了。风雨黄昏中，或骄阳烈日下，哥哥拖着一身疲惫，揣着满心希望，敲打着每一扇门窗寻问着，或见冷眼，或遭怒叱，或遇热情的接待，他眼里那渴求和希冀的光芒，一会儿熄灭了，一会儿又燃起来。终于，他绝望了，披着一身风尘，离开了这个以“孝感天地”著称的花柳繁华之地。在残阳落日中，他的身影是那么孤独、那么悲哀，又那么可怜。想当初，哥哥对小桑妈，竟是如此钟情，如此良苦用心。董永卖身葬父可感动七仙女，哥哥这种至深的爱情怎么不能感动某一位天神，让他把小桑妈召唤到哥哥身边呢？

汽车在车水马龙的公路上奔驰着，我的思维也飞向了一个无边的世界，那个世界虽说是我想象的，虚构的，但它却是真实的，清晰的，活生生的。我被深深地感动了。

不知什么时候，小香跟哥哥的谈话，早已换了另外一个内容。

“你得准备把家具厂的会计接过来，财权不能落在别人的手里，这是企业的命根子。让人家卡住脖子，我这个厂长再有本事，也踢蹬不开。”哥哥说。

“现在的会计是冯贵才的小姨子，你能把她撤掉吗？”小香问。

“撤她干什么？我让她自己辞职。”

“她要是不辞呢？”

“不辞我可就不客气了。你看——”哥哥说着，从上衣兜儿里掏出一份材料，递给小香，“这是我派人搞的调查，你把它收好。”

小香把那份材料打开，我也伸过脖子去看。上边写着：会计刘小青×年×月从土桥砖瓦厂买青砖两万块，计九百八十元，下了账，砖却拉到她家盖房去了；发票为 No. 0370568；×年×月，会计账上有一笔电料款，计三百二十一元，发票为 No. 0073465；×年×月，工资表上有一个叫陈小松的名字，据查该厂根本无此人；×年×月……

实在让人触目惊心。这么机密的情况哥哥是怎么得到的，莫非他使用了克格勃的手段，我真服他了。

“这情况可靠吗?”小香也惊呆了。

“证据确凿，万无一失。”哥哥很得意。

“这是贪污犯罪，你应该报有关部门依法处理。”

“不，不。那可不行，我要把她告发了，她被逮捕法办，这仇就算结了。而且我得罪的不是她一个人，她是冯贵才的小姨子，冯贵才在马驹桥镇上还很有势力，我不能刚一上任，就树起一大批敌人，那样非垮台不可。”

“你准备怎么办?”

“官了不如私了。私了，给她留一条路，我自己便多了几条路。我不告发她，她对我感激不尽；她的小辫儿抓在我手里，什么时候她也不敢跟我捣乱。当官就是治人，治人就要恩威并举。既要让他怕你，又不能让他恨你；既要让他亲近你，又不能让他控制你。这里边学问大了，手段多了……”

小香沉重地摇着头。她显然不大赞成哥哥的做法，但又没有继续跟他争辩。

我们没有奔芳草苑民乐电影院的基建工地，而是直接到了董科长家。

董科长住在一个旧式的北京四合院里，他显然是京都的老户。一棵百年古槐像巨伞一样遮盖着整个院子。这是一个星期天，董科长正好在家。小香叫着表舅，并把哥哥和我介绍给他。董科长是个外场人，他对我们很热情，把我们领进客厅，又递烟又让座，还招呼着老伴给我们沏茶倒水。

有捷足先登者，客厅里还坐着另外几个客人，董科长没有给我们互相介绍。

哥哥并不避讳，直截了当地向他说明了来意。哥哥的话音一落，董科长便皱起了眉，嘬起了牙花子：“别的事或许我能帮忙，这件事可让我为难了。咱干脆把话挑明吧，这是一块肥肉，很多人都想咬一口。现在是狼多肉少呀！瞧，这几位都是为这笔生意来的，你们认识一下：这位是大兴县荣华木器厂的李厂长，这位是昌平新潮家具厂的孙科长；还有这位女士，从河北省香河县来的，姓陶，业务员，咱就叫她陶小姐吧……”

我们这才注意到，这几位先到的客人身边都放着一大堆礼品：三五牌香烟，茅台酒，包装精致的整根鹿鞭，还有大包小袋，里边不知装的是什么山珍海味……

我一看，心里就凉了大半截。我伏在小香的耳边，悄声说：“咱没带礼物来吗？”

小香说：“我说拉一包大米来，他说不用。”

“赤手空拳上阵，肯定竞争不过人家。”

“唉，算了，咱再另找门路吧。”

刚一上阵，便先认输了。我们只好告辞，明知办不成的事，就不能死磨硬泡，得知趣一点儿，让他们先来的几位强者嘲笑我们吧，作为一个失败者，我们只要不招人家讨厌就行了。我心里这样想，恐怕小香也是这样想的。

董科长嘴里挽留着，甚至说出了“吃了饭再走”这样慷慨大度的豪言壮语，身子却从沙发上站起来，向外送着我们。我差点儿为他这言不由衷的举动笑出声来。

临上车之前，董科长跟我们握手告别，我跟小香立刻弯身钻进了汽车。哥哥却拉着董科长，朝车后边走了几步，然后嘀咕了一会儿，最后又握了一次手。这一次似乎握得很亲热，两个人都眉开眼笑。

哥哥上了汽车，打着了火，顺口说了一句：“走，咱们找个饭店吃一顿，庆祝庆祝！”

“庆祝什么？”我跟小香同时问。

“这笔生意谈成了！”

“谈成了？怎么谈的？”

“哈哈哈……”哥哥扬扬自得地大笑起来。

小香捶了一下他的肩头：“你倒是快说呀！怎么谈的？”

“其实很简单，我答应给他百分之三的回扣。”

“什么叫回扣?”小香问。

“回扣你还不懂？咱给他打好座椅送来，他给咱们钱。每给咱一百块钱，咱再往回给他三块，这三块就装进了他自己的腰包。”

“天呀！一百块给三块，一千块三十块，一万块三百块，这一下他不就发了吗？他身不动，膀不摇，凭什么拿这么多钱?”小香愤然不平起来。

“凭什么？就凭人家手中那点儿权力!”

“这合法吗?”

“眼下不合法的事多了，你要是老老实实地按章程办事，那就只好等着受穷挨饿了。”

“这回扣钱怎么下账?”

“这就是你会计的事了。要不，我怎么得找一个贴骨着肉的人掌握财权呢?”

“跟着你干事，得有一副贼胆子才行。”

“这话你算说对了。乱世英雄起四方，有胆便是草头王。眼下干事就需要一种冒险精神，这是改革者的气魄!”

“去！说你咳嗽还就喘上来了。告诉你，你让我当会计，以后少不了跟你鸡吵鹅斗，太违法的事咱可不能干!”

“你就是怎么跟我争，跟我吵，也是窝里乱，狗咬狗，两嘴毛。”

“讨厌，你是狗，我可不是……”

哥哥跟小香一边谈着正事，一边打情逗趣，我听了，心里一阵阵发热。似乎又见到了十几年前这一对恋人的情景。这是多么和谐、多么般配的一对呀！可惜，世途坎坷，有情人不能成眷属。那么，旧情人相见，能偿还相思债吗？怎么偿还呢?

看来，哥哥跟小香今天兴致很高。吃过了饭以后，我们又一起逛起了服装市场。哥哥给小香和狗乐儿各买了一套衣服，小香呢，礼尚往来，也给嫂子和毛毛各买了一套衣服。唉，这到底算是怎么一回事呢？

在一个服装摊前，哥哥相中了一件连衣裙。月白色的，柔姿纱的，束腰，无袖，开领很大，样式很新颖。

卖服装的小伙子看出了哥哥的心思，抓住了不放："这位大哥，您真有眼力。这件连衣裙，在咱北京城，是蝎子屎——毒（独）一粪（份）。这是从老外那儿弄来的，西德出口的，你看看这上边的洋文……"

小伙子说着，翻出了裙领里边的商标。

我一看笑了，对小伙子说："这洋文念作 GREAT WALL MADE IN CHINA，意思是长城牌，中国制造。"

小伙子的脸红了，但他实在不愧是一个靠耍嘴皮子吃饭的买卖人，立刻换了一种口吻说："其实，这两行洋文我也认识。我就是成心唬唬您，开心取乐，和气生财嘛。实话告诉您说吧，这件连衣裙不是进口的，是出口的，出口转内销。说起真格的，出口的玩意儿比进口的还地道呢！您想呀，外国人穿衣服多讲究，多挑剔，多难伺候，咱向人家那儿出口，不是真斫实凿的硬货，人家要吗？大哥，您听我的没错……"

哥哥转身问我和小香："这件怎么样？"

小香说："倒是挺时髦的，就是嫂子穿着不合适，年纪大了点儿。"

我脱口而出："小桑穿着合适。"

哥哥看了我一眼，对小伙子说："多少钱？"

"便宜，五十六块。"

"我要了！"

哥哥说着，掏出钱来扔给他，拿起那件连衣裙转身就走了。走出老远，才忽然想起来："忘了跟他要个塑料袋装起来了。"

"算了，给你一张报纸包上吧。"我从书包里掏出了一张刚出版的《文艺报》。

小香却不满意了，埋怨他说："你怎么连价也不还？他漫天要价，你就伸着脖子让他宰，这不是冤大头吗?”

哥哥说：“跟他磨嘴皮子干什么？花钱难买如意。”

小香高声叫起来：“如意？这件衣服还如意啊？你识货吗?”

我挺喜欢看他们粗脖子红脸地争论不休的。

十三

小桑来找我。早晨起来，我刚出文学院的大门，一辆迎面而来的大卡车嘎地停在了我的身边。车门打开，从里边扑出一个姑娘。蝙蝠形羊毛衫，苹果牌牛仔裤，红白相间的高跟皮鞋。蝙蝠衫椭圆形的领口开得很大很低，袒露着她那雪白的脖颈和深深的乳沟。脖子上戴着一条金项链，看得出来，起码有18K，而不像当今大多数姑娘们戴的那种镀金的或氧化铝的。

我的心不由得震颤了一下，就是小桑！她欢快地扑到我的面前，像一股带着花草香气的春风一样扑过来，灌满了我的心胸，我感情饱胀起来。

“你哥哥让你回去一趟。”

“干什么?”

“有要事。”

“公事私事?”

“公私兼顾。”

我进去收拾一下东西，只好跟着她走。她打开车门，把我推上车。

这是一辆带有双排座的卡车，我和她并排坐在司机的后边。汽车在绿荫掩映的水泥公路上飞驰着，我的心也随之上上下下地颠簸起来。我们俩有一年多没有见面了，上次她给我来了那封逼我最后表态的信，我回信以后她再也没有理睬我。她肯定对我那封回信是不满意的。我问起了她。

“那封信也挺绝，其实用不着你写那么多模棱两可的话，有五个字就解决了。”

“哪五个字?”

“爹在娘先死。”

“此话怎讲?”

“有一个人找算命先生，问爹先死还是娘先死，算命先生就给他写下了这五个字：爹在娘先死。如果爹先死了，他就会说爹在娘之先死嘛。如果娘先死了，他又可以说，爹还在，娘先死了嘛。看看，这就是你要的鬼花活儿，怎么说都占理。”

“我不是有意这样耍戏你的，我是很矛盾、很痛苦、很为难的。”

“这正是你的悲剧所在!”

“悲剧?”

“对了。当断不断，反受其乱。你这一辈子，吃亏就吃在犹豫不决上。”

我无话可说了，她的话击中了我的要害。直到今天，我仍然在患得患失，举棋不定，在自己给自己画的圈子里徘徊着。

“什么时候毕业?”她开始找话说了。

“还有半年多。”

“毕业后就留在文联搞创作了?”

“嗯。”

“好好干点儿事吧。你现在是无官一身轻，无债一身轻，无情一身轻。”

“那么，我为谁干事呢?难道不是为了你，为了……”

“你写出东西来，我无论在什么地方，看着都高兴。”

又是一阵沉默，我的心往下坠得生疼。她的目光朝外边飘忽不定地张望着，她在寻找什么呢?

“你开着卡车拉什么?”这回该轮到我找话说了。

“买纪念品。”

“什么纪念品？”

“手提包，折叠伞，大相册，各五百份。”

“买那么多东西干什么？”

“开庆祝会。庆祝你哥哥任厂长一周年。”

“你们搞的什么名堂？”

“这年头，什么名堂不能搞？”

汽车已经过了建国门，进入了车水马龙的闹市。司机扭过头来问小桑：“小桑，怎么走？”

“一直走，先奔文化用品公司。”

“这条路不许卡车通过。”

“管他呢，闯一下试试。”

司机是个老实巴交的小伙子，他按着小桑的吩咐朝前闯去。没开出多远，就被一个年轻的交通警察拦住了。司机停了车，老老实实地把驾驶执照递了上去。

交通警厉声问：“你看没看见这禁止货车通行的标志。”

“这……”司机支支吾吾。

“明知故犯，是不是？”

司机求救般地朝驾驶舱里看了看。

小桑早已跳下了车，晃晃扭扭地站在了交通警身边，双手往腰里一掐，歪着头，用那双含情脉脉的大眼睛，笑眯眯地看着交通警，一句话也不说。

交通警朝小桑从头到脚贪婪地扫了一眼，却仍然绷着脸问：“是你带的车？”

“我们到前边有急事，怎么着？”

“有急事也不行，这是交通规则。”

“那你说怎么办？”

“交五块钱罚款。”

“五块钱倒是小意思，不过我给了你，你还得交公，这太不划算。

不如把这钱省下，大姐请你上全聚德吃顿烤鸭，怎么样？”

“你跟谁称大姐呀？”

“不服气吗？”

“你多大了？”

“英雄不问来路，女人不问年龄，你懂不懂？”小桑说话的神色和腔调越发轻薄起来。

年轻的交通警也经不住这漂亮姑娘的撩拨，把口气缓和下来：“就算我放你过去，到前边也会把你拦下的。”

“帮人帮到底嘛，陪大姐走一趟，大姐不会亏待你的。”

小桑说着，拉着交通警的胳膊就往驾驶舱里推，交通警半推半就地上了车。有一个交通警在前边带路，汽车畅行无阻地在闹市里钻来钻去，一直到了目的地。五块钱罚款没有交，全聚德烤鸭也没有请，下车以后，小桑跟那个交通警已经亲热得像一对老朋友了。交通警把自己的名字和电话号码留给小桑，叮咛一句“有事找我”，便“拜拜”而去。

小桑让我帮助她去采购，当我们抱着大箱小包，从文化用品公司出来的时候，看见司机又哭丧起了脸。

小桑问：“怎么回事？”

司机说：“这儿不让停车，人家把我的驾驶本子给扣了。”

“谁扣的？”

“那不，警察楼里的那位。”

小桑又摇摇扭扭地走过去，登上警察楼台阶，扒着玻璃窗问：“怎么着哥们儿，有什么话您吩咐，别扣我们司机的本子呀！”

一个年龄大些的黑脸警察走出来，沉着脸说：“回去写份检查，三天后让你们司机到交通队来参加学习班，你们领导也来。学习好了再把本子领回去。”

小桑扬着下巴说：“我们不就在这儿停会儿车吗？因为这么点儿小事，犯得上吗？再说，咱又不是外人。”

黑脸警察看了小桑一眼，问：“你跟谁不是外人？”

小桑神采飞扬地说:“你们队的小冉,那是咱铁哥们儿。”

“你认识冉副队长?”

“老朋友了。不瞒你说,刚才我们这车在前边被拦下了,我给小冉打了电话,是他亲自把我们带过来的。”

“那么,你说说我们的电话是多少?”黑脸警察仍然狐疑地问。

“589418。”小桑随口说了出来,“听拧了就是‘我妈就是你妈’,咱是亲哥儿俩。”

黑脸警察的黑脸再也绷不住了,无奈地笑了。他把司机的驾驶本子捏在手里,摇晃着说:“既然你跟冉副队长是朋友,我可得嘱咐你两句,以后别净给我们添麻烦,我们内部抓得可紧了。”

小桑满口应诺:“那当然了,今天是特殊情况,下不为例。”

黑脸警察还想说些什么,小桑一扬手把驾驶本抓过来,客客气气地说:“多谢,拜拜吧您哪!”

我又跟小桑挤进驾驶舱里,不知为什么,我觉得心里很不是滋味儿,就同上次我在隆福寺的服装摊上看到她精彩的“讲演”一样。

小桑却兴致蛮高,她用肩膀拱了一下我的胳膊,忍不住问:“怎么样?”

我知道她想让我夸她两句,夸她什么呢?我只好说:“你变了。”

“变好了,还是变坏了?”

“越变越精明了。”

“干我们这一行的,靠的就是机灵劲儿、眼力见儿、嘴皮子。出门办事,得随机应变,见什么人说什么话,使什么招儿,瞧人下菜碟。”

我有点儿忧郁地说:“我可不愿意让你再干这一行了。”

“你想让我干什么?”

“我真后悔你没去当文化员。”

“我不后悔,我向来做事没有后悔过。”

我一惊,心里像被重锤敲了一下。这句话以及这句话的声音、腔调和节奏,都是那么熟悉,似曾相识。我立即记起了,这是话剧《雷雨》

中的一句台词。我不由得看了她一眼，在我的心目中，小桑的形象无论如何也和舞台上的蘩漪挂不起钩来。可是我却感到一阵莫名其妙的恐慌，我打了一个冷战。

中午，我们在呼家楼附近的“小小餐厅”里用餐，汽车就停在外边路边上。司机不能喝酒，胡乱填饱了肚子便出去看车了，我跟小桑有一会儿单独在一起的机会。

小桑弯下身子，把那鲜红的嘴唇挨在啤酒杯上，一边吱吱地吮吸着，一边撩起长长的睫毛，用火辣辣的眼睛看着我。

我的心突突地跳着，周身的热血奔流着，脸上一阵发烧。我明白了，我是爱她的，这种爱已经深深地沉淀在感情的深潭里，不管我怎么压抑，怎么掩饰，怎么装作一本正经，都无法遏制住这种时时激荡的感情的波澜。

“小桑，我真想写写你，写写我，写写我们俩。”

“有什么好写的？”

“写写我们之间这种微妙的关系，还有……那撕扯不断的感情。你知道，我放不下你，一时一刻也放不下你……”

“你跟我说，就是为了要写我？”

“哪儿的话？小桑，别误会，你听我说……”

“别说了，再说什么也没用了！”

她很粗暴地打断了我的话。她气愤了，脸涨得红红的，眼睛滚动着泪水。我伤透了她的心。她恨我，她不原谅我。我心里又一阵狂烈的冲突，她这种生气、委屈的样子，更让人喜欢，招人爱怜，搅得人神魂颠倒。我真恨不得扑上前去，把她紧紧地搂在怀里，亲吻她，安慰她……

我们隔桌相望着，平息着内心感情的巨澜。忽然，她用一种异常激动的声调说：“我妈妈来了！”

我吃了一惊，尽管我还没有从刚才那种情绪中挣扎出来，还是被震动了。

她没等我发问，便兴高采烈地说下去：“我那天刚一回家，爸爸就迎出门来哇啦哇啦地跟我比画着，我弄不清楚他的意思。他又把我拉进屋里，指着柜子上的一件东西。我急忙过去，拿起来一看，是一条裙子，妈妈给我买来的裙子……”

“你见到妈妈啦？她在哪儿?”

“她在哪儿，我怎么会知道?”

“你不是说她来了吗?”

“她来了，是来了，可放下东西她又走了。我真不明白，她为什么不见我呢？也许她见到了我，是躲在一边看我的。我看过一个电影，那里边的妈妈就是躲在学校门口悄悄看自己的儿子的，看过以后就走了。看一眼管什么？要是坐在一起，亲亲热热地聊聊，那该有多好！你多少是了解妈妈一些的，你说她为什么不愿意见我？是我伤过她的心，还是爸爸对不起她，或者因为别的什么原因?”

我摇了摇头。蓦然，像一道闪电从我那黑暗的脑海里一划，我眼前一亮，忍不住问她：“你说，妈妈给你送来的是一条裙子?”

“是的。”

“是条连衣裙?”

“嗯。”

“用一张报纸包着?”

“对呀!”

“裙子是柔姿纱的，无袖，大领，商标上的英文字是 GREAT WALL MADE IN CHINA?”

“对对！你怎么知道的？你见到妈妈啦？妈妈是什么样子？她在哪儿?”

“不，那不是妈妈送给你的。”

“那是谁?”

“是哥哥。”

“哥哥？谁的哥哥?”

“我的哥哥。”

十四

我们是天黑以后才回到马驹桥镇的。小桑跟着卡车回厂了。我下了车，朝哥哥的家里走去。

我又来到了这古老的马驹桥镇上。这里的一切都是熟悉的，又都是陌生的。熟悉得时时都能牵动起我记忆的引索，搅起我感情的浪花。又陌生得处处让我眼花缭乱，困惑不解。

狭长的街道上，每隔不远就亮起一盏电石灯。灯光下，晃动着稀稀拉拉的人影。这是个体商贩在夜间营业，一盏灯下便是一个小摊儿，有卖糖果的，有卖馄饨的，有卖酸梅汤的，有卖羊杂碎的……跟我一年多以来生活的大城市相比，这里显得格外幽静，格外清闲，又格外神秘。从长街的尽头或胡同的深处不时飘出一两声小贩的吆喝："蚕豆——大酸枣！"或者是"刚出锅的老豆腐——"这声音显得那么悠长，那么遥远，又那么温馨。让人听了，心里感到很熨帖，很踏实，暖暖和和的。

哥哥家大门敞开着，院子里阴沉沉的，显得很荒凉。从窗户纸上透出来的灯光也是惨淡的、恍惚的，给院子里的夜色染上了一层神秘的色彩。我刚跨入门槛，就听到院子里的东南角传来一老一小两个人的谈话声：

"白爷爷，今天能看见云梦奶奶吗？"

"也许有希望。"

"什么叫希望呀？"

"希望就是心里盼着的事情。"

“你是盼着见到云梦奶奶吗?”

“是。”

“要是见不到呢?”

“那就没希望了。”

“没希望怎么办呀?”

“那就再等呗。”

“希望能等来吗?”

“希望都是等来的。”

这是谁呢？他们在干什么呢？借着昏暗的灯光，只能看见墙角上一高一矮两个人影。他们这些话，很可能是随随便便说出来的，可是每一句话都在我心里撞击着，似乎是一种神灵的符咒在给我一种心灵的启示。我不忍打扰他们的童心和童趣，轻轻地走过去推开了哥哥的屋门。

我以为是走错了门，眼前的情景让我愣住了，我下意识地收住了脚步。屋子里雾气腾腾，散发着一种酸菜汤似的气味。桌子上摆着没有刷洗的碗筷，床上乱糟糟的，连被子也没有叠，还堆放着揉成一团的脏衣服。一个女人正坐在床沿上，扭着身子低着头不知在干什么，手里摆弄着，嘴里还喃喃地叨咕着。那女人赤裸着上身，肩上只披了一件皱皱巴巴的长袖衫。两只松软的大乳房垂下来，像是胸脯子上吊着两只白面袋。我这才明白，她是刚洗完澡，脚下放着一个大澡盆，半盆漂着肥皂沫的脏水还没有倒掉。屋子里的雾气和酸味显然就是从这澡盆里散发出来的。

她居然是嫂子！我故意咳嗽一声才把她惊动。她见了我，慌忙站起身来，穿着衣服。这就是当年妖艳得让小镇人震惊的摩登女郎。我有半年多没有见到她了，她好像完全变成了另外一个人，一个十足的农村娘儿们。她的脸色是枯黄的，尽管刚洗完澡，也显露不出一点儿鲜嫩的光泽。眉梢上，额头上，嘴角上都缠满了细碎的皱纹。头发也是干涩的，说散发不像散发，说烫发不像烫发，不知多少天没有做花了。

她让我坐，慌手忙脚地收拾着屋子。大概是为了掩饰自己的尴尬与慌乱，又迫不及待地朝窗外喊着：“毛毛，毛毛！快进来，你叔叔来了！”

从外边磕磕绊绊地跑进来一个小女孩。这就是刚才在墙角那里与老人谈“希望”的那个孩子，哥哥和嫂子的宝贝女儿。我忙从书包里掏出给她带来的电动小汽车。她接过来，顾不上自己玩，就欢天喜地地往外跑去：“白爷爷，我叔叔给我买一个小汽车，电动的。呜呜——嘀嘀——”

嫂子给我沏茶倒水，跟我心不在焉地寒暄着。她不收拾别的东西，急着收拾床。我这才发现，床上放着一副摊开的扑克牌。

我笑了，忍不住地问：“怎么，你一个人玩起了扑克？”

她红着脸，羞赧地说，“哪儿有心思玩呀？我在算命呢！”

算命？真有你的。吃完饭，碗筷顾不上刷；洗完澡，衣服顾不上穿，却有心有茬地算起了命，这不是胡闹吗？

“唉，横算竖算，我都是个苦命人。”她不等我发问，自己就先抱怨起来。那声调和神色是愁苦的、哀凉的，似乎现在已经遇上了极大的不幸。

我说：“你们这两年不是过得很好吗？”

“谁好？”

“哥哥的事业干得很兴旺，踌躇满志，还要开庆功会。”

“什么时候都有笑的、有哭的。他混得好，那是他的事。”

“你们俩人还分得开吗？”

“分不开，也合不上了。”

“你们吵架了？”

“吵什么架？有什么可吵的？早晚还不是那么回事。”

“到底是怎么回事？”

“这还用问？女人嘛，就是樱桃、桑葚儿，货卖当时。只要脸上一起褶子，屁股蛋子往下一耷拉，就没有人要了。”

“嫂子，你别胡思乱想的。哥哥不会……”

“唉，但愿不会呀，求上帝保佑吧！”

正在这时候，毛毛抱着小汽车，“呜呜呜”地进来了，她后边跟着一个老人。看样子，这是一个很精明的老人。头发虽然全白了，却仍然很浓密，梳理得也很整齐。满脸皱纹的脸上，显现出健康的红润。特别是他那两只深陷的眼睛，闪烁着一种年轻人才有的希望和渴求的光芒。

他见了我，立刻热情地伸出手来，喋喋不休地说：“你就是齐东平吧？我早就知道你的大名，你的作品我也读过。不错，写得好。人物形象鲜明、生动，乡土气息很浓，语言准确流畅，层次清楚，就是……主题不大明确。譬如你那篇《缩影》，到底说明什么呢？我看了三四遍也弄不明白……”

作为一个作家，最可悲的不是人家记不住你的名字，而是人家记不住你的作品。常常有人见到作家之后，总是喜欢说我看过你的作品。可是细谈起来，他甚至连一篇作品的名字都说不上来。这往往弄得双方都很尴尬。这位老人不但确实看过我的作品，而且还像语文教师那样，对我的作品进行分析评价，这不能不让我感到是一种安慰：“老人家，您是……”

嫂子急忙在一旁向我介绍说：“这是白老师，过去在马驹桥镇小学当校长，‘文化大革命’受了迫害……”

我心里“唰”地一亮，怪不得看着眼熟呢！这原来是那位尽人皆知、与云梦师父有着一段风流韵事的白老师。

“您现在怎么样？”

“平反了，补发了工资。”

“又回来当校长了？”

“没有。到岁数了，离休了，还在老家，雄县。”

“那您到这儿来是……”

“啊，啊……”

“他是来找云梦师父的！”嫂子又插话说。

我吃了一惊：“云梦师父？她……不是寻短见了吗？”

白老师红着脸，结结巴巴地解释说：“是、是这样……有人看见过……”

“您也相信那些闹鬼的传说？”

“我觉得，不是闹鬼……是真事。”他说着，把手里的一个蓝皮笔记本在我面前打开，很自信地说，“我查过许多资料，证实自然界有这么一种现象：山崖、沙漠以及古建筑，能把人的声音和形象储存起来，如同现在的录音机、录像机一样。在一定的条件下，这种声音和形象就能再现出来。你看，这是人们多次在故宫看到宫女的记载，这是罗马古战场发现一千多年前战斗场面的记载，这是四川一个知名人物在故居里看到他死去的母亲的记载，还有……”

不用看了，这些资料都是从那些街头小报上剪下来的。我对这类的东西向来毫无兴趣，因此也一无所知，忍不住向他泼起了冷水：“白老师，您这么大年纪了，怎么还相信这些玩意呢？”

白老师急扯白脸地说：“东平，你别误会，这不是迷信，这是科学呀！我不但有理论根据，我还向目击者做过调查。你看，这是我的调查材料……你知道，云梦死得好惨呀，她死的时候，连一句话都没有跟我说。这辈子，能让我再见她一面，死也甘心了……”

老人说着，声音哽咽起来。两颗浑浊的泪珠儿凝聚在他的眼角上。我被老人的真诚感动了，不忍心再破坏他那崇高的“希望”了……为了这“希望”，老人家整夜守在东边的耳房里，眼巴巴地在黑暗中张望着，搜寻着。他邀我到他的房间里去坐一会儿，说是还要跟我讨论一下《缩影》的主题问题。

嫂子为我准备被褥，我看了看表，已经深夜十一点多了，毛毛早就趴在床上睡着了。我问：“这么晚了，哥哥还不回来吗？”

嫂子淡淡地说：“他不在家里住。”

“住在工厂里？”

“谁知道他住在哪儿呀。”

“离家这么近，为什么不回来住?”

“工作需要呗……”

嫂子说完这句话，急忙转过头去。我看到，她的肩头在微微颤动……

十五

今天是马驹桥镇东升家具厂的节日，大门前飘着一条横幅，上边贴着金纸剪成的老宋字：热烈庆祝东升家具厂建厂一周年！横幅下，锣鼓喧天，鞭炮齐鸣。以哥哥为首的厂领导恭候门前，迎接着前来贺喜的贵客嘉宾。据说，来宾中有马驹桥镇乡各级领导和各界名流，有京郊及外埠的关系户代表，有县有关局及县委、县政府的领导者。此外，还有县广播站和县报的记者，县文化馆的摄影师以及在本县体验生活的北京人民艺术剧院的两位编剧……堪称是门庭若市，宾客如云。

今天，站在工厂大门口横幅下边的哥哥，完全是一副大企业家的派头。深灰色的毛料西装，雪白的高级衬衫，脖子上扎着一条蓝底白花的真丝领带。加上他新理的发，新刮的脸，更显得春风满面，神采飞扬。他很得意，也很健康，甚至连他当年留下的哮喘病根都已经消除了。他开始发胖了，多余的脂肪在他身体各部位上堆积起来。他的脸色是红润润的、油汪汪的，“将军肚”也挺起来了，很够派！他高声大嗓地跟人家打招呼，爽快地哈哈大笑。每来一个人，他都热烈地跟人家握手，说着“多谢光临”一类的客套话，然后恭恭敬敬地把自己那烫金的名片递过去。我混在人群中，他也把我当成了来宾，也握手，也客气，也递名片，我忍不住笑了。

他自我解嘲地说：“看看，我都成了机器人了。”

我说：“你这个机器人表演得可真够精彩的。”

“来来来，我给你介绍一下。”

他说着，把我拉过去，向周围的人介绍说：“这是中国作家协会会员，县文联的专业作家，我的弟弟齐东平。”

他把我那可怜巴巴的头衔放在前边，然后才道出我们之间的关系，这大概是他们企业家的规矩吧。好像我是先有了这些头衔，然后才成了他的弟弟似的，我有些惭愧，我要是能混个主席、理事什么的当当，也许能给他添一些光彩。接着，他又把周围的人一一介绍给我。这个“书记”，那个“局长”，这个“主任”，那个“经理”……我只觉得眼花缭乱，耳边嗡嗡嘤嘤，一个也没记住。这种场合互相介绍原本也不需要把谁记住的。

除了哥哥，还有一个引人注目的人，这便是冯贵才。一年前，哥哥顶替了他厂长的职务以后，他便调到了乡里，任主管工副业的副乡长，反倒升了一级。这家伙在马驹桥镇上根深蒂固，哥哥恐怕不是他的对手，我想。冯贵才五十多岁的人了，还打扮得“老来俏”“倒开花”。几根稀疏的花白头发梳得光光的，抹了不少发蜡。肉囊囊的脸蛋子也滑润润的，可能涂了不少奥琪抗皱美容霜。他在工厂的大门口进进出出，迎来领进一批又一批的客人。他一边与客人寒暄着，一边轻松自如地指挥着一切，偶尔也指挥两句哥哥，以显示他自己特殊的身份和地位：“东升，派个人照顾一下汽车司机；东升，一会儿张局长来了把他领进小客厅，我有事找他；东升，记住电力局的马局长是回民，开饭的时候单安排一桌……”

我是认识他的，他也认识我，可我不愿意上前去见他。我记住了他跟我们家，特别是跟哥哥之间的深仇大恨。我不但在感情上对他憎恨，而且在心理上也有一种厌恶。看见他就恶心，想吐。他这会儿在这儿耀武扬威，假充大人灯，哥哥心里不定窝着多大的火呢！

进了大门，便是签到处。签上名字之后，每人发一份纪念品：一只手提包，一把折叠伞，一个大相册。相册里放着反映一年来东升家具厂的光辉业绩和各种产品样式的图片。我没有签到，被两个漂亮得让人动心，又热情得让人心乱的姑娘拦住了。我对她们说，我是来探亲的，来串门的，来看热闹的。她们说，凡是进这个大门的人，都要领一份纪念品。冷落了任何一位客人，她们在齐厂长面前都不好交代。我正被她们缠得没办法，小桑急急火火地赶来了，我只好向她求救。

小桑过来，不由分说，伸手把两个姑娘拨拉到一边，厉声说："瞎裹什么乱呀？你们也不问问这是谁？这是齐厂长的弟弟！"

两个姑娘胆怯地躲闪到一旁，满脸通红，眼泪汪汪的。我又觉得让她们受了委屈，向她们歉意地笑了笑。

然而，再往里走，更让人尴尬。全厂的工人列队两旁，每人手里举着一束鲜花，整齐地呼喊着"欢迎，欢迎，热烈欢迎"的口号。从这两道人墙中穿过去，我真觉得难为情。要不是小桑硬拉着我，我非退回去不可。

列队迎宾的工人们，姑娘一律是连衣裙，小伙子一律是皮夹克。眼下正是中秋之季，穿连衣裙已经过时，而穿皮夹克又为时过早。难怪小伙子们个个汗流满面，而姑娘们则冻得嘴唇发紫，浑身打战。小桑解释说，这是他们厂的厂服。齐厂长参观了几个国营企业以后，要搞文明生产，让工人们一律穿上八十年代的时髦服装。前些天，他们还办起了舞会，让工人们跳交谊舞，从县文化馆请来了教师。农家子女不好意思互相搂抱，个个畏舞如虎。齐厂长亲自在舞场上盯着，谁不跳，就扣发一个月的奖金。

"现在已经习惯了吧，舞会还经常办吗？"我问。

"不行。齐厂长想办的事，都办到了，唯独这件事失败了。"小桑不无遗憾地说。

"为什么？"

"遭到了全社会的反对。一跳舞，工人家长们都找来了，看到自己的女儿被人家搂抱着，又打又骂。气得齐厂长到派出所找警察，没想警察也反对跳舞，说是上级有指示，不许他们为舞会服务。"

小桑把我领进了哥哥的办公室，相比之下，这里倒成了清静的角落。她掏出钥匙，打开写字台的抽屉，从里边拿出一盒555牌香烟；又打开文件柜的门，端出一筒精装酒心巧克力；然后又打开写字台的另一个抽屉，从里边掏出一盒特级茉莉花茶。我有点儿奇怪，哥哥的房间里收藏着什么，她一清二楚。她怎么会有厂长办公室的各种钥匙呢？

她要给我沏茶，暖瓶是空的。她朝窗外望了望。窗子底下，两个冻得缩脖端肩的姑娘合披着一件风衣，叽叽喳喳地不知在议论着什么。她们显然不知道这办公室里有人。

小桑冲她们喊了一声："喂，谁在那儿？"

两个姑娘吓得急忙转过身来，风衣掉在了地上也顾不得捡。

"二凤，去打瓶开水。"

叫二凤的姑娘胆怯地进来，从小桑手里接过暖水瓶。

小桑又吩咐着另一位姑娘："杨丽，去，到会议室端一盘水果来，挑好的。"

我疑惑地问小桑："你在厂里担任什么职务？"

"你不是知道吗？业务员呀。"

"你这个业务员权力可不小。"

"不瞒你说，那些副厂长都怕我。"

她说这句话的时候，显然是非常得意的。她懒洋洋地把身子扔在我对面的沙发上，打开那盒555牌香烟，扔给我一支，自己也叼上了一支。我们面对面地坐着，似乎都想说一点儿什么实质性的话题，又都不忙于开口。谈严肃的问题需要有一种气氛的。我们东一句、西一句地闲扯着，心里怪别扭。

哥哥来了，他是忙里偷闲特意来陪我一会儿，这我知道。他说一会儿让我跟他一起陪来宾用餐，我不愿意去，又不好拒绝，没说什么。

小桑见哥哥来了，就站起身来。她说她要到会计那儿去报账。

哥哥颇为得意地问我："你看怎么样，我这个厂庆搞得还够气氛吧？"

我说："你这么折腾一次，得花不少钱吧？"

他财大气粗地说："有两万块钱足够了！"

我惊叫起来："两万块！好家伙，就这么糟蹋了？"

"一点儿也糟蹋不了。看起来你对办企业一窍不通，舍不得孩子套不着狼嘛。"

"你还能把两万块钱赚回来？"

"赚回来何止两万块？你看，我们给音像公司做了五百个储存柜，合同上规定全部用五合板。当时我们五合板进不了货，小桑找他们说了说，柜子背面用纤维板。纤维板比五合板便宜得多，每个柜子成本降低了五块，这样出厂价也得跟着降。今天他们业务科的金科长来了，我们一提，他说还按原来合同上规定的价格算，马马虎虎就过去。你看，这一笔就是两千五百块。我们还把农技学校的张校长请来了，他们要做八百张桌椅、八百张床。这笔大生意差点儿让县木器厂拉去，这么一来就铁定了。还有，我们从木材公司进了三万张三合板，都是一级品，刚才他们赵经理说按二级品算，每块三合板少收八毛七，这一笔又是两万六千块……还有，康复医院的病床，县图书馆的书架，药品公司的药柜……一会儿喝酒的时候，我都得抠抠他们。冯乡长说我是雁过拔毛，其实，我就是抓住个蛤蟆也要把它挤出尿来……"

我困惑不解地问："这些领导者，涨价落价全凭他们一句话，也不怕他们单位吃亏了吗？"

哥哥说："他们都是国营单位，吃多大的亏也不用自己掏腰包。我现在发现一条规律，要是写出论文发表，准能猛震一下，说不定对马克思主义还是个新贡献呢！"

"什么规律？"

"在资本主义社会，是大鱼吃小鱼，小鱼吃虾米。咱社会主义正好相反，虾米吃小鱼，小鱼吃大鱼。你看呀，私人企业都想办法算计集体企业，集体企业都想办法算计国营企业……"

真让人触目惊心！我第一次知道这种情况。这几年，生活确实千变万化，错综复杂，让人困惑，让人难以理解的事情太多了。然而，这些事情是哥哥干的，又是从哥哥嘴里说出来的，我听了，仍然感到不寒而栗。

小桑回来了。她满脸怒气，眼睛里含着泪水。进门之后，她把手里的几张发票往哥哥面前一拍，激愤地说：“就这几张破发票，还非得让你签字不可，她眼里根本就没有我！”

哥哥把发票拿起来，一张一张地看着。

“你怎么又买个太阳镜呀？”

“我那个让音像公司的金科长抢去了。”

哥哥没有问什么，在发票上签了字。

“昨天进城不就是你跟司机两个人吗？怎么一顿饭花了六十多块。”

“啊……还有东平呢！”小桑看了我一眼，脸涨红了。

我的脸也火烫起来。昨天小桑是要了一桌丰盛的酒菜，我以为她是自己掏腰包请我，还一个劲儿地过意不去。没想到她慷的是集体之慨。哥哥刚要在那张发票上签字，小桑却劈手夺了过来：“这张不报了，算我请东平了！”说着，把那张发票撕得粉碎，往地上一扔。

“这照相机是怎么回事？”

“你不是答应给我买一个照相机吗？”

“我……我没说花公款给你买呀！”

“等着你发财，那得驴年马月呀！趁着这次厂庆，随大宗报了就得了，不显山不露水。”

“花一二百块钱买个傻瓜机还不行？看看，六百多，还不显山不露水呢！”

哥哥嘴里这么说着，还是无可奈何地给她签了字。她拿起几张发票，美滋滋地走了。没过多会儿，她又怒气冲冲地闯进来：“这照相机，人家还是不给报！”

哥哥说：“我不是签了字了吗？”

“你签了字管什么？人家说这是控制物品，上级有规定。”

“告诉她，我签了字我负责任！”

“人家说了，厂长有厂长的权力，会计有会计的原则。”

“什么原则？你问问她这会计还想不想干？”

“这话我可不敢说，人家是你的妹妹，又是你的旧情人，谁惹得起？”小桑说着，把发票往哥哥的怀里一甩，“反正东西已经买了，退不回去，你瞧着办吧！”

小桑走了以后，哥哥咕哝了一句：“这女人越来越不像话了，我非把她拿掉不可！”

我吃了一惊，忙为小香辩护：“她坚持会计制度是对的，那笔账是不能报……”

哥哥摇着头打断了我的话：“我说的不是小香，是这位。不管小香怎么跟我犟，可她绝不会坏我的事。真到了关键时刻，是亲三分向，是火热成灰。”

“你说的是小桑吗？她不是为你干了许多事情吗？你不是挺信任她吗？”

“她总是以功臣自居，也是我把她惯坏的。现在这个厂子已经搁不下她了，比我的权力还大。我要是不及早拿掉她，非毁在她手里不可。她知道得太多，对我的威胁太大了。有多少大人物，都是吃这个亏呀？”

听他说话那口气，完全不像一个乡镇企业的厂长，而像是一个心毒手狠、掌握着生杀大权的暴君。

我心里一沉，像是掉进了一个无底的深渊里。

十六

开完庆功会的第二天，我又来到了东升木器厂。我给哥哥带回了几本书，都是我认为企业家应该读一读的。有《第三次浪潮》《当代企业管理》《市场心理学》《谈判的艺术》《艾柯卡自传》，等等。说实在的，哥哥担起这么一大摊子事业不容易，我真想帮帮他，可又无能为力，只好采取这种书呆子的办法。管他领不领情呢，反正心到神知了。

正在开全厂职工大会，木器厂的院子里黑压压地坐满了人，哥哥正站在人群前边讲话。我不便打扰他，便贴着墙边悄悄地进了旁边的乒乓球室，又从乒乓球室进了电视室。这个电视室有一个暗门，通向哥哥的卧室，他卧室的另一个门连着他的办公室。昨天小桑就是这样带我钻入这个迷宫的。我当时觉得奇怪，还问了小桑一句："他的卧室为什么搞得这么四通八达呀?"小桑回了我一句："这你还瞧不出来!"我还真瞧不出来，这又不是打游击的时候了，可以进退有路，出入隐蔽。难道这会儿他还防备有人暗杀他吗?有必要吗?

办公室里坐着一个女人，说不清是姑娘还是媳妇，看样子还不到三十岁。长得很小巧，很秀气，皮白肉嫩的，还有一张让人喜爱的娃娃脸。她见我进来，忙起身招呼我，又热情地递烟倒茶。

没有别人，我只好跟她闲聊起来："你在办公室吗?"

"嗯。"她低着头回答，还有点儿腼腆。

"做什么工作?"我又问。

"打扫卫生，接待客人，还有管管材料什么的。"

“你叫什么名字?”

“赵淑云。”

“哪儿村的?”

“牧牛屯的。”

“牧牛屯？我怎么不认识你?”

“俺是瑞祥家的。”

“瑞祥？哪个瑞祥?”

“啊……村里人都叫他老疙瘩。”

我忽地一下子想起来了：“噢，你娘家是烧饼庄的吗?”

“是呀！俺到这儿来工作，还多亏了齐厂长帮忙呢!”

“在这儿工作满意吗?”

“什么满意不满意的，能够混碗饭吃就行了。谁让俺是小姐的身子，丫鬟的命呢？托生个庄稼人，却见不得风吹日晒，这不是活要命吗?”

打开话匣子以后，她还是很健谈的。看得出来，这是个外秀内也秀的女人。想不到老疙瘩这个倒霉蛋居然有这么大的艳福，娶了一个好媳妇。人逢喜事精神爽，这会儿再见到老疙瘩，肯定不会是那副邋里邋遢的败兵样子。这个小媳妇不定把自己的男人收拾得多么干净、多么光亮呢！男人外边走，带着女人两只手嘛。

“老疙瘩常念叨你呢!”女人含笑说。

“我们从小一块儿长大的，是很要好的朋友。他现在怎么样?”

“包了一个养鱼池，还行。他是个勤快人，会过日子，也知道心疼人。”

看得出来，这个小媳妇对自己的丈夫还挺满意。

办公室外边就是会场。哥哥不知为什么发起了火，大喇叭嗓子都喊劈了，震得窗户纸哗哗地响。

“……有人说我霸道。不霸道行吗？谁想干什么就干什么，谁想怎么干就怎么干？由性？放羊？有十个工厂都垮台了。有人说咱这儿不民主，不自由，我告诉你说，讲民主讲自由到你们家讲去，咱这儿不惯这臭毛病。在这儿，就得听我的，就得我一个人说了算！还有人说咱这儿工时长，活儿太累，受剥削，受压迫，是中国的‘野麦岭’，新时代的‘包身工’。你这话算是说对了！我倒是要问问你，你到这儿干什么来了？不就是为了赚钱来的吗？你以为钱就那么好赚？身不动，膀不摇，不卖力气，到时候会计就给你开工资，哪有这种好事呀？想这样也行，你来当厂长呀！你们坟地里长那棵蒿子了吗？你要是没本事当厂长，我还可以给你出个主意。不过你得托生个女的，还得长一张漂亮脸蛋儿，在家往炕头一躺招人养汉，也能不卖力气拿大钱。可有一条，您得豁得出去，扭扭捏捏，酸文假醋干不了这营生……”

老天爷，哥哥讲的是什么呀？一个堂堂的大厂长，怎么能在大庭广众之下这么放野撒村呢？怎么一点儿工作方法都不讲呢？看来，这些书我还真给他带对了，真得好好让他读一读。

“……不是有人提出来八小时工作制，一个星期干六天活儿，休息一天吗？还有根有据，说什么这是马克思规定的，还说人家资本主义一天干六个钟头活儿，一个星期休息两天。我现在告诉你，马克思死了那么多年了，他管不着咱们东升木器厂的事；再有，咱这儿也不是资本主义。我再宣布一次，每天上十二个钟头的班，一个星期工作七天！这规矩不能改，要干，你就在这儿好好干。别多说少道，别牢骚满腹，别煽阴风点鬼火地闹事！你要是不愿意干，就滚他妈的蛋！你可以去找马克思，也可以去找资本主义。别以为你一走，这木器厂就散了架！在咱中国，三条腿儿的蛤蟆难找，两条腿的人有的是。谁让那些年咱没搞计划生育呢，嘞里扑棱生出这么多人来，你再不派上点儿用场，不就成了一大堆废物吗？……”

哥哥越说越离谱儿，越说越不像话了，我真为他感到脸上发烧。

我问赵淑云：“他今儿怎么了，干吗发那么大的火？”

赵淑云说：“有几个人鼓动要罢工，要求增加工资，让他发现了。”

我吃了一惊：“怎么会有这种事呢？谁鼓动的？”

“我也不知道，反正有人向他汇报了。”

“这么说，罢工没搞起来，倒先出了工贼。”

“这些人也是，不好好干活儿，招惹他干什么？我真怕他发脾气，他一嚷，我就吓得浑身乱哆嗦。”

“他那么可怕吗？”

“可不是嘛，我真怕他。他往我跟前一走，我这心里就发毛。”

好家伙，哥哥怎么给人留下这么一个形象呢？这不是成凶神恶煞了吗？

“……我这个人嘛，刀子嘴豆腐心。刚才发了半天脾气，大伙儿也别计较我。说实在话，大伙儿提那些要求，也不是没有道理的。以后咱们厂子发展起来了，也会实行八小时工作制的，也会让大伙儿一个星期休息一天。可是现在还不行。现在咱任务太紧，到时候交不上活儿人家要罚款的。不过，咱也不能让大伙儿白干。从今天开始，咱们给加班费，每人每天补助三角钱。超额完成任务，咱还有奖金。我看就这么决定了……”

散会了。哥哥走进来，他满脸神气十足、不可一世的样子。他显然为自己的会议成功而自鸣得意。赵淑云正坐在门口的办公桌上，哥哥路过她身后的时候，顺便把一只大手放在了她的头顶上。她吓得脖子一缩，嗷地叫了一声，脸色煞白。哥哥却若无其事地坐在我对面的沙发上，吩咐着：“小云，给我泡一杯酽茶。”

然后，哥哥又问我：“你早来了？”

我说：“有一会儿了。”

“听到我讲话了吗？”

“听到了。”

“怎么样？”

“我觉得你的工作方法有问题。”

“什么问题？”

“对工人不大尊重。”

哥哥哈哈大笑起来：“依你说，该怎么讲呢？像在人民大会堂举行招待会，酒杯一端，和颜悦色：女士们，先生们……”

“你呀，总是自以为得意。我给你带来了几本书，希望你能好好读一读。”

我从书包里掏出那几本书，他随便翻了翻便又扔给了我：“这些书呀，不看，都是骗人的！我现在就爱看武侠小说，你能不能给我找一套《书剑恩仇录》呀？”

我说：“你过去不是也读过《拿破仑传》《第三帝国的兴亡》《政治经济学》什么的吗？现在你当厂长了，更应该加强理论方面的修养。”

“你呀，可真是书呆子，三十多岁的人了，还这么天真烂漫。”

“你说这些书都没用？”

“没用。”

“那么什么有用呢？”

“什么有用？我算琢磨透了。对付中国人呀，有两招儿就足够了。不过这两招儿都不是我发明的。一招儿是日本鬼子发明的，一招儿是咱爷爷发明的。”

“没听明白，你具体说说。”

“你看，当年日本鬼子让中国老百姓给他修炮楼，一没有工资，二没有奖金，就那么端着刺刀在后边比画着，那炮楼不是一个一个也都修起来了？恐怕比如今的深圳速度还快。当然了，现在光用这一招儿还不行，还要加上咱爷爷那一招儿，就是拔麦子的时候给长工一个汗褟儿。这叫作恩威并举。中国人呀，就是这么不自觉，不开眼。没有强迫命令他就跟你摔勺子，磨洋工；有点儿小恩小惠他就能给你卖命地干……”

他一口一个“中国人”，好像这中国人里边并不包括他似的。

我不愿意把这场谈话继续下去了，便站起身来告辞。

他问我：“你要到哪儿去？”

我告诉他：“我想去看看郑大伯。昨天厂庆的时候，怎么没有见到他呀？”

“他不在木器厂了。”

“到哪儿去了?”

“我在四眼井南边，开了一个家具经销店，他到那儿当经理去了。”

“他不是木器厂的党支部书记吗?”

“党支部书记他还兼着，挂个虚名呗。”

“你当初可不是这么安排的，你不是还让他坐帐挂帅吗?”

“挂个屁！他不但不给我鸣锣开道，还横拦竖挡地给我添乱。这老头子，我给他总结了八个字：保守颓废，不可救药。”

他的每一句话，我都听着扎耳朵，我实在不能再待下去了。

十七

我一直没有见到小香。开完庆功会以后，我就想找她谈谈。谈什么呢？心里乱糟糟的像一团麻，连自己也理不出个头绪来。不谈也罢。我到了乡政府，看了看宣传部长贾秀敏，又到马驹桥中学看了看已经当了副校长的邵老师，又到家具店，在郑大伯那儿坐了一会儿。回来的时候，天已经大黑了。

我又迈进了哥哥家那座阴阴沉沉、空空荡荡的院子。院墙角上，白老师和毛毛又谈起了那似乎永远也谈不明白的话题：

“白爷爷，今天能看见云梦奶奶吗?”

“今天又要失望了。”

“什么叫失望呀?”

“失望就是等不来的事情。”

“等不来的事情还要等吗?”

“那也要等。”

“为什么呢?”

“为的是心里有个盼头……”

从雾气蒙蒙的屋里传出了谈话声。嫂子的身影在厨房里晃动着，我径直奔了厨房，问她：“有客人?”

“冯贵才来了。”

“他来干什么?”

“谁知道他又来跟你哥哥嘀咕什么。”

“哥哥还把他往家里领？”

“经常来，都要把门槛子踢破了，讨厌！”

嫂子一边骂着“讨厌”，一边端着一盘肉丝炒香菇进了屋。等见到冯贵才，她的脸上立刻露出了笑模样。那热情的话似乎是直接从嘴唇上碰出来的，根本不用过脑子。

“冯乡长，您来了就将就一点儿吧。我这儿没有好菜也没有好手艺，菜不菜的，您就多喝两杯酒吧。”

冯贵才也热乎地说：“弟妹这话就差了，我又不是外人，来了本该随茶随饭，又麻烦你炒了这么多菜。别忙活了，你也坐下喝一杯吧。”

“你们慢慢喝吧，我可不是盛酒的家什。”

“那也别做菜了。”

“还有一个熘鱼片。”

冯贵才见了我，更是热乎得不得了。他立刻站起身来，两只手一齐伸过来，抓住了我的手不放，上下左右使劲地摇晃着。要是早几年对外开放，我们小镇上也接受了西方礼节，他非用那嚼着肥肉片子的大嘴啃我两口不可。

哥哥在我面前放了一只酒杯、一双筷子，让我坐下跟他们一起喝酒。冯贵才急忙把我按在椅子上，又给我斟满了酒。不管我多么讨厌冯贵才，也不好再推脱了。何况这又是在哥哥家里，更何况我肚子又饿得咕咕直叫。

哥哥大概看出了我对冯贵才的冷淡，急忙解释说：“这一年多来我在马驹桥镇上干出了点儿门道，全靠冯乡长给我支撑着呢！”

冯贵才立刻谦虚地说：“哪里哪里，我在乡政府的工作，还不是靠你在下边捧场。”

听了两个人的话，我心里一动：冯贵才这个心毒手狠的家伙真的改恶从善，立地成佛了？哥哥对他真的不计前嫌，化敌为友了？这一对不共戴天的冤家对头，真的握手言欢，化干戈为玉帛了？

冯贵才跟我热乎完了，又把那油汪汪的嘴巴凑近哥哥的耳朵，挺机密地说：“这个问题你醒悟得早，这太重要了。要我说，你得快刀斩乱麻，当机立断。千万别心慈手软，否则，后患无穷啊！”

哥哥信服地点了点头。

冯贵才又说：“说句粗话，这种事应该是拔屌无情，提起裤子就算完。缠缠绕绕，陷得太深，十个有十个要吃苦头的。”

哥哥有点儿为难地说：“我现在是拿不准怎么跟她谈。人家毕竟为家具厂立了汗马功劳，总得找个茬口呀！”

“这茬口好找，我倒是有个主意。”

“什么主意？”

“让弟妹出马呀，她知道不知道这件事？”

“早就怀疑。”

“这就好办了。女人的醋劲儿一上来，什么狠事都干得出来。等闹出了风波，你站出来不就好说话了吗！”

这两个人准是在背后商量着整人的事。不知道谁又要倒霉了。这么多年来，冯贵才这种人就是靠整人起家、整人吃饭的，他在这方面是内行。哥哥怎么也热衷此道了呢？

冯贵才大概觉得我被冷落了，像是突然想起了什么，扭过脸来对我说：“东平，你回来得正好，有件事正想求你帮忙呢！”

我说：“你们干的那些事我一窍不通，能帮上什么忙呢？”

“这件事还非你干不可呢，别人没有那两把刷子呀！”

“什么事？”

“给你哥哥写篇文章。”

“写什么文章？”

“写人物通讯、报告文学都行。篇幅要大一些，最好能登在《人民日报》上。”

我一时愣住了，真不知道他们这是想干什么。

“你别发愣。我可以给你提供材料，丰富得很，生动得很。写出来之后，不亚于当年写王国福那篇《拉革命车不松套，一直拉到共产主义》。这篇文章可以分成三部分，一是胸怀大志，做改革的急先锋；二是大公无私，带领群众走集体致富的道路；三是克服重重困难，讲究工作方法……题目我都替你想好了，叫作‘为了千家万户，不图个人发家’。”

这算什么文章呀？分明是官场上流行的那种千篇一律的人物鉴定。我不想听冯贵才这些空话，转向哥哥问：“你也想出出名，过过当先进的瘾？”

我看到哥哥的脸有点儿红。

冯贵才忙说：“这可不是为了出名，而是政治需要。”

“政治需要？”

“是这样，最近正酝酿着召开县人民代表大会，咱乡有一个名额要进人大常委会。我提名你哥哥，可是老乡长提的是牧牛屯大队党支部书记赵和……”

“争这种事有什么意思？那头衔本来就是虚的，谁当还不一样。”

“那可不一样，赵和是李春祥的人。”

“李春祥是谁？”

“咱乡的另一位副乡长。”哥哥接过话茬儿说，“眼看老乡长要离休了，乡长的位子就是李春祥和老冯争了。要是赵和进了县人大常委会，对老冯不利。”

我明白，哥哥果然实现了自己的宏图大志，卷入了政治斗争的旋涡，并且跟冯贵才结成了神圣联盟。

哥哥生怕我不理解他，又补充一句说：“要在马驹桥镇上站住脚，干一番事业，乡政府的权力不能放。”

冯贵才见我不表态，似乎很理解我的难处，便说：“我知道你写自己的哥哥，怕招闲话，担嫌疑。文章写出来之后，可以用贾秀敏的名义发表。大家都知道贾秀敏也是咱马驹桥镇上的一支笔杆子，她那边的工作我可以去做。稿费嘛，报社给你多少，我们乡政府补给你多少，这点儿权力我还是有的……”

我真为这些话感到脸红。我的自尊心绝不允许他说这些俗不可耐的话，尽管我也不是什么超凡脱俗的圣人。更何况，他给我出的这些圈儿套圈儿、环儿套环儿的点子当中，又有多少鬼名堂，埋下了多少不可告人的目的呀？我可适应不了这套“政治需要”。我真想痛快淋漓地告诉他，你别拿我当猴耍，你就是给我六万紫金，我也不愿意干这败坏我自己名字的事情。我这名字失而复得，寻找回来容易吗？这是我站得稳，行得端，堂堂正正，一步一个脚印踩出来的！可是这毕竟是在哥哥家里，哥哥对他又是那种态度，我也不想太使他难堪了。我的软弱和好面子是不可救药的。我只好借口饿了，要先吃一点儿饭，便放下酒杯到厨房里去了。

“你事先没有跟他打招呼吗？他为什么不愿意写这篇文章？”

“书呆子，这些年别的本事没学会，倒学会了一身清高孤傲的毛病。”

“清高孤傲可当不了饭吃。”

“你别管了，这件事我再跟他谈谈。他这个人我清楚，我开口求他，他不会不管的！”

瞧！哥哥一边谴责我清高孤傲，一边要求我给他写文章。难道这对他真的是那么重要吗？

十八

哥哥跟冯贵才喝过酒之后，又走了。嫂子大概已经习以为常了。对于他夜宿何方，与谁为伴，不闻不问不打听，连口叹息都没有了。看起来，他们俩人的关系，已经到了崩溃的边缘了。

嫂子的兴致还蛮高，一边给我铺床，一边喋喋不休地跟我聊天。她是喜欢我的，这我知道。也难怪，她跟哥哥来到这人地两生的异乡异地，左右没有一个近亲好友，只有拿我当作她的亲人了。她跟我也谈得来，我也喜欢她这种快性劲儿。跟她在一起，没有负担，不必使什么心计。谈话的时候，也信马由缰，想到什么说什么，说到半截突然换个话题也没关系。如果把我们的谈话整理出来发表，整个一个“意识流”。

“你回来也不事先告诉我一声，我要是知道就把那床新被子给你做上了，软缎的被面是我们结婚时候朋友送的，我们一直没舍得盖，给你盖我舍得。我这个人就这样不地道，说起来也是毛病，谁要是跟我好，我恨不得把心肝肺叶摘下来给他，谁要是拿我不当回事，得罪了我也敢跟他玩命，日他八辈祖宗。我说东平你在文学院日子过得是不是太寒苦了一点儿，这次回来我看你瘦多了，眼窝都眍瞜进去了，我知道写文章累心，可你心里头脏事乱事又太多。我也瘦了，你摸摸我的肋骨，都一根一条的成排骨了。哎呀妈呀，你怎么长白头发啦？一根两根三根，天呀！成了墨里藏针了。长了白头发不能拔，赶明儿我给你找点儿黑芝麻吃吧。你在文学院是不是有相好的？要不这么长时间没有女人怎么能受得了？瞧你脸还红了，我说的话糙理不糙，这本来就是人生大道理嘛。

你哥哥可不像你这样，他这个人撒起野来像个畜生。我觉得马驹桥镇上的男人没好东西，一个个都色眯瞪眼。还别说狗屌侯七让我整治一顿，这会儿见了我甭提有多客气了。听说了吗？西店有个女人臭不要脸，跟她亲生儿子搞上了，还生了一个小野种，你说是叫他爹还是叫他哥？这不是窝里吃窝里屙两堆臭肉一块儿煮吗？听说狗屌侯七最近倒了霉，他到广州贩运香蕉，香蕉都烂了，他赔了两万多。卖花生米的姚寡妇你还记得吧？她倒抄上了，扒祖产的房子挖出了两块金砖交给了银行，银行奖励她三千块。你那衬衣领子都脏了，脱下来我给你洗洗吧，把裤衩一块儿脱了吧，换上干净的睡觉舒服，在我面前你还怕什么。你哥哥总嫌我说话啰唆，絮絮叨叨，其实我并不絮叨，我就是爱说话，想哪儿说哪儿，有时候说得没头没脑，我很长时间没这么絮叨了，你来了我高兴，忍不住就要说，说了还说，说了还说，这说话又不像银行存款一样，哪儿有用完的时候……”

“嫂子这衣服你别洗了，天太晚了，你也早点儿休息吧。我在文学院也常让人家给洗衣服，那得赖皮赖脸才行。趁她们不注意，把脏衣服塞在她泡衣服的盆子底下。她发现了也没有辙，一边嘟嘟囔囔，一边还是得给你洗。你认为作家神秘，其实也都是些普通人，到一块儿也胡说八道。我们班的班长，他最爱讲黄色故事，还懂得许多床上功夫。这可不能告诉你，这种话在男人面前我都张不开口。有一次在宜昌开往北京的火车上，我们遇上一个逃荒的女人，带着一个七八岁的小姑娘，卢老兄给那小姑娘饼干吃，还说吃吧吃吧，长大了当作家。到峨眉山万年寺我鬼使神差，差点儿出家当了和尚。当和尚敲敲磬念念经，那日子悠闲自在，可我又挣不断尘世间的名缰利索。嫂子你别给我准备牙刷了，我有牙刷在书包里呢。牙刷厂有个女孩子叫陈汉萍，她给我送来一大把牙刷，我不在，她都给分了，我们班差不多一人一把。还有个叫薛丽的电大生，她约我跟她们去春游。我答应了，没去，这份情一直欠着。嫂子你知道现在讲究学龄前教育，毛毛应该学英语。你问我明天吃什么？咱吃顿打馅糊饼怎么样？多搁点儿肉少搁点儿菜，外焦里嫩嚼起来真他妈有滋有味……”

我跟嫂子就是这样有一搭没一搭地聊了一晚上，墙上的挂钟打了十二下才熄灯睡觉。嫂子跟毛毛睡在里屋套间里，我睡在外间的单人床上。我本来很困很累了，可不知为什么，硬是睡不着。躺在床上，翻来覆去地折饼，脑子里乱七八糟的事情塞满了。乱哄哄的厂庆，肥头大耳的冯贵才，让我感到陌生的哥哥，还有那神通广大的小桑，还有嫂子的苦恼，还有我自己的不幸，还有小香，到现在还没有见到小香……

鸡都叫两遍了，我还一点儿睡意也没有。

里屋嫂子的床也咯咯吱吱地响着，她大概也没睡着。这里间和外间，中间只隔着一层薄薄的隔扇板。毛毛的呓语，嫂子的叹息，我都听得一清二楚。

“东平，还没睡吗？”嫂子终于忍不住了。

“神经衰弱，失眠，常有的事。你怎么也没睡？”

“我也睡不着，心里一阵阵地发躁，火烧火燎的。”

“我这次回来，也忘了带安眠药片了。”

“干脆咱姐俩还聊天吧。说说话总比睡不着瞎折腾好受。”

“还没聊够？”

“东平，你猜我正在想什么？真是龙生九种，种种不同。你跟你哥哥，虽说不是一个娘生的，可总是一个父亲呀！你们俩却是那么不一样。”

“怎么不一样？”

“你是那么斯文，他是那么蛮横；你是那么和善，他是那么狠毒；你是那么有情有义，他是那么翻脸无情……”

“你别把好词都往我头上扣，把坏词都往他身上摊。哥哥比我强的地方，你怎么不说呢？”

“是的，他是有比你强的地方。比方说，比你有胆量，有气魄，比你能吃苦耐劳受大罪。可是，一个男人，得会爱。不会爱女人的男人再好也没有用。”

我沉默了。我理解她的苦楚和悲哀。

“这也怨我意志不坚强。要不是当初我放弃了自己的理想，说不定会遇上你呢!”

“那怎么可能呢?”

“过去我也喜欢文学。”

“是吗?”

“我还写过诗。”

“写什么诗?”

“什么都写，主要是写爱情诗。我在学校读书的时候就喜欢诗。学校的图书室被造反派占了，我捡了许多诗集出来。雪莱的，海涅的，普希金的，泰戈尔的……我特别喜欢泰戈尔的诗，他的《飞鸟集》我都背下来了。有时候背着背着，就被感动得掉眼泪，他写得太美了。我还喜欢李后主的，李清照的，苦命人喜欢苦味诗……”

真让人难以相信，这么一个妖艳的摩登女郎，这么一个母夜叉式的野娘儿们，居然还是个文学爱好者，居然还喜欢那些缠绵悱恻的诗，居然还有那么多精微细腻的情感。

“我还发表过几首诗呢。”

“在哪儿发表的?”

“《山喜鹊》，是我们地区文联办的一张文艺小报，有一首诗还被省里的刊物转载了。要不是没遇上好人，我说不定也走上了文学这条路。要那样的话，说不定碰不上你哥哥，倒会碰上你呢！嘻嘻……”

“你怎么没碰上好人呢?”

“有一个老编辑，肥猪似的，脑壳都秃了。纯粹是个老流氓，他给我发诗，还想占我的便宜，我没让他得手，急得他抓耳挠腮。后来他见我跟一个业余作者好起来了，更是醋劲大发。从此以后，他一首诗都不给我发了，连我那个朋友的作品也不发了。我这会儿称他是朋友都觉得掉价。他简直不是个男人，一点儿阳刚之气都没有。就因为这么一点儿事，他愣是跟我吹了。在一次业余作者大会上，我当众撕了诗稿，摔了笔，发誓这辈子不吃这碗饭了……”

“你也是，那个老东西不好，你可以给别的刊物写稿嘛，何必一棵树吊死呢？”

“那会儿也傻，谁知道天底下让人活的路有那么多呢！”

“你不写诗，就跑到东北去了？”

“那也是后来的事，实在活不下去了，才逃出来的。”

“你到底是怎么跟哥哥结婚的？”

“他不是告诉你了吗？他把我赢了。”

“你就那么心甘情愿？”

“哼！要不是我看他是条汉子，我能让他赢？”

“这么说，你是故意输给他的？”

“差不多。”

“到底是怎么回事？”

“咳！你别问了。那种事太不要脸，当时干得出来，这会儿都说不出来了。”

她这么一说，我更加困惑了。好奇心像牙齿尖利的老鼠一样咬着我的神经。不过，既然人家不愿意说，我也不好强问。尽管《民法通则》上没有规定保护人的隐私权，作为一个作家，还是应该懂得尊重人家的隐私的。

嫂子嘴里讲着说不出口，可见我不言语了，自己又忍不住说了起来。她这个人就是这样，只要话匣子一打开，别人拦不住她，她自己也管不住自己。又加上这黑咕隆咚的凉夜，中间还隔着一板隔扇，谁也见不到谁的脸，正是谈隐私掏心窝子的最佳环境。

“我过去跟着的那个男人是个赌棍……”

“是你的丈夫吗？”我打断了她的话问。

“什么丈夫不丈夫的？就是跟着他鬼混。我们是在大兴安岭的森林里认识的，还有你哥哥，也是在那儿遇上的。那会儿你哥哥正走背字。他先是被两个所谓铁哥们儿骗了，后来又被一个女人耍了……”

“哥哥还遇上过一个女人?”

“嗯。一个不要脸的臭皮囊，心比毒蛇还狠。我们那会儿有七八个人，一起赚钱混日子。在那些人里，我对你哥哥印象最好。他敢干，能干，鬼点子又多，而且办事公平合理，从来不欺负人。特别让我感动的是，他尊重我。我当时在那群流浪汉眼里，就是一个破鞋。好像谁都有权力动手动脚地调戏我。那个赌棍也不拿我当回事，还经常在赌场上让我跟别的男人犯浪，把别人的心思搅乱，他好趁机赢钱。可是你哥哥却不这样，他在我面前向来是正正经经的，连个飞眼都不打。不过，看得出来，在那些人当中，他最喜欢我。那股劲儿虽说在他心里埋得很深很深，可是女人的眼睛比锥子还尖，他想瞒是瞒不住的。那些日子大雪封山，不能出去干事。闲了就要惹是生非。我们天天聚在一起喝酒、赌钱、打架，折腾得昏天黑地。那一天夜里，又赌起了钱，我那赌棍男人出了一个损招儿，让我也凑上去算一家，而且跟大伙儿讲好，我赢了，钱照拿，输了，就让赢家吻一下。你想呀，那些光棍汉，不定多少天没沾过女人了呢，个个憋得紫头涨脑，能在我身上揩揩油、撒撒火也好呀！也是苍天有眼，我那赌棍男人出了这缺德的一招，原想是把所有人的腰包都掏空。没想到，恶有恶报，他一锅都开不了“和”。我呢，也是把把全输，很少有赢的时候。这些光棍汉一点儿也不客气，他们赢了以后，就把我拉过去，乱吻乱亲，乱掏乱摸，还把我按在炕上，压在我身上……你哥哥也有赢的时候，按照规定，他也吻我。可是他吻得很文明，只是把我拢在怀里，朝我嘴唇上轻轻一吻。这种轻吻最让我动心了。只有他吻我的时候，我才跟他配合，才真正心甘情愿。我主动地依偎在他的怀里，扬起脸来，眯起眼睛，细细体会他那亲吻的滋味儿。有一次，趁着他吻我的时候，我伏在他的耳边，轻声地说：‘我爱你!’他听了我这句话，两行泪水唰地流了下来。幸亏是在黑灯背影中，没有被别人发现。赌了一夜，我那赌棍男人可输惨了。他把胳膊上的手表、身上的衣服都扒下来，输了个精光。最后，他赌红了眼，一把薅住我，往赌桌上一搡，说：‘我押她了，谁赢了，她就给谁当老婆。’……”

嫂子讲到这儿，打住了话题。大概那触目惊心的屈辱的一幕，也使她不堪回首了。

“最后是哥哥赢了？”我故意用轻松的口气问。

“那他还不赢？那个赌棍押的是三点，我在桌子底下使劲踩了他三下。”

“怪不得呢！”

“那些人也都恨那个赌棍，生怕他反悔，当时就给我跟你哥哥举办了婚礼。结婚以后，我们就离开了大兴安岭。”

“说起来这也是缘分。”

“缘分？哼，什么缘分？说不定是一桩冤孽呢！”

我沉默了。嫂子也不再说什么了。在听嫂子讲述的整个过程中，我的心都在战栗着，浑身瑟瑟发抖，手脚冰凉。我不知道是一种什么滋味儿，我也不知道我该说些什么。人啊人，人活在这个世界上，怎么还允许有这些违背天理人情的事情呢？难道这也是一种经历、一种体验、一种生活吗？

忽然，嫂子呜呜地哭起来。她哭得很委屈，很伤心，大概身子都缩成了一团。哭了一会儿，她又哽哽咽咽地说起来：“你哥哥对不起我，他说话不算数，亏他还是个男子汉。刚结婚的时候，他对我说，你过去没遇上过好人，遇上的都是些豺狼恶狗王八蛋。他们都是想扒你的皮，吃你的肉，占你的便宜，发泄他们的兽欲。没有人真正爱过你，疼过你。我要把你过去亏的补上，没有得到的给你。我要好好疼你，爱你，一辈子不做对不起你的事。他说了这些话，把我感动得给他跪了下来……可到如今，他又不拿我当回事了。我成了垃圾，成了破烂，成了没有人要的破货……看他待我这个样子，我就想起了那个赌棍……”

听着嫂子这样哭诉，我心里也很不好受。女人有女人的悲哀，哥哥确实对不起她。但我相信，至少哥哥在说那些话的时候，是真诚的。我了解哥哥，他爱一个人，也会爱得很真、很深、很彻底的。他对小香是这样的，小香背叛了他，差点儿要了他的命。他对小桑妈也是这样的，小桑妈走了，他也成了流浪汉。他不是还到董永的故乡去了一个多月，挨门挨户地去寻找小桑妈吗？这份感情能是假的吗？会是装出来的吗？他干吗要装呢？装出来给谁看吗？然而，他现在对嫂子的冷落和不忠，大概也是真实的。他为什么不爱嫂子了呢？嫂子对他不是挺好吗？是嫌弃嫂子那段不光彩的历史，觉得跟她结婚后悔了？男人会是这样的，感情冲动的时候，会饶恕女人不贞的罪过。一旦冷静下来，这罪过便成了他的心病，时时刺激他、折磨他，并由此升发出一种屈辱、一种仇恨、一种专横和不宽容。或者是因为嫂子现在落伍了，跟他没有共同的语言、共同的追求，使感情淡化了？也许正如嫂子自己说的，女人是樱桃桑葚儿，货卖当时。他嫌嫂子老了，不新鲜了，对他没有吸引力了？更有可能的是，他又有了新欢，感情转移了。谁呢？是小香吗？难道他们又续上了旧情，了却了那未了的姻缘？最大的嫌疑是小香，这是最有可能的，也完全可以理解的。我心里嘀咕着，又不好在嫂子面前验证。

嫂子半天没有言语了，也没有动静。我以为她睡着了，没想到她又开口了："东平，嫂子是苦命人。"

我也叹息了一声："我们都是苦命人。"

"我常想，咱俩的命倒是一样，都没享受过爱情，都没有家庭的幸福，还都有一个有其名无其实的婚姻，你打着有家室的光棍儿，我守着有男人的活寡……"

嫂子这话说得有点儿难听了，尽管这是事实。我脸上一阵发烫，没有接她的话茬儿。

"东平，像你这样有情有义的男人，不好好爱一个女人，太亏了，太对不起自己那一份天生的情义了。"

是呀，我曾经和一个最要好的朋友说过，假如我遇上一个值得爱并有权利爱的女人，我也会爱的。我会轰轰烈烈地爱，惊天动地地爱，拼死拼活地爱，把我这一腔翻江滚浪的情感都倾注在她的身上。可是……这不是一句空话吗？

"世界上的女人也都瞎了眼，怎么就不来找你这个好男人呢？"

“谁来找我干什么？女人找男人，就是为了嫁给他。都知道我是有了老婆孩子的人。”

“你有没有想过，有的女人爱你，可对你并没有婚姻要求吗？”

“有这样的女人吗？”

“东平，你太不了解女人的心了……”

嫂子深深地叹息了一声，不再说什么了。我忽然悟出了嫂子的话外之音，感到一阵恐慌，心怦怦地跳起来。

黑暗中，我忽然觉得身边弥漫着一团热烘烘的气体。我“啊”地叫了一声，下意识地拉开了电灯。天呀，是嫂子！她一丝不挂、赤身裸体地站在了我的床头。雪亮的灯光笼罩着她那热气腾腾的、充满了诱惑力的胴体，她那两只燃烧着欲火的眼睛放射着邪恶和渴求的光芒。我感到一阵眩晕，差点儿昏厥过去……

还没容我多想，嫂子“呼”地掀开我的被子，像蟒蛇似的扑向了我，并顺手熄灭了灯。她用赤裸的身子把我压住，两条光滑的胳膊死劲儿缠在我身上，然后，发疯般地在我的脸上身上狂亲乱吻着。一边亲吻，一边喃喃地说：“东平，我爱你，爱你！自从第一次见到你，我就爱上了你！这种爱在我的心里埋藏得太久了，你别拒绝我，别……”

“嫂子，不行……”

“别叫我嫂子，我不是你嫂子！我是个女人，是个爱你的女人！你不需要女人吗？你不需要女人的爱吗？”

“不，别这样……”

“你嫌弃我，你看不起我？你认为我是一个破女人，浪女人，下贱女人，对不对？”

“不，你是一个好人，一个好女人，我也知道你对我好。”

“我是对你好，那是因为我爱你，我稀罕你！我从来没有这样稀罕过一个男人。过去都是男人稀罕我，征服我，要我。现在，我要你，要你！你给我！哪怕你只给我一次，也没让我白爱你一场……”

她发狂地亲吻着我，摇撼着我。我拒绝着，挣扎着。用我残存的理智和气力跟嫂子挣扎着，也跟自己的本能挣扎着。

“嫂子，你安静一下，你听我说，听我说两句行不行?”

“好吧，你说吧。”

“我问你，你是跟我逢场作戏地玩一玩，还是想跟我真心实意地相亲相爱?”

“这你还信不过我？我要逢场作戏，绝不找你，我知道你也不是那种人。我要爱你，也要你爱我!”

“可是……我已经有了一个心上人，我把全部感情都给了她。”

“不，我不信。你在哄我，你在用这种办法拒绝我。”

“我说的是实话，用我的人格担保。”

“那你告诉我，她是谁?”

“是小桑。”

“什么，你说的是谁?”她惊恐地叫起来，像是听到了一个非常可怕的名字，“是小桑，是周小桑?”

“是她，是周小桑。”

“你怎么也会爱上这么一个臭女人？这个小狐狸精，她用什么办法迷住了你?”

“嫂子，别这么说，她是个好姑娘。”

“好姑娘？哼！我恨她，恨死了!”

“我一直爱着她，已经很久了……”

“从什么时候?”

“从我当她老师的时候。”

嫂子不再说什么了。刚才在她身上燃起的那熊熊欲火，顿时熄灭了。她坐在我的床头上，冷冰冰的，像一尊石雕。渐渐地，她的手松开了我，又轻轻地溜下床，回到她的房间里去了。突然，里边套间里传出了哭声，爆发般的号啕大哭，像疾风暴雨似的倾泻着……

我的心震颤着。我该怎么办呢?

十九

小香打发狗乐来找我，让我到她家里去一趟，说是有急事。我这次回来还没有见到她，找了几次她都不在。她找我能有什么事情呢？

小香跟狗乐儿就在家具厂里边住。家具厂的大院后边，有几排集体宿舍。在最后一排的角落里，有一个小独院。两间房，加上厨房、厕所和一架盖满了院子的葡萄。一个干干净净、严严实实的小天地，这便是小香的家。

透过玻璃窗，我看到小香正在屋子里收拾着东西。她背对着我，并没有发现我的到来。我喊了她一声，便推门进去了。

她转过身来，我一下子愣住了。她显然是刚刚哭过，头发蓬乱，满脸泪痕，眼泡又红又肿，睫毛上还挂着细碎的泪花。

“你怎么了？谁欺负你了？”我问了一句。

“男人！”她气怒地说。

我笑了：“我也是男人，我什么时候惹过你呀？”

“反正在这个世界上，男人没有好东西！”

“你把我找来，就是来听你骂的？”

“哼！你还算是有点儿良心，要不，我也就不找你了。”

“姑奶奶，别使性子耍脾气了，有什么事你就说吧。”

“东平，咱俩是从小一块儿长大的，我的性子你也知道，要是把我挤对急了，我可什么事都办得出来。”

“这我信。”

“我求你一件事，你得答应我。”

“说吧，凡是我能办到的。”

“我把狗乐儿托付给你。”

“什么？你……”

“这是狗乐儿穿的衣服，还有这是我攒下的两千多块钱……”

“你、你这是要干什么？”

“我要死！”

她瞪着眼睛冲我叫喊了一声，又一头扑在床上，呜呜地哭了起来。

我完全被闹蒙了，摩挲着两只手，不知如何是好。

她哭起来没完没了。

我上前扳住她的肩头，把她从床上拉起来。

“到底什么事，你跟我说清楚！”

“说，说不清楚……”

“你说不清楚，我听得清楚，你原原本本地告诉我。”

我把脸盆架上的毛巾拿起来，用暖壶里的热水洇了洇，拧干，递给她：“来，擦擦脸，慢慢跟我说。”

“……说什么呢？这都怨我。怨我猪脑子，不长记性，缺心少肺，傻老婆一个。我这辈子，办了两件蠢事，这两件蠢事就要了我的命。第一件蠢事就是当初参加铁姑娘队，人家不要我，我削尖脑袋往里钻，哭死哭活也得去。我那会儿把冯贵才这个王八蛋当成了党的领导，当成了响当当的革命派，像对待菩萨一样地尊重他，敬畏他。谁想到他是一只披着人皮的恶狼，是一个不通人性的畜生。这会儿说什么都晚了，是我给人家送上门去的。我被他糟蹋了，怀了孕，本来就不想活了。他威胁我，说自杀就是自绝于党，自绝于人民，就是反革命。你要当上了反革命，就要追查你反动根源，齐东升一家都得跟着遭殃。我死不了，又没脸回来见你哥哥，也只好顺着他画的道往前走，嫁给了那个大车把式……

“我知道我对不起你哥哥，对不起你，也对不起咱妈。我也想象得到把你们伤得有多惨。想到这些，我就恨，常常恨得把嘴片子都咬破了。我恨冯贵才，更恨我自己，恨冯贵才这个王八蛋办的伤天害理的事，恨我自己是个没有主见的下贱女人。我忍气吞声地过日子，苦巴苦业。要不是有了狗乐儿，我真活不了这么长时间。孩子是无罪的，我不能图自己痛快，把他扔下不管。现在不同了，狗乐儿大了，没有我他也能活了。

“我不愿意死，还因为有一个没有了却的心愿。我总盼望着有个出头之日，让我报答一下你的哥哥。即使不能赎我的罪，也能减轻一下我的罪过。这出头之日果然有了，先是世道变了，我可以抬起头来做人了；后来我那男人又死了。就这样，我领着狗乐儿来了。来投奔你的哥哥。我回来的目的，就是想补补我欠他的情，赎赎我犯下的罪，帮助他干点儿什么。我想得太好了，太天真了，太善良了。这是我这辈子办的第二件蠢事。

“他变了，他远不是当初的齐东升了。都说江山易改，禀性难移。这话不对。人是会变的，会变得大起大落，面目皆非，会变得他不是他，我不是我，你不是你，会变得让人感到可怕。开始的时候，我还没大觉得，认为他还像从前那样仁义，那样善良，那样敢作敢为，那样有情有趣。不过说实话，我刚回来时他对我是挺好。为我安排生活，照顾狗乐儿，没事就跑来跟我谈心。我们还谈得蛮投机，蛮带劲儿的。那会儿，他最担心的就是怕冯贵才来纠缠我，怕我不讲原则再上他的当。他不许我理睬他，给我下了死命令。我给你看一样东西……”

小香说着，从口袋里掏出一张折叠得方方正正的纸，我打开一看，是哥哥的手迹：

死 命 令

任何时候，任何情况下，都不允许你理睬冯贵才那个王八蛋！如果他找上门来，你除了啐他，轰他，骂他“滚蛋”外，不许跟他多说一句话。如若违反此令，天理难容！良心难容！人格难容！

发令人　齐东升（手印）

受令人　郑小香（手印）

世界上居然还有这么一种文体，今后老师再给学生讲应用文的时候，恐怕又该增加一项内容了。但是我并没有觉得这好笑，看了之后，我只觉得浑身发冷，毛骨悚然。男人嫉妒起来，原来是如此不共戴天，如此充满杀机，如此专横跋扈！

“看见了吧？怎么样？”

“这有点儿过分了，你怎么接受了呢？”

“不，你理解错了。你不懂得女人。女人需要这个！需要有个男人对她专横，对她严加限制。这说明这个男人爱她，管得越紧，爱得越深！这也说明这个女人在男人心里占地方，有价值。这样，女人感到心里有底，有依靠，感到心里踏实。不要说当时他只给我下这么一条死命令，他就是让我拿刀去把冯贵才那王八蛋宰了，我也会去的。绝不含糊，绝不心慈手软！你不知道，女人要是下决心为男人做出牺牲，那是什么都豁得出去的！”

我为小香这番话感到震惊了！是呀，我是太缺乏对女人的了解和理解了。人类有许多优秀的品质，在许多伟大女性的身上，都能闪烁出绚丽的光芒。舍生成仁，侠肝义胆，忍受苦难，坚贞不渝……可是，女人这种痴情和牺牲精神，得到的结果又是什么呢？

“……还记得那次我们一起去北京吗？把你送回文学院以后，我们没有直接回家。他开着车，我们去了龙潭湖公园。那一天，我感到特别幸福，特别满足。我又一次体会到了初恋的滋味儿。我们学着城里人的样子，手挽着手，在湖边散步，肩并肩坐在长椅上谈心。后来天黑了，我们回到汽车里，他还不走，缠着我要发生关系。我不干。我倒不是不愿意，也不是不想。守了几年寡，能不想吗？又不是跟别人，是跟自己心爱的人，谁不想高兴一下呢？可是我顾及到了他的家庭，顾及到了嫂子。女人都是苦命人，苦命人同情苦命人。男人害女人就害得够苦的了，女人不能再害女人了。后来他对我说，旧情人相见，都要偿还相思债。他一提债，我就软了，就情亏理亏了。是的，我是欠下他一笔债，一辈子都还不清的债。也正是为了还债，我才又回到马驹桥镇上来的。只要能够还债，我什么都舍得。他提什么要求，我全答应。还有什么可说的呢？

“没想到，那一次出了毛病。我正在向他‘还债’，几道手电光从车窗照进来。我们被联防的民兵抓住了。我们被带到了联防指挥部，一通连拍唬带审，我们只好说了实话。联防指挥把我们关押了一夜，第二天打电话给乡政府，让去领人。说来也巧，这个电话正好是冯贵才接的。他带着乡政府的介绍信，立刻赶到联防指挥部，把我们领了出来。我心想这一下完了，这么大的风流韵事肯定会把马驹桥镇闹翻，齐东升这个厂长肯定当不成了，嫂子不拿刀把我宰了才怪，闹不好我又得第二次草率嫁人。要说冯贵才也办了一件屙人屎的事，他替我们保密，直到现在没有露出半点儿风声……”

“是不是因为冯贵才那次保了你们的驾，哥哥感激他，他们之间的关系才密切起来的？”

“什么呀？他们俩人早就在一起勾勾搭搭了。你忘了那次我把你叫回来了？打那以后，两个人越抱越紧，一对仇敌，成了形影不离的好朋友了。为这事，我没少跟你哥哥吵架。噢，你给我下了死命令，多一句话都不让我跟他说。你反倒跟他狗扯连环儿，这不是把我耍进去了吗？我成了什么？我也是一个人，我还要我的人格、我的脸面呢！”

“他们为什么要勾搭在一起呢？”

“你哥哥说了，什么工作需要，政治需要，发展事业的需要……”

“不能因为需要，就丧失做人的原则呀！”

“他这需要，那需要，什么都需要，就是不需要我了。自打第一次有了那种关系以后，他经常到我这儿来住。后来我们争来吵去，他就不到我这儿来了。”

“他不到你这儿来了？”

“有半年多不来了。”

“可是他也不在家住呀，他去找谁呢？”

“爱找谁找谁，我才懒得管他呢！”

“你不嫉妒吗？”

“嫉妒？算了吧！有了爱才有嫉妒呢，这份爱没了，我把他当成破烂了，谁爱捡谁捡，谁爱要谁要。”

“看来，哥哥是把你的心伤透了。”

“这算什么？更缺德的还在后边呢！他们俩人狗扯连环，又把我拿出来做交易。三个月前，冯贵才的老婆死了，肝癌。这会儿，他要续弦，又重新打起了我的主意。”

“哥哥会同意吗？”

“他的大媒。”

“浑蛋！这是人办的事吗？”

“这不，跟我约好了，今天晚上在大石桥上见面，八点钟，他俩在那儿等我。”

“你打算怎么办？”

“我打算到那儿一人给一个大嘴巴，然后翻身跳进凉水河。我宁可死了混个清白身子，也不能让他们的如意算盘得逞！”

“天呀！你可别这么办，这短见寻不得。”

“其实，我也就这么说说算了。为这么两个没人味儿的东西去死，值得吗？再说，我真要想死，还把你叫来告诉你。告诉了你我还死得成吗？”

她说的都是实话，可真把我吓坏了，她真的再寻短见，我该怎样阻止这场悲剧的发生呢？整个一晚上，我一边听她讲述着，一边心里在默默地筹划着。白操心，白着急了，这个小香！让我说你什么好呢？

狗乐儿突然跑进来，急切地叫嚷着："来了，他们来了！"

我问："谁来了？"

"大舅带着那个家伙来了。就是妈妈叫他王八蛋的那个家伙。妈妈叫我看着门不让他们进来，我怕我一个人看不住。二舅，你来帮帮我吧！"

我跟狗乐儿刚走到门口，哥哥跟冯贵才便肩并肩地走进来。看到他们俩这沆瀣一气的亲热劲儿，看到这两副失人格没人味儿的嘴脸，我心里的怒气一窝一窝地往上拱，恨不得扑上前去，挥起拳头打他们个满脸花。

他们刚要迈步往里闯，狗乐儿便张开两只胳膊拦住了门口："出去，出去，不许你们进来！"

哥哥扳着狗乐儿的手，笑模笑样地说："狗乐儿，别淘气，我们找你妈有事！"

"不许进去，不许你们找我妈！"

狗乐儿说着，便扑向冯贵才，又推又搡，拳打脚踢。弄得冯贵才很尴尬，只好向后退着身子，并求援似的望着哥哥。

我立在了门口，双手抱肩，嘴唇紧闭，两只眼睛怒视着。那脸色一定很难看。

"怎么回事？"哥哥不解地问。

我拼尽全身力气怒吼着："小香不想见你们这两个浑蛋！"

我吼完以后，便拉进狗乐儿，"砰"地把门关上，并插紧了门闩。

外边没有动静。他们没有叫门，也没听到他们离开的脚步声。是被眼前发生的事情惊呆了，还是又打着什么鬼主意呢？

二十

看来，我跟哥哥是得好好地谈谈了，大概他也有同样的想法。自从我在小香家骂了他跟冯贵才以后，两天来他都没有理睬我，出来进去的耷拉着脸子给我看，仇人似的。我记得，这是我平生第一次骂他，而且骂得那么狠，那么解气，那么怒不可遏。他也许觉得我伤了他的面子，或者不该干涉他们的事情，但我并不后悔，我觉得我做得对。他背离一条正直的人生之路越来越远了。没有人提醒他，也没有人能阻拦得住他。他跟冯贵才本来就不是朋友，他们只不过是互相利用。两个人在悬崖峭壁上明争暗斗，上边握手言欢，下边踢腿使绊，早晚会跌进万丈深渊。而且我总觉得，冯贵才这个人老奸巨猾，心毒手狠，哥哥无论如何是斗不过他的。作为他的弟弟，同父异母的弟弟，我该对他负责。把我看到的，听到的，想到的统统告诉他。至于能不能使他醒悟，使他改悔，使他调整做人处世的方向，我没有把握，一点儿把握也没有。

这一天只有我们两个人，他让嫂子做了几个菜，只是对我说了句“喝点儿，聊聊”。态度还算友好，说完还勉强地笑了笑。我也笑了笑，这一笑还一笑，连我们自己都莫名其妙。

我到厨房里拿筷子，嫂子拉住了我的衣襟，悄声说：“你不会把那天晚上的事情告诉他吧?”

我说：“你把我看成了什么人?”

“那我谢谢你了，感谢你一辈子。”

“用不着，这是我做人的本分!”

我们各占着一边餐桌，默默地低着头喝闷酒，谁也不说一句话，连眼神也不交换一下。屋子里很静，静得只能听到我们自己的咀嚼声。窗外，白老师和毛毛的谈话，时不时地传进来：

“白爷爷，我又忘了，到底是希望好还是失望好呢？”

“当然是希望好了。”

“那么，希望怎么总没有，失望怎么那么多呢？”

“因为呀，希望值钱，珍贵，人人都想要，所以就来之不易。失望呢，不值钱，没用，谁都不想要它，臭了街了。哈哈哈……”

到底还是他先开口了。这倒不是因为他没有耐性，憋不住。大概他会觉得自己是哥哥，应该主动一点儿。他是很在意尊卑长幼的规矩的。

“东平，那篇文章还得写一下。”他像是给我布置着任务。

我明知故问：“什么文章？”

“那天冯贵才不是跟你说了吗？给我写一篇报告文学。”

“哥哥，你真的那么想出名吗？”

“我需要……”

需要，又是需要。也许这要求是正当的。人啊人，你怎么会有那么多需要呢？按照第三思潮的代表人物，美国心理学家亚伯拉罕·马斯洛的学说，人有五种需要，即：生理需要、安全需要、归属和爱的需要、尊重需要以及自我实现的需要。当初，在挨饿的时候，你需要的是粮食，为了不至于饿死，你冒险去偷，累得吐了血，落下了“努伤”的病根。在我们当“狗崽子”、惶惶不可终日的时候，你需要的是“安全”，或者需要的是“归属”。为了这种需要，你让我跟你一块儿去表现，收集人尿给生产队浇麦苗，为老队长修猪圈，终于被人家承认了“两个亲兄弟，一对红思想”。当你失去了小香的时候，你需要的是爱，你对小桑妈那种动心动肝的爱也确实让人感动。而现在呢？你吃不愁，花不愁，女人也有了，地位也有了，还需要什么呢？你说过，你需要有更多的钱、更大的权，还需要广播四海、千古流芳的好名声。这该归于哪类需要呢？是“尊重的需要”，还是“自我实现”的需要？按照马斯洛的观点，能够达到“自我实现”的是极少数的人。马斯洛说这种需要是“一种想要变得越来越像人的本来样子、实现人的全部潜力的欲望”。如果你这些需要都得到了满足，你还像“人的本来样子”吗？不，你本来不是这样的，你不能变得这样，你不能再继续变下去了！我想要跟你谈的，正是这个最根本的问题。

“哥，你变了，变得越来越不像你了。你变化这么大，让人吃惊，让人害怕，让人不能容忍！”我话一出口，情绪又激动起来。

他看了我一眼，笑了。是用嘴角笑的，笑得有点儿苦，又有点儿揶揄的味道：“你说我变了，谁没变？你没变？小香没变？小桑没变？老疙瘩没变？世道变了，人不跟着变行吗？我敢说，咱爹咱妈要是活着，也照样会变。”

“咱俩说的完全是两码事。人是应该跟得上形势，不断地改变自己。但这应该是成长，是进步，是发展。万变不离其宗，无论怎么变，做人的宗旨不能变。”

“你说，什么是做人的宗旨？”

“比方说，真诚、善良、正直、有情有义有良心……”

“就算按你说的，真诚、善良、正直、有情有义有良心……你掏心窝子说，这些品质我过去有没有？”

“有。你过去正是这样一个人。你对妈，对我，对小香，对周把式，对小桑妈……都是这样的。我常常想起你这些好处，一辈子都忘不了。你要是总那样该多好！你为什么……”

“我要是总那样，嘿嘿！现在还是一个穷光蛋，还是一个土包子，还是一个让人欺负的窝囊废，能不能活到现在都是个问题！你别以为我这是危言耸听。今天就咱哥俩喝酒，没人干扰，长长的工夫耐耐的性儿，你要是不相信我的话，我可以把这几年我遇到的事跟你谈谈……”

……我在上学之前，就读过一本小书，叫《名贤集》，还是爷爷活着的时候教我的，我当时背得滚瓜烂熟。不知道你见过这本书没有。按照现在的说法，那都是些古之圣贤的语录，讲的都是为人处世的大道理。开篇四句就是：但行好事，莫问前程，与人方便，自己方便。这都是劝善的话。这本书对我影响很大，许多为人之道和处世之道都是从那里得来的。过去常说，在家靠父母，出外靠朋友。交朋友以义为重，以信为先，无义无信，谁为你两肋插刀？我离家出走，四处流浪，就是抱定这些人生的宗旨，想打个翻身仗，混出个人样儿来的。我到董永的故乡没有找到小桑妈，便流落到武汉。在大东门火车站，我结交了两个朋友。到现在也不知道他们家在哪里，姓啥名谁。他们告诉我一个叫陈小东，一个叫黄大水，反正都是湖北人。上有九头鸟，下有湖北佬。都说湖北人难斗，这两个人对我甭提多好了。我病了，他们把我背到一个小旅店里安置住下，为我请医生，煎汤熬药，还从饭店里买来排骨藕汤给我喝。对我真比亲兄弟还亲。武汉有一句话，叫作割头换颈。意思是说，朋友之间，是连脑袋都可以互相交换的。我们三个人就成了割头换颈的朋友，还学习桃园三结义的样子，焚香歃血，对天盟誓，有福同享，有难同当，不能同年同月同日生，但求同年同月同日死。摆出生辰八字，陈小东为老大，黄大水为老二，我为老三。我们结拜以后，便去闯关东，想到东北发财。说发了财以后，便到深圳投资入股，成立一个三兄弟公司，冲出中国，走向世界。雄心勃勃，想得挺大，说的比想的还大。

别说，到东北我们真发了大财。就是我跟你说过的，到矿区去偷运金矿，倒卖金砂。这差事是冒险，闹不好连命都得搭进去。可是真来钱。干了三个多月，我们就赚了一万多块钱。钱都由老二黄大水保管着。这个家伙长得瘦小枯干，贼眉鼠眼，我一只手能把他提起来抡三圈儿。可他一肚子狗杂碎，鬼主意。他有一件羽绒服，活里活面的。他把里边的羽绒掏出来，再把十块钱一张的票子塞进去。表面看来，那羽绒服又脏又破，臭气熏天，扔在大街上都没有人捡。他披在身上，谁都会以为他是个讨饭吃的流浪汉。其实，他才真正是个腰缠万贯的财主呢。

后来又赚了有两万多块钱，我们都觉得差不多了，见好就收吧，别太贪心。我们商量好先回北京，然后再从北京到广州，去深圳。那天晚上，我们买回来好多鸡鸭鱼肉，在一个小旅店里喝酒。为了我们的友谊，干杯！为了庆祝我们发财，干杯！为了今后的锦绣前程，干杯！我们三个人干了四瓶酒，都醉成了一摊泥。闹了半天，我喝的是酒，人家喝的是白水，我是真醉，人家是假醉。直到第二天中午我才醒过来。睁开眼一看，屋子空了，人不见了，东西也没有了。我顿时慌了，问店老板，说他俩一起早就走了，店钱也结清了……

看看，这就是结义兄弟。什么焚香歃血，对天盟誓？什么割头换颈？到头来，人家只是割你的头，自己的脑袋却舍不得动。

我被他们坑苦了，又重新变成了穷光蛋。吃一堑，长一智。我再也不敢相信朋友了，再也不敢随便与人结交了。没有同盟者，便不敢再干那偷运金砂的冒险勾当了。我只好到林区去做苦力。当然，也并不是老老实实地卖力挣钱吃饭。有时候也倒卖木材，或者为贩运木料的领路放哨，从中渔利。慢慢地，我的腰包又鼓了起来。大概总有四五千块钱。我想挣到一万就回来。

这时候我遇到一个女人。这个女人住在山下的一间小木屋里，据她自己说，她丈夫是个汽车司机，常年在外边鬼混，挣了钱也不给她。她带着一个孩子，没法过日子，只好自己出来赚钱。她常到我们林区来。来了就给我们洗洗涮涮，缝缝补补，我们给她点儿零钱。东北的姑娘大多早婚，看样子她也就二十岁出头。长得皮白肉嫩，苗条清秀，很惹人喜欢。她不像是那种专掏男人腰包的浪女人，来了以后就打情卖俏，卖弄风骚。她除了干活儿，很少说话。在男人面前总是腼腼腆腆，斯斯文文。给钱多了少了，她也不大在乎。干完活儿以后，便下山回家，从来不借故在男人宿舍里留住。这么一个正派女人，却遇上了那么一个混账男人，大家都说她命苦，都同情她，可怜她。那一段我的脚碰伤了，行动不方便，不能上山干活儿，便在宿舍里养伤。这样，她就跟我接触多了一点儿。她一边干活儿，一边跟我聊天。她聊家常礼道的闲事儿，我聊天南海北的见闻。她很喜欢听我说话，常常听得入了神，像孩子似的眨巴着两只大眼睛，手里的活儿都停下来。这副神态可真勾魂，真让人动心。每到这时候我就受不了，心里的血一个劲儿往脑门子上撞。我要不咬着牙控制着，随时随刻都有可能扑上去把她拉进怀里。

我发现她也爱上了我。她来了就找我，还常给我带来一些好吃的东西，煮鸡蛋呀，炸黏糕呀，炒花生米呀……给我这些东西的时候她总是悄悄地背着人，给的时候也不说话，把东西往我手里一塞便红着脸扭过头去。都是不呆不傻的人，我们两个人的心思只隔着一层窗户纸了，什么时候一捅就会破。

有一次她对我说，家里的房子漏了，问我能不能帮她去修一修。这有什么不可以的，我巴不得为她干点儿事，为她效效劳呢！找了一个休息日，我便下了山。房子的漏洞不大，这点儿活放在我手里根本算不得什么，一边跟她说说笑笑，一边就干完了。干完了活儿她就留我吃饭，一锅烧鹿肉，一瓶老白干。吃得我浑身躁热，通身出汗。吃完了饭，我立刻张罗回去，这可不是久留之地。再待下去，非犯错误不可。

我刚要下炕穿鞋，她一下子跪在了我的脚下，抱住了我的双腿。她说她爱我，需要我，求我别走，留下来。我留下来了……说实在的，她是我第一个睡过觉的女人，从她身上我才体会到了女人的滋味儿。尽管她后来把我害得那么惨，我还是恨不起她来，还是感激她，现在还常常想起她。

我们相好之后那一段日子还是非常甜美、非常幸福的。我总觉得她还是爱我的。她给了我很多温暖，很多柔情蜜意，很多女人最宝贵的东西，我也真的把她当成了自己的亲人，当成了自己的老婆，把那间小木屋当成了自己的家。每天下班以后，我都到她这里来。真是色胆包天，我完全忘了我们的关系是非法的，忘了她还有一个合法的丈夫。我开始给她买东西，买衣服，买吃的。后来我把我的存款都拿出来交给她保存。她假意说不要，却又说放在集体宿舍里不保险。让我把钱锁在她的柜子里，钥匙却由我自己来保存。

这天夜里，我们还在做着美梦。咔嚓一声巨响，小木屋的门被人家踢开了。接着，三道雪亮的手电光照在了我们的身上。炕沿下，站着三个金刚似的黑大汉。“是我男人回来了！”那女人惊恐地说。

还没容我反应过来，其中一个黑大汉便一把薅住那女人的头发，拖到地下，一边拳打脚踢，一边高声怒骂：“你这骚货，浪货，不要脸的东西，我不在家，你招野汉子睡觉，我抽了你的筋，扒了你的皮……”

就在那个黑大汉打那女人的同时，另外两个黑大汉一齐朝我扑来，掐着我的脖子，拧着我的胳膊，三下五除二，给我捆了个五花大绑。那女人的丈夫又扑过来朝我身上拳打脚踢。他打累了，出了火，便问我：“你说，是官了还是私了？”

人到了这个份儿上，装㞞没用，求饶不行，只能是敢作敢当，任杀任砍随你便，拿出点儿男子汉的气魄来。我挺着腰板，满不在乎地说：“官了也罢，私了也罢，反正这个女人是我的，我要跟她结婚！”

那个黑大汉一听又火了：“什么，这个女人是你的？呸！睁开你狗眼看看，我是她的丈夫。”

我说：“你是她的丈夫不假，可是她不爱你，她爱的是我！”

“胡说！”

“不信你问她本人。”

黑大汉又一把将那女人薅起来，指着我问她：“你是爱他吗？”

如果事情按照我想象的情况出现，我立即就会变被动为主动的。任他们再怎么打，怎么骂，我也会是强者，是胜利者，我就是被他们杀了，脸上也会留下轻蔑的笑容。万万没想到，那女人听了男人的问话，矢口否认：“不，不，我不爱他，没说过爱他……”

黑大汉问：“是你把他叫来的？”

那女人说：“不，不，是他自己闯进来的。”

黑大汉说：“你要是不愿意，他怎么敢住下？”

那女人说：“我、我不愿意……可他、他要掐死我……”

黑大汉又暴怒起来：“好哇！强奸良家妇女，给我打！”

我被打个半死，又被他们赶出了那个小木屋。不要说那八千多块钱存款，除了一条裤衩，连身上的衣服都被他们扣下了……

哥哥讲完以后，把桌上满满的一杯酒端起来，仰起头来一饮而尽。他的眼圈红红的，眼里燃烧着浓烟烈火。停了一会儿，便沉重地说：“我先是吃了朋友的亏，后来又受了女人的害。这怨谁呢？没得可怨。怨世风日下，怨人心险恶？可是为什么别人不吃这亏，不上这当呢？只能怨自己单纯，太幼稚，是个十足的蠢驴，笨蛋，傻瓜！谁让我相信了那些鬼话呢？还有你说的那些，真诚、善良、正直、有情有义……这些有什么用？到外边闯世界，是能当护身符保护自己呢，还是能当武器战胜别人？”

哥哥说到这儿，停下来，又喝了一口酒。这口酒大概喝得太猛了，有点儿呛。他闭着眼睛，使劲咽了咽。似乎要把这一切愤然不平都压在心底，可又压不住，他又继续说起来。

“人嘛，就是这样，缺什么想什么，没什么盼什么，有什么烦什么。咱从小当狗崽子，总是受压，矮人一头，低人一等。我就是不平，不平怎么办？我就想出头，盼望着有朝一日我也长出半截。不是与人肩膀齐，而是高人一等，出人头地。我也得尝尝让人尊重、让人畏惧、让人在你面前低三下四、当个人上人的滋味儿。这也许是反作用力，也许是报复心理。管他是什么呢！反正我就想这样……”

我呆呆地坐在他的对面，一动都不动，身子僵直着，连思维都凝固了，像是在观看一场紧张激烈、惊心动魄的足球赛。似乎你稍一眨眼，就会为你所关心的一方丢掉一个球一样。

“想出人头地怎么办？靠天赐良机，靠人家恩典，靠自己一点一点往上拱，行吗？得靠自己去争，去抢，去冲，去撞，去玩命，去冒险！说句时髦的话，得去参加竞争。竞争靠什么？这也跟两军对垒争夺天下一样，靠的是勇气和计谋。只要能够成功，管你采取什么样的手段呢？胜者王侯败者贼。历史是胜利者的历史，不是失败者的历史。现在常有人说，这年头是撑死胆大的，饿死胆小的，老实人吃亏。我觉得这年头挺好，这是社会的进步。难道还能调过来，胆小的发财，胆大的饿死，老实人占便宜，谁精明强干，敢作敢为谁倒霉？那谁还去竞争，谁还去拼命，谁还去动脑筋卖力气？一个个都变成了木头人，那样社会就得往后退，人还得重新变成猴！”

哥哥终于说完了，他讲了整整一个晚上。好像该我说了，可我能说些什么呢？在这个世界上，各有各的经历，各有各的体验，各有各的人生目标和做人宗旨。难说谁是谁非，这不是哲学范畴里的探讨和争论，而是一条血泪斑斑的人生之路。我们常说现在是一个多元的世界，各种理论、各种思想都会应运而生。那么，我对哥哥是否应该宽容一点儿呢？是宽容他的思想，还是宽容他的行动呢？我困惑了。

“你不是讲真诚吗？我跟你讲这些，算不算一种真诚呢？”他用调侃的口气问我。

我应该承认，他说的这些都是真的，都是经过长期思考的，从心窝子里掏出来的实实在在的话。至少，通过他讲述这些，使我弄清了一个长期困惑不解的问题，那就是：他是怎样从这一段艰难曲折、充满泥泞的道路上跋涉过来的，又是怎样从一个地主狗崽子变成如今马驹桥镇上这大名鼎鼎的齐东升的。生活让我懂得了理解，而理解了便能宽容。可是宽容……

嫂子忽然闯进来，轻声对我说：“孙秀英来了。”

我一惊：“她来干什么？”

“听说你回来了，要见见你。”

“不见。”

“我怎么跟她说呀？”

“就说我走了。”

“她知道你在家呀。”

“就说我睡了。”

“这合适吗？”

“有什么不合适的？告诉她有什么以后到法庭上去说。”

“我可说不出这些绝情的话。我把她劝走就是了。”

“随你的便，反正我不见她。”

这么插一杠子，酒桌上的情绪大变。我的情绪又陷入自己的不幸和痛苦之中。孙秀英怎么知道我回来了？她来找我干什么？是妄图跟我和好呢，还是同意跟我离婚了？或者……他妈的，不想这些。可是不想这些怎么行呢？驱不散，赶不掉，转来转去还得想……

哥哥说：“我一直想问问你。你这么想离婚，是不是在外边已经找好了？”

我难为情地说：“我心里有一个人，已经很长时间了，不过……”

“有什么难处？”

“我一直下不了决心，想跟你商量一下。”

“谁呀？你的同行？”

“不，是……小桑。”

“小桑？”哥哥先是一愣，接着便果决地说，“不行，她不行！”

我心里一阵狂跳，汗水立刻从头上淌下来，结结巴巴地说：“是、是不行……开始我也觉得不合适……我知道她家跟咱家的关系，她妈把她托给你了，把你当成她的父亲……我们隔着辈分，可后来……”

哥哥使劲儿摇了摇头：“我说的不是这个意思。告诉你，这个姑娘不能要。跟她玩玩可以，当老婆不行！”

“为什么？”

“她跟男人睡过觉了，早已经不是姑娘了。”

“不，不！这不可能！”

“你还不信，这是真的！”

“跟谁？”

“跟我。”

我差点儿昏厥过去，干张着嘴说不出话来。浑身一片寒凉，一片瘫软……

哥哥仍然坦率地说：“我跟她到现在也没有断。在厂子里她那么飞扬跋扈，靠的是什么？你见她在我面前那么放肆，还瞧不出我们之间的关系吗？”

我怎么会瞧得出来呢？我怎么想得到呢？我怎么敢往那方面去想呢？我是个十足的笨蛋，十足的傻瓜，十足的窝囊废！该！活该！天报应！谁让你那么没用呢？谁让你那么优柔寡断，患得患失，前怕狼后怕虎，又想吃又怕烫呢？谁让你那么多条条框框，那么多清规戒律，那么多穷酸讲究呢？把自己怀里的姑娘往外推，推到狼群里，还怨恶狼向她下嘴吗？如果说这是一种坑害的话，到底谁是凶手，谁害了她呢？我捶胸顿足，悔恨交加，恨不得一头撞死在哥哥面前。

我咬牙切齿地谴责他：“你怎么干这伤天害理、灭绝人伦的事情，你知道你是她什么人？”

“什么人也不是，我跟她没有任何血缘关系。”

“可你跟她妈相爱过。”

“可毕竟没有结婚。跟她妈不成，就不能再跟她了吗？”

“跟她？难道你……你也爱她？”

“爱她？嘿嘿，我不过是解解亏心罢了。”

“解什么亏心？”

“那些年，我们亏了多少？什么全耽误了。活到三十岁，还没沾过女人的边。现在好不容易才翻了身，还不给自己补一补？你也别太老八板了……”

如同一声沉雷在我的心里炸响了，我的整个灵魂和肉体都崩溃了，坍塌了。哥哥还在我的眼前扇动着他的嘴巴，像是在说着什么。我听不见。只觉得他的舌头是血红的，牙齿是尖利的，两只眼睛放射着饿兽般的凶光……

我害怕极了，但愿这是一场噩梦。

二十一

天还没有亮。或许是因为阴天的缘故，外边还被一片朦胧的夜色笼罩着。几点了？表停了，他妈的。折腾了一夜，这一夜还有完没完？从来没有经过这漫漫无头的长夜，像是熬过了这苦海无边的一生。

我醉酒了。平生第一次醉酒。其实我根本没有喝多少酒。吐，吐了一次又一次，把胃液胆汁都吐出来了。小屋里肯定让我糟蹋得酒气熏天，嫂子怎能受得了？哥哥什么时候走的我不知道。嫂子一夜没睡，一直在我身边伺候着。我吐的时候，她给我捶背，让我漱口。吐完以后，又为我打扫污秽。我吐完了便哭，号啕大哭，哭得震天价响，连我自己都感觉到了。在我的记忆中，我从来没有这么痛快淋漓地哭过，就是小时候受了委屈挨了打，也没有这样。哭的时候，嫂子便安慰我。她把我拢在怀里，紧紧地搂着。她不说什么，却陪着我一起哭。泪水洇湿了她胸前的衣襟，不知是她的泪，还是我的泪。

吐得精疲力竭，然后倒头便睡，死一般地昏睡。睡过去又是一场接一场的噩梦。在毒蛇猛兽的周围，在悬崖峭壁上攀登，在阴曹地府里游荡……我浑身抽搐着，恐怖地叫着，把自己都惊醒了。睁开眼睛，嫂子仍然坐在我的身边，仍然轻轻地把我拢在怀里。嫂子，我的好嫂子，我该怎么感激你呢？

我终于清醒过来，平静下来。夜色中，我呆呆地躺在床上，两眼直愣愣地看着天花板。我真希望永远永远这样躺下去，这样结束自己的一生。这样也算干净，也算省心。死不了就得活下去，活下去就有那么多的缠缠绕绕，有那么多的麻烦事，有那么多的忧愁和痛苦。人生本身就是个悲剧。这话是谁说的？尼采吗？这个老头儿，你怎么能想出这么绝的话来呢？

“东平，我都听到了，都明白了。你哥哥不是人，他对不起你，你太委屈了。”

“嫂子，我该怎么办呢？”

“你该去找小桑。”

“找她，我找她干什么？”

“看得出来，你是爱她的，爱得很深很深，男人有这份感情不容易，千万别糟蹋了。那一天，你跟我说你心上人是小桑的时候，我真恨她，也恨你。我以为你像你哥哥一样，都是被这狐狸精迷住了。现在我懂了，你们两人不一样，一点儿都不一样。你是有真情，动真情的。”

“可是小桑她、她已经……”

“你是说她已经跟过别人，失了身是不是？男人啊，唉！你们男人为什么把女人的贞节看得那么重？可你们男人又有几个能保住童贞的？告诉你，失了身的女人也是人！只要有那颗心，有那份情，就该爱，就值得爱！经过这番磨难，你们的感情会更深，会更加相亲相爱。”

嫂子的话震撼了我。我心里豁然开朗，像是被她领入了一个纯净、圣洁的新天地。谢谢你！我的好嫂子！你是一个了不起的女人。我该照你的话去做……

“小桑也是个苦命的孩子。这两天我一直在想，我不能伤害她。你知道吗？你哥哥头两天给我布置了一个任务，让我到厂子里找到她，当着全厂人的面撕她、打她、骂她。等事情闹大了，你哥哥再出面，以照顾影响为借口，把她除掉……”

“哥哥为什么要对她下毒手？”

“他认为小桑对他威胁太大了，不除掉她就会留有后患。这都是冯贵才那个王八蛋给他出的主意。”

“太狠毒了！”

“我想来想去，不能这样做。虽说我恨她，嫉妒她，可这是两码事。我不能够让他们拿我当枪使。再说，她也是个女人，也被男人算计得够惨的了……”

我不能再犹豫了，翻身爬起来，穿上衣服，便朝门外走去。

雨停了，路上很滑。出了马驹桥镇南门，就是一条通往海子墙的土路。黏土遇上了雨，胶一样粘鞋陷脚。我深一脚浅一脚地跋涉着。一场秋雨一场凉，秋风灌进我的脖子里，冻得我直打战。

我终于看到了那个篱笆小院。

小桑出来了。

我们两个都非常惊愕。

她穿着雨鞋，夹着雨伞，背着鼓鼓囊囊的旅行包，看样子像是要出远门。

“你怎么了？”大概我的样子非常难看，她又叮问一句，“你来干什么？”

“不是我要来的，是我的心让我来的。”

她瞪着孩子似的两只大眼睛，惊魂未定般地看着我。那鲜润的脸蛋，那长长的睫毛，那热辣辣的目光，仍然是那样动人心魄，然而，我该问自己一句了：你还爱她吗？

当你听到哥哥说跟她睡过觉，你还爱她吗？当你看到她在城里轻薄地跟警察周旋，你还爱她吗？更远一点儿说，当你和哥哥一起在隆福寺的服装摊儿遇到她，听到她那精彩的“讲演”的时候，你还爱她吗？

她还是你心目中的小桑吗？

时间的长河翻涛滚浪，能把尖利的石头磨圆，能把人的容颜冲老，也能把人心冲泡得改变原来的形态……

“你要到哪儿去？”

“离开马驹桥镇。”

“为什么？”

“我要大难临头了。”

“出了什么事？”

“你真的不知道吗？你那宝贝哥哥都安排好了。先让你嫂子把我打个满脸花，然后你哥哥再出来充好人，并且以照顾影响为借口，把我赶出家具厂……”

“这件事你怎么知道的？”

“冯贵才告诉我的！”

冯贵才！这个阴险毒辣的家伙。我原来还真以为他出于某种政治需要，与哥哥互相利用，沆瀣一气呢！他给哥哥出了这个心毒手黑的损主意，又反过来告诉小桑，他到底要干什么呢？到底姜是老的辣，他把哥哥当猴耍了，哥哥还蒙在鼓里呢！看来，哥哥非毁在他手里不可。

“告诉你，许他不仁，就许我不义。我周小桑可不是让人家方了捏扁，扁了捏圆的软面团儿。我不拿出点儿真功夫给他练练，他就不知道奶奶那玩意儿是不吃素的……”

她恶狠狠地说着粗话，那双大眼睛里放出的光也是狂怒的、凶狠的，让人不寒而栗。我像个罪人似的站在她面前，胆怯地看着她，不知该说什么好。

“都怪我自己瞎了眼，认错了人。我原来以为他齐东升是个男子汉，是个英雄。都怨你，怨你！是你让我瞧不起那软弱无能的窝囊废，反过来让我崇拜顶天立地的男子汉，崇拜敢作敢为的大英雄。我愿意为他牺牲，愿意为他奉献我的一切。为了他那摊子事业，我吃了多少苦，受了多少罪，经了多少磨难？你去打听打听，马驹桥镇连条狗都知道，齐东升的家具厂，靠着我周小桑给他撑起了半边天。现在他翅膀硬了，人似的了，又觉得我成了他的负担，成了他的危险，成了他的后患。娘的，他的良心真是喂狗了。或许他原本就没有良心，都是狼心狗肺。他是一条狼，一条吃人不吐骨头的恶狼。哼！他才是真正的危险，真正的后患呢，他要是掌了大权，好心人都甭想活……”

她在声讨着哥哥的罪恶。我不得不承认，她说的是事实。直到现在，我才看到了哥哥的另一面：他恶毒地报复我，把我骗进了蒺藜地；

他花三十二块钱买了个生财之道，倒卖土鳖种赚钱；他一拳捶碎了八仙桌，制服了孙秀英这个刁娘儿们；他把嫂子搞到手，又不忠于她，不信任她，不拿她当人看；他原谅了老疙瘩政治上的错误，却又牢记着那花布褂之仇；他与小香偿还了相思债，却又拿她与冯贵才做交易；他与冯贵才有不共戴天的深仇大恨，却又为了这“需要”、那“需要”，互相勾结，同流合污；他拒绝了小桑妈的爱情，却又毫无顾忌地占有了小桑……

“小桑，你跟哥哥的事，我都知道了。”我嗫嚅地说。

“这怨你！都怨你！你这个没有用的东西！你伤了我的心，你糟蹋了我的感情。你把我推出去了，推给了一条恶狼！”她扬起脸来冲我叫嚷着，像是要把满腔的积怨统统发泄在我身上。

我惶然了。

“当初，他让我当他的助手，把业务大权交给了我，向我提出了条件：这样的重任必须交给一个与他有特殊关系的人，否则，他不放心。我当时真想告诉他，我本来就与你有一种特殊关系。我现在是你弟弟的情人，将来是你弟弟的媳妇！你是我的哥哥，是我的大伯子！这还不够吗？这种关系还不硬、不铁、不扎实吗？我写信给你，让你给我一个明确的答复。没想到你、你……我恨你，恨死你了！是你害了我，害苦了我……”

她挥舞着手臂，冲着我声嘶力竭地叫喊着。她流泪了，却没有哭。豆粒大的泪珠儿一颗接一颗地滚落在她的脸颊上，又被她气愤地甩了出去，溅在我的脸上，嘶啦啦地烫人。

忽然，她提起身边的旅行包，往肩头上一甩，脚步匆匆地走了，连头都不回。

我追上前去，拦住她，双手抓住了她的双肩：“小桑，你别走，别走！”

“干什么？”

“我要你，我要你！”

“什么？你说什么？”

“我要娶你，我要跟你结婚！我要你做我的老婆，我的妻子，我的爱人！我要跟你在一起，成家立业过日子！”

她呆愣愣地看着我，像看着一个陌生人，又像是刚刚被我从梦中唤醒，根本没有听到我对她说了些什么。

“小桑，你听到了吗？听到我对你说的话了吗？”

“我听到了，全听到了。这些年，我天天盼，月月盼，年年盼，就盼着从你的嘴里说出这样的话来。盼得我心焦，盼得我发疯发傻犯神经。有时候盼慌了，我就模仿你的语言、你的声调，自己对自己说这些话。说完了又伤心，又委屈，只好暗自流泪。现在，我终于听到了这些话。听到了这些话，我应该高兴，高兴得发疯发狂。可是……我不信了。”

“你不信什么？不信我说的是真话？”

“不信你再爱我了，我现在成了一个破女人，也不配再让你爱了……”

“小桑，别这样想。你跟我哥哥的事，是怨你不好，怨你做人没原则，没有主心骨。但有罪的是我哥哥，他欺骗了你，玩弄了你的感情，又毫不留情地把你赶走。要恨，我只能恨他。再说，出现这种局面，也怨我，也是我的罪过。”

“东平，你……真是这样想的？”

“是的，你相信吧！相信我对你的感情吧！虽说我没有向你表白，没有下决心跟你走在一起，可我是爱你的，爱得很深很深。直到现在，我对你的爱也没有减，甚至更强烈了。因为你受伤了，我也受伤了，我们两颗受了伤的心需要互相安慰，互相用对方的感情医治自己的伤口。我需要你，你也需要我……”

我把她紧紧地搂在怀里。我以为她肯定会伏在我肩头上痛哭的。可是没有。她就像是一只受了伤的小动物，很驯服地依偎在我的怀里。我懂了，她更多的是需要爱抚，需要柔情，需要慰藉。她用双手钩住了我的脖子，缠得很紧很紧。我觉得，她的浑身颤抖起来。

“小桑，我爱你。我要跟你结婚!”

“有了这份爱就够了，我就满足了。”

“不，我要正式娶你。”

“不怕犯重婚罪!”

“我还要离婚。我回文学院以后马上就向领导申请，我要重新起诉!”

“我等你，等你……”

她扬起脸来，用那双春水汪汪的眼睛看着我，那红润润的脸颊、潮乎乎的嘴唇儿以及那滑溜溜的小鼻子，都显示着一种盼望和渴求。我吻了她，用长期以来积压在内心深处的情感，疾风暴雨般地吻她。吻她的嘴唇，吻她的眼睛，吻她的脸颊。越吻越烈，越搂越紧，恨不得要把她拦腰箍断，一口吞掉。她在我怀里扭动着身子，似乎是在被一种无形的力量操纵着，她呻吟般地喘息着。

世界死一般的沉寂，除了我们两个人，一切都不复存在了。

“我爱你!”

“我爱……”

“我要你!”

“我要……”

“什么时候?”

“现在……”

巨大的冲动涌出了巨大的力量，我把她抱起来，朝那篱笆小院走去。

小屋的门开了，又闭上了。

二十二

一个农村妇女，穿着一身皱巴巴的散发着卫生球味儿的新衣服，东张西望地进了文学院的大门。她左手挎着一个沉甸甸的竹篮子，右手牵着一个五岁的男孩儿。

传达室于大爷拦住了她。

“俺找他爹。”

“他爹叫什么?”

“孙长富。”

“没有这么个人。”

“俺他爹是作家。”

“作家？作家都在食堂吃饭呢，你到那儿去问问。”

农妇挎着篮子，领着孩子，进了文学院的食堂，挨着个儿地向作家们打听。都摇头，都说没有这么个人。

农妇急了，急得一个劲儿地用袄袖子擦汗。突然，她眼睛亮了：“你们这些作家净拿俺这土包子开心，那不就是孙长富吗?”

“在哪儿呀?”

“水管子旁边洗碗的那个……长富，喂——长富……”

“大嫂，您认错人了吧?”

“自己的男人还认得错!”

“他叫齐东平!”

“什么，他来你们这儿改名叫齐东平啦？这可不行。”

完了，我的底全让她给卖了。轮到我跟自己的老婆见面的时候，大家都知道我叫孙长富了。现代派女作家齐小华敲着饭盒走过来，佯装气愤地说："我说齐东平，咱俩可一直认着本家呢，闹了半天你是冒牌货呀！"

饭厅里一片哄笑。同行们一方面表示热情，一方面出于好奇，把我和老婆孩子围在中间。我恼羞成怒，居然发起了庄稼火，冲着齐小华说："谁是冒牌货？"

齐小华头一歪："你不是姓孙吗？"

"孙子才姓孙呢！"

又一阵哄笑。

齐小华还不知深浅地说："噢，我晓得了，齐东平是你的笔名，对不对？"

孙秀英立刻接过话茬儿说："什么笔名纸名的，他原来是叫齐东平，后来跟我结了婚就随了我的姓，改叫孙长富了。我们家是抱儿子招女婿，要不就绝户了……"

饭厅里突然静下来，没有人笑，也没有人说一句话，大家都紧张地看着我，连空气都凝固了。我无法忍受，我觉得每一道目光都向尖刀一样刺在我的心上。我的心紧缩着，抽搐成一团。忽然，我把手里的饭碗使劲往地上一摔，冲出人群，跑进我的宿舍，一头扑在床上，呜呜地哭了起来。

首先被吓慌的是齐小华，她跟着我跑了进来，一边摇晃着我的肩膀，一边连声向我道歉："东平，真对不起……我实在是不知道，都怪我……"

不知是谁把齐小华拉走了，轻声地说："让他哭吧，哭一会儿心里痛快。"

孙秀英很知趣，她没有跟进我的宿舍来，她知道，来了我也不会给她好气的。我的同行们替我给她买饭，招待她。这样，使她有了一个在我们班进行表现的机会。

一般地说，在陌生的场合，农村女人是比较招人喜欢的。她们爽快、大方，嘴也甜。而她们的愚蠢和无知，也如同刘姥姥进大观园似的，给人以笑资，帮人增食开胃。人家把饭菜给她端来了，她也把自己挎的篮子打开了。那里边咸鸡蛋、酱黄瓜、醉枣、花生米，塞得满满当当，都是土特产品。她拿出来便真心诚意地往人家手里塞，往人家碗里扔，这么一来，反而弄得我的同行们不好意思了。

她粗脖子红脸地跟人家争执："这位大哥不要，瞧不起我是不是？你们整天山珍海味地吃着，也尝点儿乡间野味，让它给你们刮刮膛油，免得胖得走不动道……"

饭厅里的气氛立即和谐了，有了欢声笑语。

齐小华又沉不住气了，拦住孙秀英说："快别往外拿了，给东平留点儿吧！"

孙秀英扯着嗓子说："他一个人哪吃得了这么多呀，我拿来就是给你们大伙儿吃的。在俺乡下，顶讨厌那种被窝里放屁——吞独食的人了。在家靠父母，出外靠朋友。俺他爹在外边混事由，还得靠你们大伙儿帮衬扶持呢！"她一边说着，一边把一根酱黄瓜举到一个小伙子鼻子底下，"这位同志面嫩，你恐怕没有俺孩子他爹大，来，尝尝嫂子的酱黄瓜，又酸又甜。俺怀这儿子的时候，反应太大，七天水米未进，都靠嚼这酱黄瓜活过来的……"

那个被孙秀英称作面嫩的小伙子，叫方航，是从山沟里来的嘎小子。平时就满嘴粗言秽语，是耍嘴皮子的能手。他见孙秀英如此大方，可找到了对手，有了共同语言。不痛痛快快地逗两句，他痒得心里抓挠。他举着手里的酱黄瓜说："嫂子，吃着您这酱黄瓜，我想起了一个谜，您猜猜怎么样？"

"什么谜？"

"一条黄瓜腌一缸，不用浇水自来汤，韭菜腌在缸沿上，还有两个茄子没腌上……"

饭厅里起哄般地笑起来。

齐小华不解其意，还一本正经地问方航："你这谜打个什么呀？"

方航冲齐小华挥了挥手："去去，没你的事，让嫂子猜。"

齐小华还急扯白脸地争辩："怎么，我猜着就不算啦？"

人们笑得捶胸顿足。

齐小华似乎明白了什么，脸红了。

孙秀英指着方航的鼻子数落开了："看你这小伙子长得皮白肉嫩，腼腆得像个大姑娘似的，没想到肚子里还有这么多鸡零狗碎……"

方航还在叫阵："嫂子，您先别批评，您猜呀！"

"我要是猜着怎么办？"

"这样吧，您要是猜着，算我输了，我亲您一下；您猜不着，算您输了，您亲我一下。"

"你小子倒会占便宜，来，我让你亲，先给你俩糖枣吃！"

孙秀英说着，举起手里的筷子就向方航的脑勺敲去。方航抱着脑袋跑，孙秀英围着桌子追。看看，不到一顿饭工夫，她已经跟我的同行们打成一片了。

吃完饭，是午休时间。院子里安静下来，过道里哗哗水响，是齐小华在洗衣服。这个二十八岁还没有结婚的老姑娘大概有洁癖，一天到晚地洗，好在来这儿学习不用交水费。水管旁边，每天都放着一盆浸泡着的脏衣服，都是我们这些男子汉的，不熬到身上没得穿，都不去搓洗它。孙秀英见了，动手帮起了忙。

齐小华忙拉住她："你别管，这些男人个个都是懒虫，衣服不泡臭了都不张罗洗。"

"本来嘛，男人不该干这个。"

"你这也是大男子主义。男人身上的特权，都是女人拱手送给人家的。你快去歇会儿吧，跑那么远的路了。"

"我不累。你没见我们学大寨的时候呢，早晨三点半，中午带顿饭，晚上连轴转。一天也就睡两三个钟头觉……"

"嫂子，既然大伙儿都叫你嫂子，我也这么叫吧。我问你，你跟东平结婚，为什么还要让他改名改姓呀？”

“我们家不是没男人吗？这叫借种，话糙理不糙，不这样，我们姓孙的就断了香火了。”

“你呀，年纪不大，脑子里封建的东西怎那么多呀！”

“我们那儿都这样。”

“都这样？都这样也不行，东平不能这样。嫂子，我问你一句话：你知道东平的价值吗？”

“价值？什么价值？”

“就是说……他是什么身份，什么地位，值多少钱？”

“怎么，谁想买他？”

“哎呀，怎么跟你说呢？这么着吧，东平是作家，你知道不知道？”

“知道，他会写小说。”

“不错，作家是人民群众中的一员，应该时刻跟人民群众同呼吸、共命运。但是，你不能把作家混同于一般的工人，一般的农民，一般的老百姓。他应该是他们当中的优秀分子和代言人，他应该比他们更有知识，更有觉悟，更有先进思想……”

“是呀，我早就说过，俺他爹是‘马驹桥第一者’……”

“因此，作家就更有个性，更有尊严，更有独立的人格……”

“你说这些大道理我不懂，可俺知道，俺他爹脸皮薄。他一听人家叫他孙长富就挂不住劲。开始俺想，兴许时间长了就习惯了。没承想他心里的疙瘩越结越大，要不怎么会跟俺离婚呢！”

“你们离婚了？”

“没离成，法院不判。他还不死心呢，说什么也不跟俺一块儿过了。”

“那你为什么还来找他？”

“咳，过去是他犟俺也犟，一头不下马，一头不接鞍，关系越闹越僵。这回，俺先低他一头，来找他……”

“看来你风格还挺高。”

“俺娘说了，真要离了，对俺也没有什么好处。他仗着自己是作家，兴许还能找个鲜灵灵的大姑娘。可俺呢，生过三个孩子的大娘儿们，谁还要呀？就算能找，恐怕也找不到他这么一个有头有脸的人物了……”

“你这算盘打得真细，我真为东平感到悲哀。”

“他这个人我清楚，别看他脾气犟，心肠挺软，只要你开口求他，他心里就受不了了……”

我哭了一会儿，心里舒畅多了。我躺在床上，两眼盯着天花板，脑子里一片空白。外边过道里，齐小华和孙秀英的谈话，传到我的耳朵里，我连一点儿反应都没有。我麻木了，什么都不想，什么都不愿意想。

窗外洋槐树上的蝉拉长了声叫着，把我的神经一根一根地抽走了。

像一阵风，春天的风，柔柔的，软软的，暖暖和和的，拂着我的脸颊，又轻轻地抹去了我眼角的一颗泪珠儿。

我一惊：是儿子！儿子已经来到了我的床边，正伸着那柔嫩的小手抚摸着我。正是我的儿子，我的亲骨肉。可是，自从他出世以来，我却没有向他表示过任何骨肉之情。他怎样哭，怎样笑，怎样牙牙学语，怎样摇摇学步，怎样从襁褓中的一团肉长成今天这个模样，我都不清楚。几年来，我有时候也回家，也见过他，在礼仪上也尽过我做父亲的义务。那是每月发了工资以后，我都按照规定送回家去，交到丈母娘的手里。顺便给我儿女们买点儿糖果，买件衣服，或给已经上学的女儿买些学习用品。高兴了，就多待一会儿，跟孩子谈几句；没有兴致，把东西一放扭头就走。有时候我也动心动情，也想对孩子表示一种做父亲的慈爱。但我都忍住了，让在这个家庭里生活的一切人都对我感到陌生，感到厌恶好了。

“爸爸……”

儿子胆怯地、试探着叫了我一声。我心里一阵发烫。我没有答应他，却把他的小手紧紧地握在我的掌心里。

“爸爸，您还要我吗？”

“要，你永远是爸爸的儿子!”

“您不要妈妈吗?”

我没有回答。

咕咚一声，儿子突然跪在了我的床头，两只深潭一样的大眼睛一动不动地看着我，泪水顺着他那圆乎乎、鲜嫩的脸颊淌下来。

我心里像被蝎子猛蜇了一下，霍地坐起身来，一把将儿子从地上拉起来，紧紧地搂在自己的怀里。

儿子哽咽着说：“爸爸，您……别扔掉我、扔掉妈妈……我求求您，让我跪下求求您……”

这不像一个五岁的孩子的举动，更不像一个五岁的孩子说的话。我警觉地问：“是谁教你这样说的?”

“奶奶。”

“哪个奶奶?”

“就是家里的奶奶。”

“不，你该叫她姥姥。”

“她让我叫她奶奶。”

我捧起儿子的脸，盯着他的泪汪汪的眼睛，郑重地问：“孩子，你知道自己叫什么吗?”

“知道，我叫孙梦客。”

“不!你姓齐，叫齐梦客。有人问你，你就说叫齐梦客。懂吗?”

儿子使劲点了点头。

我使劲在儿子的脸上亲了一下。

晚上，热心的同行们逼着我跟自己的老婆睡在一间屋子里。邱岳那张床还在，夏天也用不了多少铺盖，我把自己那套被褥分出来给她和儿子铺好，便躺在床上看起书来。儿子已经睡着了。她坐在对面的床沿上，显然要和我说些什么，我没有理睬她。

夜深了，我们仍然没有开口。她开始洗，从外边打来一盆温水，脱光了衣服，在屋子里稀里哗啦地洗着，洗起来没完没了。似乎她的洁癖比齐小华还严重。

我知道她是在诱惑，一个女人最拙劣的诱惑，好几年没沾女人的边了。我也需要，我也难受，有时候胀得火烧火燎，起急发躁。我耐住了，用最残酷的、最不人道的方法耐住了。我把脸扭向墙壁，不去看她。

她自知失败了，擦干了身子，又规规矩矩地把内衣穿上，重新坐在了我对面的床上。

“你愿意叫齐东平，就叫吧，我同意。”她开始说话了。

“这是我自己的名字，我有权利叫，用不着谁批准！”我冷冷地说。

“你要是愿意，孩子的姓也可以改过来，姓齐。”

我惊愕地扭过头来，像是没有听清她的话。

她用眼角瞟了我一下，继续说：“俺妈说了，只要你不跟俺离婚，什么条件都应你。”

“你说，把孩子的姓改过来，都改吗？”

“梦客就别改了。俺妈说，求求你，给孙家留一条根吧……”

我不再说什么了，她也沉默下来。

突然，她像一头发情的母牛一样从对面床上弹过来，扑在我的身上。她把那胖胖的身子在我的身上扭动着，抽搐着，拍打着，又发疯般地撕扯着我，拥抱着我，亲吻着我。她哭了，也像一头发情的母牛一样呜呜地哭着……

我的心开始酥软了，确实如她所说的。

她在文学院一连住了三天。最后，兴高采烈，心满意足地走了。

她回去后不久，我又收到了女儿写来的一封信：

亲爱的爸爸：

您好！新年快到了，您回家吗？姥姥说要杀一只羊，还留了两只大公鸡，扣在笼子里养着呢，这样膘肥肉嫩。我们天天盼着您回来，跟我们一起过个团圆年。自从上次妈妈从您那儿回来以后，奶奶她让我们叫她姥姥了。我和妹妹也改成您的姓了。我叫齐彩凤，她叫齐彩霞。是妈妈带着我们先到派出所，又到学校改好的。

对了，我还见到了大伯，见到了伯母，见到了毛毛小妹。也是妈妈带我去的。大伯真好，他给了我二十块钱，我回来交给姥姥了。

姥姥和妈妈昨天哭了一夜，说是也要把弟弟的姓名改过来。姓齐。弟弟说，他不愿意叫梦客，太绕嘴。他自己取名叫齐兵，说长大了要当一名“骑兵”。我说叫兵的太多了，俗气。我给他想好了一个名字，等您回来以后再告诉您。您肯定会满意。

另外，我这次期中考试得了“双百”，学校奖励我一本《新华字典》。老师让我给您写信，也让您奖励我一点儿东西。我知道您在外边费钱，我什么都不要。您给我写一首诗，行吗？要是写诗费脑筋，您就给我写一句话，一句鼓励我进步的话，好吗？

我想您，弟弟妹妹、妈妈姥姥都想您。您快点儿回来吧！

您的女儿　齐彩凤

×月×日

二十三

不管我心里多沉重，也不管这里曾经让我流过多少泪，伤过多少心，受过多少磨难。我来到这古老的小镇上，还是有一种难以言传的亲切感。在这块苦涩的土地上，毕竟扎着我的根，生长着我的同类，埋着我的衣胞。无论我走到天涯海角，都跟这里有着千丝万缕的、撕扯不断的联系。野人怀土，小草恋山，这大概是人类共通的感情。

才入冬不久，天气阴得很沉。空气中包含着过多的水分，冰凉、凝重，压得人心头沉甸甸的。我下了公共汽车，低着头朝前走。最好别碰上什么熟人，我懒得与人寒暄。无心无绪。

天刚擦黑，街上的路灯还没有开。我在昏暗中踽踽独行，像做着一个昏沉沉的梦。又一阵纷乱扰上了我的心头。我下意识地把手伸进衣兜儿里，想吸一支烟。烦恼中的孤独者，大多以烟为伴的。他们把痛苦和忧愁点燃，吸进去，又吐出来，这或许是一种间接的发泄方式。生命已经贬值了，谁还在乎尼古丁呢？可惜的是，烟盒空了。

我的双脚几乎都没有经过大脑的指令，便迈进临街的一间杂货铺里。

铺店里的灯光是昏黄的。我那朦朦胧胧的意识告诉我，柜台后边走过来一个人。我把几张揉皱了的零票扔在柜台上，含混不清地说："来包儿烟。"

递在我面前的是一包精装的"良友"烟。

我又把它推了回去："不，不要这个，钱不够。"

"您拿去抽嘛，谁要你的钱了？"

咦？这声音怎么那么熟悉？

又一个声音从里间屋子里传出来："小云，是谁呀？"

啊！这声音更熟悉了。

"是东平，东平回来了。"

"噢，快进来，快进来，刚下车吗？"

迎出来的是郑百岁老汉，我同时认清了，站在柜台后边的是赵淑云，老疙瘩媳妇，在木器厂里我们见过面的。

"你们，你们怎么在这儿？"我感到十二分的奇怪。

"快进来，进来再说话。"郑百岁老汉继续招呼着我。

赵淑云把柜台上隔板打开，我随着郑百岁老汉进了里边的小屋。

床头放着一张小桌，桌面上摆着两盘小菜。郑百岁老汉正在自斟自饮。这个老头儿唯一的嗜好就是喝两口酒。钱多就喝好酒，钱少就喝次酒。没钱也得喝，摘着借着捅鸡屁股也得喝。没有酒他就活不下去。

郑百岁老汉让我坐在他对面的小凳上，我急不可待地问："郑大伯，您怎么上这儿来了？"

"来，先喝酒，大冷的天，喝口酒暖暖身子。"郑百岁老汉说着，摆在我面前一只酒杯，又为我倒满了酒，"小云，再给我们对付俩菜，我今儿跟东平好好喝喝。"

我困惑地端起酒杯："郑大伯……"

郑百岁老汉扬着巴掌制止了我的发问："别问，咱边喝边聊，我有一肚子话要跟你说呢！"

一肚子什么话呢？

"你就是不来，我也要打发人去找你呢！我这满肚子的话，憋得都要发酵酿成酒了。真得找个人说说，跟谁说呢？咱是共产党员，不能搞自由主义。再说，你郑大伯活了大半辈子了，就没有嚼舌头的毛病。一来，你是他的弟弟，知根知底，跟你说了兴许管点儿用。二来，郑大伯信得过你。你们哥儿俩都是我看着你们光屁股长大的。谁什么人性，我清楚。我不糊涂，也不保守！"

郑百岁老汉话一出口，就激动起来。已经被酒精烧红了的脸庞更加肿胀起来，眼睛里也烧起了浓烟烈火。

“你刚才问我怎么到这儿来了，咱先说句垫底的话。这事你清楚，我当初从牧牛屯出来，是他上赶着把我请来的。我来了以后，他又把我当老爷子供在了木器厂。那会儿把我感动的，我恨不得管他叫大伯都心甘情愿。他这一手，可比当初你爷爷给我一个汗褟儿高明多了。话又说回来了，他要是按照共产党指出的正道走，我就是把这副老骨头拆下来，给他当垫脚石，都认了。不行啊！你知道他干的都是什么事呀？罪孽呀！你说，我能眼睁睁地看着他往黑道上走，往泥坑里跳吗？咱得挽救他呀！可到头来，他把你的好心都当成了驴肝肺。他不但不听我的，还把我当成了拦路虎、绊脚石，说搬就把我搬开了。他一个白丁厂长，硬是把我这个党支部书记给撤了。把我打发到家具店当经理，多冠冕堂皇！你知道那家具店是怎么回事吗？那是他私人开的，以他老婆的名义起的照。我领着木器厂的工资，干着家具店的活儿，可挣了钱他都揣进了自己的腰包。那天白老师到家具店来串门，我发了点儿牢骚。我说，过去我给他爸爸当长工，现在又给他当伙计。我说这话过分点儿，你可别在意……”

这话不过分，一点儿也不过分。我不在意。我不该在意，可是，我的脸上自然是火烧火燎的。

郑百岁老汉接着说：“咱们的老祖宗，讲的都是仁义道德，劝善，劝人安好心，劝人修身养性积德行。以后，谁要再信这一套，是他妈的浑蛋王八蛋！人呀，可不能贪图别人的施舍、别人的恩惠、别人的善行。你大伯这一辈子的最大教训，就是有人对你好，你得留点儿神。看看好心背后掖着藏着的是什么。”

郑百岁老汉越说越激愤，连酒都忘了喝了。

“郑大伯，我哥哥到底因为什么事，伤了你这么大的心？”

“什么事？你问她。”

郑百岁老汉用下巴指了指赵淑云，赵淑云正好端着刚炒好的一盘辣子肉丁进来，“小云，跟东平说说，他齐东升到底怎么欺负你来的。”

赵淑云红着脸，嗫嚅地说：“不，不说了，反正事情也过去了。”

郑百岁老汉很坚决：“不，说。要不，你这肚子委屈到哪儿诉去。总得让人知道知道，说不定还有人认为咱不仗义，咱翻脸无情，咱翅膀硬了离开他了呢！”

我顺手搬过一个小凳，放在桌边上：“淑云，噢，从老疙瘩那儿论，我该叫你嫂子。你坐下说吧，你该信得过我。”

赵淑云说：“我信得过你。老疙瘩常对我说，你这个人心肠软，够朋友，讲义气，跟你哥哥不一样……”

我脸上又一阵灼热。我又想起了我在哥哥面前出卖老疙瘩那件事。我心里愧疚，可是没有勇气向她承认，也没有这个必要。

……我记得上次我就跟你说过，我怕齐厂长。不知怎么的，一见到他就怕，心里就哆嗦，像耗子见了猫。好像他生来就是我的天敌。我刚进厂那会儿，在车间里干活儿，学的是油漆工。我挺喜欢那工作，干得也挺卖力气。有一天，他到车间里去，见我正在漆一个组合柜，他就站在我旁边看着。看得我心里直发毛。过了一会儿，他突然对我说：“我不喜欢人高马大的女人，我喜欢小巧玲珑的，像你这样……”我听了以后，只觉得天旋地转，浑身都抖成了一团。

没过几天，我就调到办公室工作去了。我第一次见到你的时候，不就在办公室吗？在办公室里，我每天都提心吊胆。上了班就盼下班，下了班就赶紧回家。他总是对我动手动脚，还给我讲许多“大道理”，说什么，都八十年代了，人家外国人搞关系，像见面握手一样随便。你该把这看成是一种幸福，一种享受……有一天下午，他让我跟他坐着车到城里办事。其实什么事儿也没办，就是坐着车到城里兜一圈儿，兜来兜去，他让司机把车开进了建国门附近的一片小树林里，小树林里拥拥挤挤堆满了人。大部分都是女人，乡下来的，主要是二十上下岁的年轻姑娘，也有四十多岁的妇女。他告诉我，这是“人市”。我问他什么叫

“人市”，他说就是自己卖自己的。我一听心里就发毛，这好像是资本主义才有的事。其实根本就不是那么回事，那是个劳动力市场。这些女人都是想当保姆的，那些在她们中间来回相看的，是找保姆的。他又说，这里边有的是来当保姆的，有的就是卖人的“野鸡”。我不信。他说：“你不信我让你见识见识。”

他说着下了车，在人群里转了一圈儿，就带来一个姑娘。这姑娘也就有十七八岁，长得还有点儿漂亮，穿着也时髦。他把姑娘让上了车，就跟她谈起来。

“你能应什么活儿？”

“那看您需要什么了。”

“我让你应全活儿，值夜班。”

“长期的还是短期的？”

“什么价码？”

“长期的一个月三百，短期的一天三十。”

“要是一次性处理呢？”

“那您就给一张‘大团结’吧，在哪儿？就在这车里头？”

姑娘说着，往后边瞧了瞧，这才发现我坐在后座上。

“你这儿不是有一个了吗？还想一马双跨？你行吗？”

“我这是‘家鸡’，不是‘野鸡’。”

“妈呀！她不会打我吧？”

“不会。她可不是醋坛子，她还想跟你学两招儿呢！”

“你们男人呀，都是吃一看二眼观三。”

“哪儿找那么多去？”

“你要吗？我那儿还有一个小姐妹呢，刚十六。”

“要，你把她叫来吧。”

那姑娘刚一下车，齐厂长就让司机把车开跑。那姑娘在后边跳着脚地骂起来。骂的是什么，我们也听不见。

你没瞧他那份开心呢，哈哈哈地笑得发疯。一边笑，一边还依性撒邪地往我身上靠，还在我身上乱捏乱摸。我缩在车座上强忍着，盼望着早点儿回去。没想到，车开到半路下起了雨。他见下雨了，反而不着急了。让车停在一个小饭馆前边，又张罗着吃晚饭。

雨越下越大，等到我们回木器厂的时候，已经是晚上十点多了。我求他，让司机把我送回家。他说先回办公室，他要打个电话。我只好依他。到了办公室，他根本没打电话，拉着我就进了他的卧室，让我跟他上床。我不干，他就跟我发起了火："你凭什么瞧不起我？不就一个老疙瘩吗？我哪点不如他！凡是我看上的女人，还没有一个弄不到手的呢！……"

我哀求他，跪在地上苦苦地哀求他，让他放了我，把我送回家……

他又发火，又骂我，要强迫我跟他干那事。他把我摁在床上，把衣服都扯碎了……我跟他挣扎，从他的办公室里跑了出来。

"恶棍！"我怒不可遏地叫嚷起来。

"没错，这词用在他身上一点儿也不过分。"郑百岁老汉也气愤地说，"我纳闷，他作了恶，还那么心安理得？后来，他知道赵淑云躲在我这儿了，他还跟我浑不讲理，说什么，为了一个娘儿们，至于吗？我告诉他，她不是娘儿们，是个人！你得把人家当人看！他冲我吼了起来：屁！把她当人看，过去谁把我当人看了？我说，人不能坏了良心，不能因为过去有人不把你当人看，你这会儿就把所有的人都不当人看了！不把人当人的人，他本身就不是人！就这样，我们俩人吵翻了……"

"他也把您赶出来了？"我问。

"我还等着他赶？我自己先卷铺盖了。这不，开了这一间杂货铺，自食其力，挺好。"

真让人触目惊心，我心里乱糟糟的！

郑百岁老汉又说："他过去给我总结了八个字，叫作保守颓废，不可救药。我现在给他总结了三个字：心太黑！钱迷了心窍！"

是呀！心太黑！除了这三个字，还能说他什么呢？

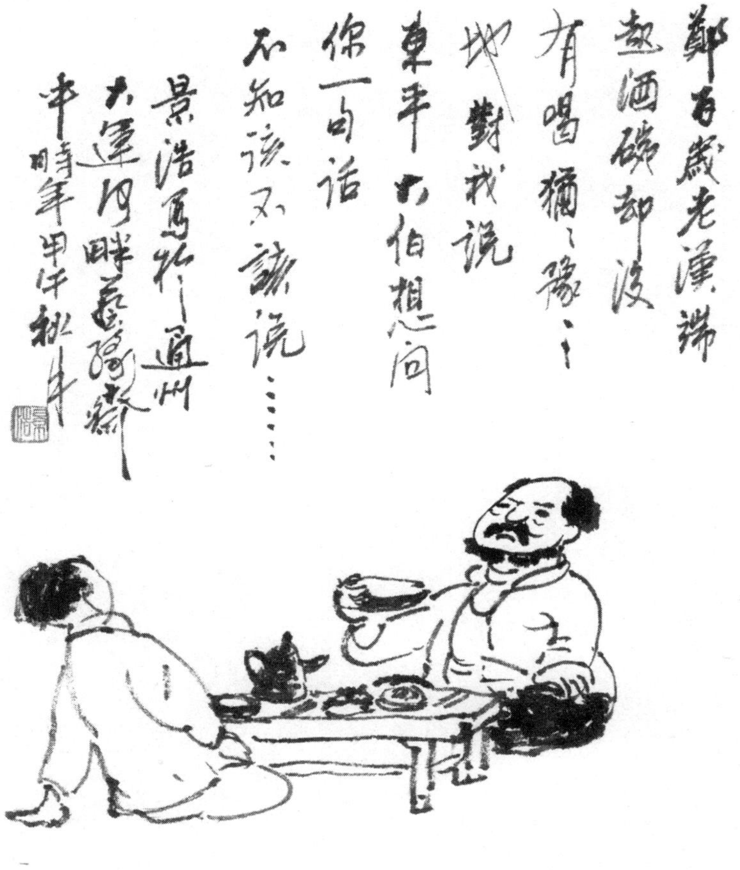
盞酒碗卻沒
有喝猶猶豫豫
地對我說
東平大伯想問
你一句話
不知該不該說……
景浩寫於通州
時年甲午秋

郑百岁老汉端起酒碗，却没有喝，犹犹豫豫地对我说："东平，大伯想问你一句话，不知该不该说。"

"您说吧。"

"上边知道不知道呢?"

"知道什么?"

"这么黑，这么乱，这么腐败。"

"知道。上边很清楚，也很明智。"

"那么怎么不管一管呢?"

"会来管的。"

"谁来管?"

"当然还得靠共产党来管。"

"什么时候管。"

"也许快了。"

"唉！我真怕共产党毁在他们手里!"

不，不会的，别担心。我心里喃喃地叨咕着这句话，却没有说出口来。郑百岁老汉那张困惑愁苦的脸，那双滚动着泪水的眼睛，我实在不忍心看下去了。

二十四

夜深沉。死一样地寂静。活着的世界死了，死了的世界开始复活了吗？只有墙角上的白老师，在用那双渴求的眼睛搜寻着。他要追踪生的行迹，捕捉死的信息。他要同时拥抱和占有生与死两个世界。这个贪心的家伙！

我这次回来，没有睡在嫂子的外间，而是跟白老师一起住在东耳房。嫂子告诉我，哥哥变好了，天天在家里住了。我知道，小香跟他闹翻了。小桑也不理睬他了。他在外边成了孤家寡人，又回到了自己的安乐窝里。男人嘛，狡兔三窟，什么时候都得给自己留条后路，这个家是不能轻易拆散的，拆散了就没有后方了。

这是他劝我的话。我刚一回来，他就主动跟我商量起了我离婚的事。毕竟是亲兄弟，尽管我们之间有那么多分歧，有那么多怨恨，又吵翻了脸，他还是表现出了一种兄长的风度，还是为我着想。

“我看你别闹离婚了，就这么过吧。孙秀英不是到你那儿去了吗？她说你们俩人又和好了。”

唉！我能说什么呢？苦呀，难言的苦呀！

“孙秀英跟她妈都找过我，她们首先服输了，一心一意地往咱这边靠。你要是同意呢，这些天我在厂子里给孙秀英安排个差事。可惜她没文化，要不可以接小香的会计。我想让她当个保管员。专门管烟酒什么的。这些东西都是搞关系送礼用的，让别人保管也不放心。她上班以后，在镇上再给你们租两间房，也可以把她妈和孩子接出来……”

你可想得真周到。又为家庭，又为工作。我该不该感谢你呢？

“还有一截。咱哥儿俩四个孩子，只有梦客一个男孩。你们要是离婚，她们肯定要把梦客留下，她家还指望他传宗接代呢！这样一来，咱们齐家就绝户了。你嫂子是不会再生了，那娘儿们只顾自己活得自在。你以后就是再结婚，也未必能生个儿子……”

原来你也想的是传宗接代问题，多么神圣，多么充足的理由呀！我还有什么可以说的呢？就这样吧！怎么样？睡吧？睡吧。

白老师还没有睡，我怎能睡得着呢？

我在寻觅着自己的行迹。如果上帝再让我重新生活一次，我还会走这样一条人生之路吗？不可否认，我追求过，我奋斗过，并且现在也没有放弃这种追求和奋斗。然而，我追求的目标是什么呢？奋斗的动力又是什么呢？我不是把“卧薪尝胆，雪耻洗辱”当成座右铭吗？我拼命地读书，拼命地写作，拼命地让人家承认，这一切，难道仅仅是为了重新获得失去的姓名权吗？

白老师没有烧香，没有磕头，也没有向上帝祈祷。他只是跪在窗前，整夜整夜地跪着。他趴在窗台上，向黑暗中张望着，眼巴巴地张望着。谁都不能否认，他是虔诚的，比任何善男信女都虔诚。他确信能见到云梦师父。这是他今生今世的夙愿，死而无憾的夙愿。

我在跟谁争呢？跟孙秀英？跟我那寡妇丈母娘？一个是守了一辈子空房的可怜女人，一个是没有文化的农村姑娘。她们无疑是弱女人，可是她们却掠夺了我仅有的那一点儿姓名权。而我呢？我是个男人，是个不再当狗崽子的男人，是个懂得达尔文、马克思和弗洛伊德的男人，是个让一些人尊重、被一些人崇拜，还使一些人不敢等闲视之的戴着作家头衔的男人。“楚河”“汉界”两边实力相差悬殊，你不为此感到脸红吗？你这个浑蛋！

东平，东平，快起，你快看，那是什么？在哪儿？南边，大殿的窗子底下。灰蒙蒙的。不，是白亮亮的。一团烟雾。烟雾是有形状的。一个人形，男人还是女人？女人，女人的衣裙。对，白色的长袍。当年云梦师父就这么一件长袍。是袈裟吗？不，是长袍。没有，什么也没有。看，还是在那儿！光斑，不，是光圈儿。是划破了夜幕的光环儿，或许是萤火虫。不像，是眼睛，人的眼睛。亮亮的眼睛。当年云梦师父的眼睛就这么亮，像星星。是眼睛，是你自己的眼睛，你的眼睛出了毛病……

给你，全给你！你的对手败下阵来了，缴械投降了。你胜利了，一个耀武扬威的胜利者。你不是要你的姓名吗？给你！你愿意叫齐东平就叫吧！横着叫，竖着叫，哭着嚷着疯跑疯跳地叫，敲锣打鼓用高音喇叭叫，叫它个震天价响！让全世界都知道你叫齐东平，从出了娘胎就这么叫的。你压根儿就没有叫过孙长富，甚至连小龙也没有叫过，更没有叫过党向阳什么的。你不是让你的儿女姓齐吗？行，齐整整，齐刷刷，齐天大圣，行了吧？你不是让你的儿子为齐家传宗接代吗？好哇！把他栽在你们齐家那一亩三分地上去吧！让他根深叶茂，让他千支万脉，让他百世不绝！我们孙家绝户了，你甭管。他该绝户，谁让他缺了八辈子德，造了八辈子孽呢！报应！天报应！

风声，雨声。雨夹雪，还裹着风。这风风雨雨在这死寂的世界里喧闹起来了。远处，还有沉闷的雷声，似乎还有闪电。屋檐开始流水了，淅淅沥沥的，冲刷着玻璃窗。外边的世界混乱起来。不，什么也没有。没风，没雨，没雪，一个朗朗晴空，满天的星星。还有月牙儿。挂在树梢上的月牙儿，像一张弯弯上翘的嘴巴。很调皮，很倔强，很诱人。谁？这是谁的嘴巴呢？

白老师，你怎么躺下了？你为什么叹息？你难道失望了吗？

人不应该失望。承你所说，有希望才有盼头。有盼头活着才有意义。

我也曾有过希望，有过盼头。到如今，我的希望实现了，我该心满意足了吧？

我没有。一种更大的失落感笼罩在我的心头。我失去了什么呢？

人最初失去的，恰恰是他不大在意的东西。而一旦失去了，他便会发现它的价值，甚至有意无意地扩张它的价值。于是，便生发出一种把它重新寻找回来的迫切愿望。这种愿望又迫使他奋争，迫使他拼搏，迫使他义无反顾。然而，当他把失去的找回来的时候，却又发现自己失去了更多的更有价值的东西。因为在整个寻找过程中，他把这些东西统统作为代价了。

这不是哪一位哲人的语言，是我自己想出来的。不是吗？哥哥当初失去的是做人的平等权利，便想加倍地把它寻找回来，混出个人样来，出人头地。他的愿望实现了，可又失去了什么呢？我为了寻找自己的姓名权，付出的代价还小吗？悲哀，人类共同的悲哀。

那么，白老师呢？他也失去了，也在寻找，在寻找的过程中继续失去……白老师，快起，有了！云梦师父来了！你看，苗条的身影，婀娜的风姿，轻捷的脚步……怎么？不是长袍，不是袈裟。是羽绒服，是健美裤，是高筒皮靴……是小桑！怎么会是小桑！你怎么来了？

“东平，我要走了，真的要走了。我只是来跟你说一声，算是告别吧！”

“你别走，你听我说……”

“不，没有什么可说的了，什么也没有必要说了。我懂得了你，真正懂得了你。”

“我不是有意欺骗你的。你知道……”

“我当然知道了。我早就知道肯定是今天这个结局，所以我才不相信你要娶我的话。你没有骗我，至少，在你说那些话的时候是真诚的。这我信……”

“请相信，我是爱你的，无论过去还是现在……”

“不，你爱的不是我。”

“那……”

“你爱的是你自己，是你自己的姓名！”

这句话击中了我的要害，直刺入我的灵魂深处。我像挨了当头一棒，差点儿栽倒。过了半天，我才缓过气来，软弱无力地说：

“请原谅，我对不起你！”

“爱情有就是有，没有就是没有。不存在谁对不起谁的问题，也不必请谁原谅。”

“那么，你准备到哪儿去？”

“我去找妈妈！”

找妈妈，找妈妈，她去找妈妈了。她去寻找人的起源和人的归宿……

小桑啊小桑，天呀！

二十五

我也该走了，我要离开马驹桥镇。悄悄地离开。我不想回家过团圆年，也不想跟哥哥嫂子打招呼。没什么可说的了。“悄悄地我走了，正如我悄悄地来，我挥一挥衣袖，不带走一片云彩。”是的，我就这样走了。我需要独处，需要安宁。我需要把自己关在一间屋子里好好地想一想。我需要无情地解剖自己，需要严格地审判自己，需要认真反思自己的历史，需要重新选择一条新的人生之路。

傍晚，在镇北门外的大石桥边，我孤零零地等待着末班公共汽车。天气仍然是阴沉沉的。厚厚的云层压着这古老的马驹桥镇，压着这难以负重的大石桥，也压着我这颗破碎的心。好像世界从来就是这么阴沉沉、冷飕飕的，没有春天，也没有夏天，没有黑夜，也没有白昼，宇宙洪荒，混沌未开，太阳从来没有出来过，以后永远也不会出来了。

风是阴冷冷的，初冬的风。河边的树木是光秃秃的，河水还没有结冰。这是污染的结果。污染使水温升高了。河水黑黝黝的，散发着一股刺鼻的臭味儿，让人感到窒息。它翻卷着枯枝败叶和各种垃圾，沉重地奔流着。

河边坐着一位白发苍苍的老人，他的身边放着一个鼓鼓囊囊的小包袱。他大概已经在这儿坐许久许久了，两只眼睛直愣愣地望着奔流的河水，不知在耐心等待什么，还是苦苦地思索着什么。当我漫不经心地踱到他身边的时候，才猛然发现，这原来是白老师。他也发现了我，迟疑地站起身来，两只眼睛蒙蒙眬眬的，像是遮着一层雾气。

“您怎么走了?”

“走了。”

“不再寻找云梦师父了?”

“找不到了。失去的就失去了，永远也找不回来了。”

他说着，苦苦地摇了摇头，脸上掠过一片晚风般的哀凉。

汽车终于来了。我随着人群上了车，在最后一排的角落里坐下了。连最后再看一眼这小镇的愿望都没有了。

有人叫我的名字，似乎叫了两三声，我才茫然地抬起头来。我面前站着一个背着包袱的女人，还有一个虎头虎脑的小男孩。这不是小香和狗乐儿吗！看来小香的情绪并不坏，她的脸色是红润的，油黑的头发闪着光泽，两只眼睛里的目光是坚定的，勇敢的，充满信心的。

小香在我面前坐下来，说：“听说你来了，我还到处找你呢，你怎么也没到我那儿去呀?”

我苦笑了一下，没有说什么。

“走了也好，离开这儿吧，眼不见为净。”她似乎对我很理解。

“你呢?”我压着自己沉重的感情，问她。

“我也走了。”

“到哪儿去?”

“哼！天下大着呢，活的路总比死的路要多。我要出去混碗干净饭吃。”

“他把你的会计撤了?”

“是我自己甩手不干的。”

她说着，那布满皱纹的眼窝里噙了两兜儿泪水，她微微扬起脸来，为的是不让眼泪流出来。我不敢看她，也不敢深想下去了，怕触动我自己那根脆弱的神经。我心里像塞着一大团铁蒺藜，扎得火辣辣地疼。

汽车发动了，缓缓地离开了马驹桥镇，驶向了一条通往天边的柏油公路。

狗乐儿使劲扒着车窗往外张望着。突然，他扭过头来问我：“二舅，你还回来吗？妈妈说她永远不回来了。”

是呀，我也这样想。我对这个熟悉而又陌生的小镇，已经失去了信任，失去了情感，失去了希望。可是，我这儿还有一条根呢！一条缠缠绕绕、撕扯不断的生命之根。

“我想回来，我长大了一定回来！”狗乐儿坚定地说。

你回来吧！我希望你回来。我心里默默地说。

一九八七年初草于武汉大学

一九八七年末改于北京通州

二〇〇〇年冬整理于桑梓轩

图书在版编目(CIP)数据

异母兄弟 / 王梓夫著. -- 北京：中国文史出版社，2021.3

(中国专业作家作品典藏文库·王梓夫卷)

ISBN 978-7-5205-2441-4

Ⅰ. ①异… Ⅱ. ①王… Ⅲ. ①长篇小说-中国-当代 Ⅳ. ①I247.5

中国版本图书馆 CIP 数据核字(2020)第 209461 号

责任编辑：卢祥秋
插　　图：景　浩

出版发行：**中国文史出版社**
社　　址：北京市海淀区西八里庄路 69 号院　邮编：100142
电　　话：010-81136606　81136602　81136603（发行部）
传　　真：010-81136655
印　　装：北京新华印刷有限公司
经　　销：全国新华书店
开　　本：720×1020　1/16
印　　张：21.5　　字数：280 千字
版　　次：2021 年 3 月第 1 版
印　　次：2021 年 3 月第 1 次印刷
定　　价：68.00 元